贴地飞行

Eager to Fly

姚鄂梅◎著

北京出版集团公司
北京十月文艺出版社

目 录
CONTENTS

引　子

　　那些年，城漂伍杰就像气球一样行踪无定，而顽强地与之保持联系，则是村小学代课老师杨粒全部的精神生活。他们本是高中同学，因为一次溜出宿舍的夜半长谈，一跃而成为形影不离的好朋友。高二快要读完的时候，伍杰说，不行，我得撤了。他家里安排他去学速成木工，那跟传统木匠完全是两回事，总之，他很快就上了路，跟着一帮人天南海北搞室内装修去了。过了大半年，杨粒也不得不收拾书包离开。妇女真不能当家，父亲去世后，母亲不得不站上总设计师的位置，这职位让她战战兢兢，夜不能寐。她不知从哪里听说，农村的孩子不容易考上大学，考上大学也读不起，勉强读了也找不到工作，找到工作也买不起房娶不起媳妇，几番挖心剖肺，最终痛下决心，把杨粒从课堂上叫出来，摁在磕头作揖求来的村小学代课老师位置上。杨粒本想反抗的,看看班上人越来越少,荷尔蒙的气味却越来越重,老师也都睁一只眼闭一只眼,任他们打架使坏恋爱怀孕不亦乐乎,也灰了心,硬着头皮读下去,恐怕还不如母亲设计好的那条路。

但路是什么东西呢?与其说是用来行走的,不如说是用来绊人的。总之,杨粒在先代课老师继而民办老师最后公办老师这条路上栽了跟头。

栽跟头之前,杨粒跟伍杰有过一次通话。伍杰劝他出来。那种地方的小学老师一年能挣几个钱?何况还是代课。也许是站了几天讲台的缘故,杨粒自尊心陡增,说他受不了狗一样蹲在地上吃饭,受不了跟七八对真夫妻假夫妻在一间屋里拉着帘子睡觉,受不了在地铁上自甘下贱地坐地板。刚刚看到的消息更是把人吓死,一个农民工晚上铺块席子在街边睡觉,结果睡梦中被一辆汽车轧掉了半边身子,齐齐崭崭一分为二啊!伍杰连声呸呸,说那都是些别有用心的人在抹黑我们这些人,侮辱我们这些人,恐吓我们这些人,我承认真有那种人,但我们有那么村吗?好吧就算我村,你呢?你不说是农村的精英,至少也是你们杨庄的精英,如果你出来会沦落成那个样子,我把脑壳砍下来给你。

伍杰可不村,虽然他有着跟那些人一样的身份,他身上甚至连木匠的痕迹都看不出来。有一年他来小学看他,穿一条破而不脏的牛仔裤，一件白色 T 恤，钉着耳钉，染着及肩的长发，走起路来，长发像马鬃一样在脑后随风飘扬。有这样一个意气风发的朋友来学校看他，他感到特别有面子。也因此，伍杰说什么他都听，除了扔下教鞭跟着他去城里混这一条。

生活中不能没有餐桌、没有床、没有隐私，否则跟动物有什么区别？

我知道你的意思，不管在哪里，你都想做个体面人。伍杰说。

杨粒只好承认：这想法有错吗？

当然没错，不过小学代课老师就一定比那些人体面吗？别看他们那个尿样，他们兜里的钱可比你多多了。

即使兜里没钱，也不为没钱感到自卑，这就是我理解的体面。

总有一天，你抱着的那块石头，会掉下来砸中你的脚的。

伍杰说完这话没多久，那块石头就真的掉下来，真的砸在了杨粒的脚上。因为生源一年比一年少，几个小学不得不关门，并入完小，完小那边又不要杨粒，因为他不是编制里的人。这事把杨粒打击得挺重，为了尽量称职，他每天晚上都备课到深夜，备好课还要在面前摆两把椅子，假装它们是两个学生，不对着这两个"学生"把第二天的课堂模拟一遍就睡不着觉。除了教一、二、三年级的数学和自然，他还教三、四、五年级的体育。体育课他也要备课，还要练功，一下课就跑到操场上去，那里有篮球架，有单、双杠，他一做引体向上，学生们就围着他数数，从一开始的十几个数到四十几个。他想把自己练出点体育老师的风范来，就像高中体育老师那样，走起路来龙腾虎跃，大冬天也热气腾腾地敞着衣襟。一切都白费了。

望着他扛回来的被窝卷，母亲突然一歪，倒在地上，总设计师的左腿突然不中用了。杨粒藏起自己的沮丧，搜刮家财为母亲治病，直到最后一只母鸡都卖掉了，才打电话向伍杰求救，伍杰说：这不是个长远的法子。但还是以最快的速度汇来了五千块钱。

四面楚歌之际，伍杰带着一个好消息，救星般出现在杨粒家里。

有这样一份生活在城里等着你，它们是：一室一厅的房子，一份虚席以待的流通领域的工作，以及一个妻子和一个岳父，连你觉得必不可少的餐桌、床和隐私，那里也都有，就看你敢不敢就位。

母亲躺在床上替他回答：你就去！咱又不是女人，男子汉一条，有什么不敢的！

第 1 章 Chapter 1

一

闹铃在昏暗中炸响，杨粒身子猛地一抖，像闹钟不是放在床头，而是埋在他肚子里。片刻，他伸手去摸昨晚丢在床边的衣服，划了两下，无力地停止。眼睛热辣辣的，睁不开。

闹铃又响了，他身上挨了小美一脚：还不动身？

嗯。他脑子缓缓醒来，身体仍不能动。

第一次闹铃响在四点半，第二次四点四十，彻底睁开眼睛时，已是四点五十。马马虎虎洗漱一番，人就迷迷糊糊出了门。

昨晚下雪了，地上银白耀眼，显得天空很脏，分不清是乌云还是浊雾，浓浓地滤出很多层次，深灰，中灰，浅灰，鸽灰，灰白，像正在作画的人，手中的墨越来越淡。天边终于有了一抹鸭蛋青，是放晴的标志。

因为打量天色，杨粒错过了绿灯，只能等下一次。他在路口打了个有史以来最长的哈欠，精神恢复了不少。

作为李阿姨快餐公司十七号外送员，原本不用起这么早，但他上个月又接了个新活，到五个街区外拉食材。原来的后勤走掉了，公司在外送员中招替补，没什么人报名，杨粒顺利中选。没几天他就知道为什么没人愿意干了，起早太痛苦，起早再加上正常日班就更痛苦。他想辞掉后勤，小美不让，说一小截觉就睡掉五十元，不值得，还说机会难得，抓一个是一个。他无话可说，小美一个女人，身上还有两份工呢。

墨镜、护膝、头盔、手套，一样都不能少。头两天他心里抵触得要命，摩托车款式极其难看，制服花哨俗气，屁股后面的保温箱让他看上去像头驴子，唯一欣然接受的就是墨镜，他觉得那跟面具差不多，戴上面具，他就还是杨粒，拿掉面具，就真的只是一头埋头赶路的驴子了。冬天骑摩托车如同受刑，杨粒坚持不用挡风棉罩，什么人设计的！干吗非要印满彩色蘑菇和小花伞，风一吹就流清鼻涕的老女人才爱用。绑在膝盖上的护套也只肯用单层皮质的，夹棉护套臃肿得像大象屁股。他只剩下独自耍帅这最后一点自由了，每个月总有那么几次，他会突然升起加大油门的冲动，他想看看闭上眼睛往前猛冲五分钟会有什么后果。大不了一死！每天在汽车缝里穿行，死早就不那么恐怖了，有时他觉得死简直就是个跟他玩捉迷藏的调皮鬼。

五点多的街头有些寂寞，但并不等于安全，总有几个踽踽独行的家伙耸肩缩脖出现在路口，不看红绿灯也不听喇叭。杨粒一路绕开这些不长眼睛不长耳朵的无面鬼，风驰电掣地赶到蔬菜批发市场，利索地装上公司在网上订好的食材，往回赶的时候就开不了那么快了，车多人多，一路走走停停，送到制作部时，已是六点。

卸下菜，径直赶往附近的麦当劳，要一大杯加冰可乐，坐到最深的角落里。这个时候，这个位置，几乎是他的专座。其实他不买可乐，也能在这里坐一会儿，但他是当过老师的人，脸皮薄，做不来。可乐的碳酸气让他长了不少精神，他捂了把脸，从棉衣暗兜里拿出书本，还有一个多星期，就是导游资格考试了。这是他的秘密，连小美都不知道，他怕万一考不上，无端多听一些话。他厌恶外送这一行，厌恶任何没有丁点儿知识含量的工作，斟酌再三，他把目光落在导游身上，他不知道考试难度怎样，但他想他应该不怕考试，清晨的麦当劳，就是他看中的复习教室，他庆幸自己找到了这个秘密据点，暖和、安静，又饿不着。

手机闹钟响了，提醒他抢单时间已到，他合上书，藏回棉衣暗兜里，点开公司的页面，准备好在第一时间抢单。十秒钟后，红光一闪，订单准时推送上来，杨粒屏住气唰唰唰一阵猛戳。一般来说，午餐订单高峰在十一点左右出现，但总是有些熬通宵的顾客，喜欢吃早午餐。杨粒喜欢这些早间顾客，他们多半疲倦不堪，不爱计较，迟几分钟送达也无所谓。一口气抢了十单早午餐，才一口喝掉可乐，站起身来。回到公司，正要去五百米以外的僻静处领餐，经理过来了，手里拖着一大包红通通的东西。

来来来，今天所有在外面跑的都得给我穿上这个。

是圣诞老人的白领红袍子，还有宽宽的黑皮带和尖顶红帽子。杨粒依言穿上，打量另外几个同样穿得红通通的外送员，他们都在嘿嘿发笑，杨粒没笑，这是他第一次过圣诞节，在他看来，圣诞节是真正属于城市的东西，他乐意接受一切属于城市的东西，比如地铁，比如剧场，比如步行街，比如图书馆、博物馆，可惜到目前为止，他唯一亲身感受过的还只有地铁。实在太忙了，成天在街上贴着地面飞，看到的都是皮毛，从来没有机会停下来深深地看一眼金市这个地方。

经理亲自帮这些嘿嘿发笑的汉子们整理装束，包括把白胡须的架子拧到合适的角度，挂到耳朵上。轮到杨粒时，经理说：就你他妈不像圣诞老人，你像圣诞老人家的崽。

杨粒瞟了眼另外几个圣诞老人，白胡子迅速模糊了年龄界限，他们看上去真的老了很多，他去镜子里看看自己，尽管脸色阴沉，年轻的气息仍像石头下的蒲草，白胡子都遮不掉。年轻又怎样，一头被支使着跑得飞快的新驴子而已，一头昨天还挨过经理痛骂的倒霉驴子而已。昨天中午，他出去送餐，订餐的人说他正在外面，让杨粒把它放在门卫室，正当杨粒送好同一栋楼七楼的外卖，那个男人又打了电话过来，要杨粒给他送到六楼，因为他忘了去门卫室拿，回到家了才想起来。杨粒要他自己下来取，说他已经到别处去了，那是一栋没有电梯的房子，刚刚一趟七楼，现在又要爬一趟六楼，他有点不乐意，何况是那个人自己要求放在门卫室的。片刻，那个人声音变了：你是要我举报你还是取消你们家的订单？我看到你的车就在楼下。杨粒也没示弱：送外卖的又不止我一个，何以见得那个车就是我的？然后两个人就你一句我一句吵了起来，杨粒说送外卖的也是人，不是驴。那个人说：你还不如驴呢，驴不会像你这样倔头倔脑不识时务。杨粒望着大楼挺了挺腰杆说，如果你不想我上来一刀把你捅了，你就乖乖地下来自己拿。那个人直接举报到餐厅，经理问都不问，劈头盖脸就给杨粒一顿痛骂：你以为你的力气有多值钱？你以为你挣眼屎大点钱能有多了不起的尊严？去你妈的！老子像你挣这么点钱的时候，碰到一个装孙子的机会，都认为是祖上积了德。骂完，不由分说从底薪里扣掉了一百元。

　　出发前，他取下胡子，小口抿水。喝多了尿就多，上了路想尿可麻烦了。

　　经理叫住杨粒，找出一张单子递给他：今天可别再犯驴，他不讲理自有天谴等着他，犯不着你去跟他掰扯，给我记好了，今天是他妈的圣诞节，我不想听到一句投诉。杨粒一看，又是昨天那个六楼的家伙，他是盯上李阿姨了还是盯上他杨粒了？

来到街上，才发现其他公司的外送员也都穿上了圣诞老人服，乍一看去，像天上的谁往地上咳了一口血，血点子飞了一地。

雪天车少，杨粒比以前效率高了许多，才十二点四十，就只剩下六楼那个家伙最后一份了。他还记得那家伙的声音，语速很快，很不耐烦，像屎已到了门口前面还有人排队。

送了两年外卖，杨粒最怕的就是这种没有电梯的老房子，爬楼恼火就不说了，楼道里还有味道，各式各样的怪味，有时还能听到古怪的呻吟。楼梯上脏兮兮的，可见不是什么有钱的家伙，有钱就不会住这种破地方了，家里没人烧饭，自己也不想动手，又懒又穷，说不定还没老婆。一路这样想着，楼梯就不那么难爬了。

已经到了门口，杨粒却不想敲门，哪怕让那个家伙的饭菜更冷一点呢。大雪天，出来半小时后，他的保温箱就不那么管用了，他决定再抢一次单，然后才敲门。

刚刚打开公司的页面，门就从里面开了，杨粒只得放下保温箱，去取餐盒，与此同时，旁边的门嘎的一声响，六楼那家伙的门给碰得关上了。

这种老式的一梯三户，彼此的大门离得很近，叫外卖的这家又很脑残地改了开门的方向，两家必须错开时间才打得开门，偏偏这叫外卖的像被门夹了手似的，急着再次打开，隔壁也已开了一半，杨粒都看见一条黑色的穿高跟鞋的细腿了。

谁也不想让，两家大门居然被对方给抵死了。

你等一下！叫外卖的家伙在门里冲隔壁喊。

回答他的是更加用力的推挤，两扇铁栅子门剐出难听的吱嘎声。

穿黑色长羽绒服戴黑绒线帽的邻居先挤了出来，是个姑娘，个头挺高，垂着眼皮，等着杨粒挪开他的保温箱。

叫外卖的家伙推开门大声嚷道：要我跟你说几百次？不能同时开不能同时开！

姑娘就像没听见他在嚷嚷一样，直直地站着，等着杨粒给她让路。

等那个家伙气咻咻地收好外卖，姑娘已经走到五楼去了。杨粒挎着保温箱，不紧不慢地跟在她身后，他不想去跟一个女人在狭窄的楼道上挤，他不赶这点时间。

姑娘越走越慢，像在犹豫到底要不要出去。

总算出了楼道。姑娘站在出口中央，忘了该往左还是往右的样子。

杨粒不想再等了，擦身而过时，姑娘一把拽住了他保温箱上的带子。

圣诞老爷爷！

姑娘神色恍惚，手却抓得够紧。杨粒提醒自己，她拽住的不是他杨粒，不是任何一个人，她拽的是圣诞老人。她拽得越紧，他越心无杂念，他尽量用她跟得上的速度慢慢带着她往摩托车走去。这可真是奇怪，他在心里嘲笑自己，几米廉价的红布就把你改造得善良又崇高了吗？

现在他们并肩而行了。杨粒莫名其妙地矜持起来，他不确定圣诞老人是何种声音，不敢随便说话，只在眼角的余光里打量她，她的神情跟她的长相不匹配，很难想象有着如此舒展灵动肢体的人，会有那样一张冷漠呆板的脸。

他问她要去哪里，她直着两眼不吭声。也许她失恋了，心情不好，需要有人陪她走一程，也许她刚遭受了什么打击，这没什么，大家都是年轻人，天下年轻人是一家。幸好这一趟所有的外卖都已送出，否则他真的无福消受。

步子越来越重，快到小区大门口的时候，完全停了下来，杨粒一转脸，见她正以一件衣服从晾衣竿上飘落的速度往地上倒去。

他一边喂喂地叫，一边发现她的脸色一秒比一秒死白，白里泛青。

第一个反应就是打120，他调出号码盘，拨出前的一刹那，突然意识到此时此刻，直接去医院可能比打120更管用。

整个世界仿佛都在为圣诞老人和他失去意识的姑娘让路，路人帮他把姑娘背到背上，汽车在小区狭窄的过道上小心翼翼地靠边停下，就连出租车，都像老远就料到了这边的情况似的，刚一拐上大路，就有一辆开过来，停在他脚边。

不知是他那身圣诞老人装束起了作用，还是这天医院里病人少，他们被直接迎进了急诊室。很快，医生找到了原因，她服了安眠药，幸亏她口袋里有个纸袋，里面还剩有一粒药丸。过了一会儿又探出头说：她连自己的医疗费都准备好了，就在贴身衣袋里。

这回轮到杨粒发不出声了，他坐在硬塑料椅上，手扶膝盖，目不转睛地望着大门上方急诊室三个字，她是计划好的还是率性为之？为什么偏偏是他来经历她的这种时刻？接下来会怎样？出了医院，她还会像在小区里那样死死抓住他吗？他会不会惹上麻烦？麻烦两个字一跳出来，杨粒就想到了小美，太离奇了，他肯定没法跟小美说清楚这一切，既然说不清楚，不如现在就溜。

刚一站起来，又命令自己坐了下去：头都磕了，一个揖还作不下去？索性再等等，至少看她会不会脱离危险。他暗暗对自己说。

她被两个护士推出急诊室时，身上插着两根管子，杨粒紧跟过去，护士告诉他，她一直没醒，一般人认为痛苦不堪的洗胃，她一点反应都没有，当然，危险已基本排除，只等她在普通病房里慢慢醒来。杨粒问要多久才会醒，护士说：一两天，两三天，因人而异。杨粒扶着担架的手掉了下来，他已经在这件事上耗去半天了，再过半个小时，送晚餐的高峰又要来了。他看看她睡得跟石头一样沉重的脸，默默地把自己拦在病房门外。接下来的事，无非是换药打针倒便盆，没有他，护士只会做得更好。

天冷，黑得早，才四点多，路灯已次第亮起。杨粒驮着李阿姨的大号保温箱走走停停，几次差点闯了红灯。离开了她，姑娘的样子反倒清晰起来，宽额大眼，尖瘦下巴，薄薄的细唇抿得死死的，她到底为什么要自杀？跟男人有关？如果是真的，为什么在这种时刻还没有男人赶到？

大约七八天后，杨粒接到一个女人的电话。我们见个面吧。接着就报了个地址。声音相当陌生，语气却跟老熟人一样，杨粒怔住了。不管怎么说，我得感谢你呀。杨粒顿时反应过来，是圣诞节那天碰到的那个姑娘，她活过来了，听声音中气还很足。看来她醒过来之后问过他，正好他在医院留有自己的联系方式。

他们见面的地方是个小公园，到达约定地点后，杨粒脱下外送制服，塞进外送箱里。他怕人家以为那个姑娘在跟一个送外卖的人扯皮。

冬天的公园有种寒寂之美，很适合悠然漫步，可惜他从没这个机会。她来了，穿过那群跳广场舞的女人，朝这边走了过来，原来她是这样的步态，昂着头，上身纹丝不动，步子快而坚定，她的五官跟上次看到的有点不一样，那天他看到的额头好像没这么宽阔，眼睛也不像今天，坦然而锐利，泛着清冷的光，嘴唇很薄，倔强地抿着，两手插在上衣口袋里，瘦削的身子越发绷得笔直，黑羽绒服，黑帽子，黑裤子，黑短靴，像黑色蜡笔画出来的一道线。比那天看到的更高，也比那天看到的更漂亮，要说缺点，就是眼神太冷淡了，像生气，又像不耐烦。她向他摇了摇戴着手套的手。手套是一只搞笑的棕色绒毛熊掌。

还以为你认不出我了。

你看看周围嘛，没有这些人我的确认不出你来。

她用下巴指指广场上那些人，全都是跳舞击剑的大爷大妈，等人的青年男子格外显眼。真是个聪明的姑娘。

两人默默地往公园深处走，都不说话，又都不觉得别扭。跨过那道木桥时，姑娘冷冷地扫了他一眼：你肯定有问题想问，来吧。

不是他习惯的谈话方式，有点别扭，又有点刺激，他琢磨着从哪里找到那个开关，他要掌控他们之间的氛围和节奏。

换作是我，我就直接住进宾馆里，既有仪式感又不把那个机会留给送外卖的。

宾馆不行，会有警察插手。

作为交换，你得把原因告诉我，为什么要这么做。

告诉你你也理解不了。她收回冷淡的视线，平视前方，脸上陡升一种超出她高度的傲慢。

杨粒停住脚步：那我先走了，我还有事。他最受不了的就是毫不掩饰的傲慢，等于提起一只脏脚，照他脸上踩下来。

她从后面揪住他的衣服。

我本来不打算告诉任何人的。你那天看到的人，她不是在寻死，而是在求生，原来那个我死了，站在你面前的，是一个新的我，一个重生的我。

我猜不过是跟一段感情有关吧？不是说只要剪掉头发就可以了吗？还用得着真的拼命？

她冷笑一声：我还没有浅薄到那种程度。可惜我不能跟蛇一样蜕下一张皮来，所以我没法向你证明站在你面前的已是新生的我。

原来的生活很不如意吗？杨粒说完就后悔，竟然问出这么低端的话来，恨不得像擦黑板一样把刚才的声音全都擦去。

她却回答得很认真：你也是从乡下来的，你应该理解那意味着什么。

送外卖的就一定是从乡下来的？杨粒一脸被踩了尾巴的表情。

得了吧，我们这样的人，掩饰得再好，也会露出村气，你知道是为什么吗？因为我们头上顶着整个乡村，它像帽子一样把阴影投在我们脸上。我不知道你怎么样，反正我是这样的，我每个月都必须给家里寄钱，开始是买盐买肥料的钱，后来是买建材盖房子的钱，再后来又是哥哥姐姐们结婚成家的钱，再再后来又是成家的哥哥姐姐们买建材盖房子的钱，一年一年，无穷无尽。这些东西最终都会变成表情。

咦？你这个年龄的人不都是独生子女吗？

我们家是超生大户，我有个算术很好的懒汉爸爸，他唯一的理想就是生六个孩子，等孩子们长大了，每人每年养他两个月。

所以你有五个兄弟姊妹？杨粒大笑起来，他第一次听到有人这样评价自己的爸爸。

她竖起两根手指：差两个，我有两个哥哥一个妹妹，很壮观吧？我爸爸不光算术好，还很精明，两个哥哥，还有我，都莫名其妙被他报了遗传疾病，前面的孩子作废，才能生后面的。我这个被作废的家伙很小就出来做事了，从保姆做起，人小，天真，挣的钱一分不剩全寄回家，以致后来竟养成了习惯，钱一到手就想抓紧时间往家里寄，他们也养成了收钱的习惯，我不寄他们就催。他们总是差钱，读书没钱，结婚没钱，盖房没钱。我知道他们是怎么想的，我是个女孩子，在这个家的服役期眼看就要满了，要去别的家庭服役了，所以他们要在最后的限期里抓紧时间榨干我最后一块钱。最后一次找我要钱的是我的小哥哥，他要盖房了，开口就要三万。我上哪偷去？我实在厌倦了，我是他们的奴隶？我前辈子欠了他们的？他们对家庭对社会比我更有贡献吗？对家人更有爱心吗？狗屁！思来想去，我决定从他们眼前消失，这也是我不希望警察介入的原因。我给他们写了一封信，说我跟一个人好上了，这人什么都好，就一点不好，穷得要死，但我爱他，而且已经怀上了他的孩子，我知道你们不会同意我嫁这样的人，所以我决定跟他走了，就不回家征求你们的意见了。我猜他们又急又气，又不敢声张，自家的女孩跟人私奔，传出去全家人都没脸。我还告诉他们，未来某一天，等孩子大了，也许我们三个会一起回来看望外公外婆舅舅阿姨。事情要尽量弄得像真的一样嘛。信寄出快半年了，也不见有人出来找我，说明我的信已经起作用了。让人气愤的是，我偶尔还是会很贱地想起他们，为了勉励自己继续消失到底，我一定得搞个仪式，以帮助我彻底忘掉他们。现在你明白了吧？圣诞节那天的仪式，让我成了个孤儿，新生儿，我自己把自己生出来了，当然，你是助产士，如果不是你，估计没这么顺利，因为很可能有人会千方百计找到我的那点救命钱，逃之夭夭，让我一个人在那间房里慢慢死掉，真的死掉。所以我说我运气真的很好，一出手就碰上了你。

……我觉得像在做梦，我也来自乡下，为什么我从没听说过世间还有这么悲惨的故事？

说明你生活得不错，也说明你孤陋寡闻。还有人穷得只有一条裤子呢，要是洗了没干就只能躲在被子里不出门。这可是中央电视台报道过的。我不勉强你相信，反正这个故事我不会再讲了，我要把它打包起来，扔得远远的。从现在开始，我就是我，一个崭新的人，没有来路，没有故事，没有亲人，没有一切。如果你愿意，我可以把你列为进入我生命的第一个人。

我当然愿意。杨粒诚恳地说。

我的生命有一半是你的，你可以行使这一半的权利。

我不要什么权利，我唯一的希望就是你能开开心心地活着。

开不开心并不重要，我只求得到我理想的生活。

那是什么样的？

以后再说吧，今天不适合跟你说得太多。对了，你是单身，还是已经有老婆了？

我结婚了。杨粒的声音低了下去，仿佛小美正在附近某个角落里盯他的梢。

太好了，你当我哥吧，改天我会上门去拜见嫂子。

杨粒想笑，但若有所失的感觉马上袭击了他。

记着，我的生命有一半是你的，我会永远保留你这个权利。

他们在公园侧门分了手。

好家伙，这回真的遇上怪事了！杨粒晕头晕脑地往回走：世间居然有这种女子，和她相比，他的生活并不是最惨，只是没有意义而已，无非是把一些懒人变得更懒，总有一天，这些人会懒到连饭都懒得吃，只用吸管喝一点不费牙的流质食物。想到这里，他愣了一下，突然明白过来，她正是在试图改变无意义的生活，他们都生活在无意义中，只是表现形式不一样而已，她不想继续原来的无意义了，她很决绝，不惜拿自己的生命去冒险，而他还在维持。是的，她更清醒，更果敢。他张望起来，想找到她离去的背影，那道黑色的细线，却怎么也找不到了。他恨自己刚才如此木讷，竟然什么话都没说，只老老实实当了一回听众。再一想，天哪，他居然连她的名字都没问，联系方式自然也没有，如果他想去找她，而她刚好搬了家，他将永远错过她。他想立即去她家一趟，又怕被她误解，而且，快要考试了，他不敢分心。

考试那天，他瞒着家里向公司请了一天假，这样一来，他就赚了半天空闲。他决定去她家看看，今天他不怕被她误解了，他有十足的理由，他可以跟她讲讲刚刚结束的考试，以及他发现的教室，导游考试结束了，他仍然不想放弃清晨的麦当劳教室。他想让她看到，他在用梦想和行动抵抗无意义，他们是同道中人。他直觉她会对这些话题有兴趣。

结果，门锁着，她不在家。

他下了楼，站在单元门外发怔，一颗心渐渐沉到脚后跟那里，他再也见不到她了，他们要像圣诞节前一样归于陌生。

就在他以为一切都已消逝的时候，她的电话打了进来：今天是我满月的日子，来吧，我们应该庆贺一下。

原来她搬家了，新家在杨虹路。杨粒如释重负，大声赞赏她的搬家之举，一个人怎么能继续待在自己自杀的地方呢？她在电话里愤怒地反驳：告诉过你那不是自杀，是重生！

既然是庆祝，就得买点礼品。杨粒盘算了又盘算，决定买一小束花，既便宜，又雅气。她不是一眼就看出了他身上的村气吗？

这是他第一次买鲜花，第一次拿着鲜花穿街走巷，拿在手上像拿了一件女人的内衣，沿途都听见自己的心跳得像在擂门。

这是我第一次给人送花。她接过花的时候，他活动活动手指，就像它们被那束花压伤了一样：祝贺你！全世界最大的新生儿。

她很自然地向他张开双臂，他让她抱了一下，却没能拥住她，惊奇导致他两臂僵硬，行动失灵，何况她很快就从他怀里滑了出去。

其实我也有个秘密。他没想到自己竟然有点羞怯怯的：我谁都没有告诉过，连我家人都不知道。他刻意把老婆换成了家人。他讲了他的考试，近半年的秘密复习，还有那间像是专门为他设置的秘密教室。

她听得两眼放光，说她完全没想到他是这样的人，既有抱负，又有行动力，她以前也有过学习的计划，可到如今计划仍然只是计划，他趁势讲到以后的英语学习计划，她情不自禁地尖叫起来：你老婆是谁？她怎么能这么幸运？又说她开始还以为他只是个头脑简单的搬运工，只知道在路上跑来跑去，除了把盒饭送到别人手上脑子里啥想法也没有，白瞎了那么好看的外观。

以前是这样的，脑子里啥想法都没有，圣诞节以后就不一样了。我没有办法联系到你，只好去你家找你，我不知道你已经搬了家，其实我应该想到的，一个人不可能永远待在……

她瘦瘦的小尖脸猫一样凑上来，唇色很淡，也许有点贫血。再次谢谢你救了我！老天对我真不薄，竟然让这么可爱的人救了我。她温柔地、扎扎实实地抱住了他。

现在我要发表满月致辞了。既然老天爷用这种方式让我们在一起，肯定有特别的含义，从今天起，任何时候，只要你感到孤独，就到我这里来吧，你不需要了解我的过去，也不用对我的未来负责，只要你不犯傻，你的妻子永远不会知道有我这个人。

如果是另一个男人呢？也有这种待遇吗？

当然没有，所以那天我要在公园里见你一面，如果感觉不好，我肯定不会再见第二次。

讲讲你那天的感觉。

休想！她抓过他的手，在掌心写下袁圆两个字。

这是你原来的名字，还是你重生后的新名字？

当然是新名字，原来的名字我已经忘了。

他在她的新家待到很晚，他们谈到他势在必行的改行，谈到金市旅行社的排名，她想帮他物色一个合适的。他说：不要大公司，我是新手，应该先到小公司去积累些经验。她称赞他有头脑，他也夸她想法大胆新颖，敢作敢为。

我们如此投趣，上天却不让我们成为夫妻。虽是开玩笑，杨粒内心却是认真的，如果人的心里有个球的话，那么他跟袁圆在一起时，那个球就是气球，总有一股向上的力，总是浮在最上层，而跟小美在一起时，那个球就是铅球，扑通一声直掉下去，在黑暗处沉睡。

不是夫妻，一样可以联起手来做些事情。袁圆托腮望着他，好像对要做的事情已经胸有成竹。

当然可以。除了杀人放火，我们什么都可以做。

回到车站路，进门前的最后一小段路，他走得特别慢。

不是因为今天特别，平时也一样。车站路对他来说是必须忍受的耻辱，是亲手采摘的苦果，是必须咽下去的鱼刺，除了缓慢和沉默，他想不出来该用什么方式来发泄自己的感受。

二

那个难熬的冬天，终结于伍杰天降救兵般出现在杨粒面前的那一刻。

他穿着款式新颖的羽绒服，围巾搭在敞开的胸口，轻松地告诉杨粒他有一份体面的新生活要送给他。

这新生活有一把特别的钥匙，那就是小美，只有拿下她，才能敲开新生活的大门。

结果到底是他拿下了她，还是她拿下了他，他已经分不清楚了。

伍杰告诉他，小美是他远房表妹，经济能力十分了得，皆因她爸爸在金市捡废多年。伍杰叫杨粒不要小看捡废这个行当，那可是无本万利，家里就这么一个独生女，带在身边根本不是指望她挣钱，而是怕她寂寞，随便找个工作做着玩玩，混混时间。母亲躺在床上插嘴道：我儿子好歹也当过老师，绝不能去捡废。伍杰马上声明：人家说了，坚决不要女婿跟着捡废，想跟着捡都不行，女婿一定要出去找别的工作。困顿中的母子俩略一商量，就答应见一见。小美一点都不像他想象的捡废家庭出来的姑娘，她的头发是淡黄色的，打着闪亮的卷儿，小圆脸粉嫩新鲜，两只眼睛又圆又大，像两颗早上的新鲜露珠，让人担心它们随时会滚出眼眶。唯一的不足是她个头略小，不过，如果她个头高挑一点，就不是这种洋娃娃类型了，人不能太贪，无业无家底的农村青年杨粒，能有个洋娃娃当老婆已经很不错了。真正地接触只有五天，五天里杨粒跟小美几乎时时刻刻腻在一起，小美的家在很远的山区，因为大雪封山，交通断绝十多天了，为方便两人见面，父女俩就住在镇上的小旅店里，可见对方诚意十足。杨粒每天一早起来，就往旅店里跑。母亲叮嘱他：虽然你是男人，也要谨慎点，不要太轻狂了。杨粒明白母亲的意思，那是叫他不要随便坏了人家姑娘。其实这一点母亲根本不必操心，小美提防得很，轻易不让他碰她，她只是特别能说，从小学到初中二年级的全部履历事无巨细讲了一整天，剩下来的三天天天都在讲金市的生活，马路、地铁、冰激凌店、餐馆，小区里的流浪猫比村里的家猫吃得还好，长得还壮。穷人也能在城里活得很舒服，冷了热了，找个有空调的地方躲起来，麦当劳肯德基，超市银行市场，到处都有空调，想待多久待多久。她还有个本事，只要她讲起那些城里的故事，杨粒就忘了一切，包括一条腿岌岌可危地躺在床上的母亲，他只剩下两只耳朵。现在你知道了吧？小美调皮地逼近他的下巴（她的个头只到他那里）：小城市没意思，要去就去大城市，城市越大越好挣钱。杨粒狡猾地试探：听说房租特别贵，挣的钱只够养房东，最终白忙一场。谁说的！我们的房子不花一分钱。小美得意地说：我爸还有份工作就是替小区看守自行车，人家提供一个很大的值班室，我们不但可以无偿使用那值班室，还能拿夜间值班工资。

第五天，小美表情凝重地塞给他一个红包：不管你对我印象怎样，不管我们会不会往前走，现在我们必须先去做一件事情，那就是赶紧把你妈妈送到医院去，否则我怕你会遗憾终生。凭手感，他知道那不是一笔小钱，他不敢领受这意想不到的大恩。小美说：不要想太多，妈只有一个，救人要紧，等你有钱了再还我，你不还我不催。他当时就哽咽了。

父女俩马上就要返城了，而镇上登记结婚的地方还没上班，这一走，事情会不会生变谁也说不准，两家一商量，决定让孩子们马上订婚，因为母亲住院，订婚仪式由姨妈过来代为坐镇，村长，村干部，七大姑八大姨，有过人情往来的邻居，前前后后摆了五桌，事情就算成了。至于结婚证书，只待下次两人回家探亲，去镇上补办一个回来。村里好几对年轻人都是这么办的婚事，不怪他们心急，只怪发结婚证的地方不是天天开门，开了门也不是每时每刻都有人守在那里。

闹哄哄的酒席上，有一刻，杨粒突然莫名心虚，就像此刻是个誓师会，会一结束，他就要赶往未知的战场。他从未去过金市，只在书本和电影里看到过这个地名。小美说：你比我们幸运多了，初来乍到人生地不熟的阶段你都不用经历，我们已经把营盘给你扎好了，你一去，什么都是现成的。尽管如此，杨粒还是感到心里没底，这个认识不久就结婚的女人，还有她的父亲，他们让他感觉像在做梦，像他很久很久以前设在城里的埋伏，现在突然跳了出来，要跟他里应外合。

他从酒席上溜出来，给伍杰打电话。伍杰总是很忙，刚一完成引见的任务，就消失得无影无踪。

哥们儿，我听了你的，把婚结了，不管怎样，先一脚跨出去再说。

不管你是听了谁的，这都是你的命运。这么跟你说吧，前途一片光明，而且你他妈也只有这一条路好走了。祝贺你，虽然有点晚，但你他妈毕竟上了轨道。

你现在在哪里？过几天我去找你，我想跟着你混。

你跟我混不了，第一你没他妈技术，第二我他妈现在也不稳定，我没跟原来那个老板了，我新投了一个老板，因为他要去南边，正好我也还没去过南边。记得我跟你说过，我一直都有个计划，我要一边工作一边把中国地图的旮旮旯旯都走遍。

我也可以跟你去南边啊，总之，我希望我们能在一起。

你先过段家庭生活吧，把老婆狠狠地焐热了再说。不过我告诉你，我最看不起被女人拴在屁股后面的男人，男人要活得大气开阔，别总他妈盯着家里。

哎，能不能少说几个他妈的？我听得下去不代表别人也听得下去。

恐怕是改不过来了，那天给人开个收据，一不小心都把这俩字儿给写上去了。

真相很快就揭开了。

被小美父女带进车站路那个家的第一印象，至今还刻在杨粒心头。门打开的一刹那，仿佛有座垃圾堆成的山，轰的一声倒塌下来。定睛一看，并没有山，也没有东西倒下来，一切都很稳当，变形的沙发上堆着卷起来的皱巴巴的被子，砧板和菜刀放在一个竖起来的纸箱上，老化的红色塑料桶上横搁一块木板，木板上放着一只煤气单灶。这些东西仿佛夏日荷塘里的莲花，漂浮在挨挨挤挤的莲叶中间，而莲叶就是成捆的报纸和马粪纸，以及层层摞起的巨大的黑色垃圾袋，每个垃圾袋的形状都不同，他想象不出那里面装着什么东西。

小美牵着他的手，像穿越丛林一样绕过那些障碍物，撩开一道布帘子，来到里屋，最主要的家具是一张大床，床头居然是印着一群肥胖天使的软包，两朵奇大无比的玫瑰并排开在枕头的位置。越过大床，杨粒看到了无纺布的简易衣柜，彩色的铝制鞋架，一张像三角钢琴一样高的电脑桌，摆在靠墙的位置，夸张地冒充着小美的梳妆台。

外面那些废品，明天一早，爸爸会把它们运走。小美露珠一样的眼睛看到了杨粒心里的疑团：放在外面会有人偷，不止我们一家在捡废。

小美麻利地收拾几下，不知从哪里给杨粒拉出一张方凳子来，告诉他，就在这一带，像这么一间小屋，每月至少两千，水电费还在外。杨粒看到一个公牛插座固定在墙边，明白他们是从外面接了线进来。也许这电也不花钱。

放下行李，不等杨粒坐稳，小美就拉他出去吃饭。

这是杨粒在金市的第一顿饭，小饭馆里样样都不错，餐具都是消过毒的，拿在手里热乎乎挺舒服。他看着对面小美那张仿佛在旋转的圆脸，假装刚刚想起来：你爸爸呢？刚才怎么没叫他？小美说：他来不了，人家叫他上门去收报纸。开吃没多久，小美用下巴指了指邻座那些年轻人，他们穿着制服，似乎正在说着工作上的事情。你别以为他们能挣很多钱，说不定还不如我们呢。在挣钱这件事上，我没有虚荣心，不管什么工作，只要能挣到钱。杨粒问她每个月能挣多少。小美做了个手势，杨粒呆了一下，接着问：是你一个人还是你跟爸爸两个人？

有时一个人也有这么多。

既然能挣这么多，你干吗不找个城里人嫁了？

那怎么可能？门不当户不对，何况这钱也不一定挣得长久，谁知道明天会怎样？所以我们总是在加班，我给我爸取的外号叫"恨天黑"，他最恨天黑，天一黑下来，就找不到活干了，就挣不到钱了，所以他最喜欢人家晚上叫他去收东西，那些人白天要上班嘛，到了晚上才有时间在家里整理内务。现在你知道为什么我们家有那么多废品了吧，晚上收来的，第二天才能拿到废收站去。

吃过饭，又散了会儿步，再回来时，就不觉得进门像翻山越岭那么困难了。

恨天黑已经回来，正要收拾自己的行军床，移开无数杂物后，他为自己刨出了个一米多长的小坑。小美递给他一个塑料袋子，里面装着他们吃剩的食物。昏暗的灯光下，杨粒看到床上多了两个有异国风情的大靠垫。小美说：是人家送给我们的。杨粒能想象人家是怎么送给他们的：看看这东西你们用得着用不着？不用就带下去帮我扔了。肯定是这么来的。有肥胖天使的床头，电脑桌……这屋里很多东西应该都是这么来的。

小美翻出一双男式真皮拖鞋，摆在他脚边：这个还是新的，一直没舍得拿出来给我爸穿。

可杨粒明明看到鞋底上有个印刻般的脚印。

恨天黑在外面咳嗽，吐痰，叹气，不是忧愁，是累得要命的那种叹气。

杨粒感到不安，恨天黑就在一帘之外，尽管他知道所谓订婚宴其实就是准睡证，尽管他们的初夜早就发生在见面没多久的小旅馆，但对于今晚，他还是有种偷窃的感觉，哪怕有扇门也好啊。

墙角有个水斗，小美拉灭灯，蹲到墙角淅淅沥沥地洗起澡来，这声音让杨粒如坐针毡。小美却很坦然，完了还大声喊杨粒：你来洗。杨粒恨不得扑上去捂住她的嘴，心想，你这一喊，等于把这道帘子也拉开了。

小美的手在被子底下摸了过来，杨粒赶紧按住它。你爸爸肯定还没睡着。

不会，他是倒头就睡，天亮才醒。

他在外面，我心里有障碍。

障什么碍呀，人家那些睡大炕的人怎么办？一家几代人老老小小好几对夫妻，不一样生儿育女？说着就趴到杨粒身上来。

杨粒还是不敢动。

等我们有了孩子，就去租个小公寓。

没孩子就不能租房吗？

大人就凑合凑合算了，孩子不行，我的孩子，一定要有一个新开始，一生下来，就要跟我不一样。

杨粒终于被她撩拨得不管不顾起来，他用残存的一丝理智，尽量屏气凝神，像相扑运动员一样平稳而绵长地用力，连应有的高调收尾都改成了咬紧牙关一声不吭。

小美咪咪地笑起来：没想到你胆子这么小。你以为你不出声，他就不知道了？杨粒什么话也说不出来，脸朝下趴在床上喘气。

小美很快睡着了，杨粒却在黑暗中大睁着眼睛，无声地叫骂：伍杰，你个狗日的，这就是你说的一室一厅？这就是你说的有餐桌、有床、有隐私的体面生活？他拿出手机，想给伍杰发信息质问他，发出之前却删掉了，他想起伍杰说过的另一句话：不管你听了谁的，这都是你的命运。

既然是命运，那么谁也不能抱怨谁，就算有人骗了你，那也是你命里注定的劫数。

　　杨粒用了两个多星期，才慢慢适应车库尽头老鼠洞里的生活，包括无声无息准确而缓慢的做爱，但他在床以外的地方却频频出现故障。第一天，他撞翻了装着稀粥的锅，惹得小美一通乱叫。第二天，他下床时没站稳，身子一歪就带翻了小美的床头柜和台灯，小美几乎骂娘了：这是我自己掏钱买的台灯！他索性停下脚步，气馁地坐到床上。小美说：你以为就你身材高大住不惯这里？我在老家也有两百多平米的大房子。又说：你就是闲的，等你有了工作，把自己累得舌头都收不回来，你就会觉得这里简直是天堂。第三天，根据小美提供的线索，他去了一家快餐店，那里在招聘送外卖的。小美告诉他：你不要嫌工资低，你只是需要借他这扇门，钻进去再说，你一天不进入工作状态，就一天徘徊在城市大门之外。第五天，杨粒工作了，他的快餐店叫李阿姨，他骑上印着李阿姨字样的轻便摩托车，穿上李阿姨的晴雨外套，载着李阿姨的外卖饭桶，在大街小巷钻来钻去，虽然是生手，但他一次投诉也没遇到，原因在于小美专门请了一天假，借了别人的电瓶车，载着他在街上跑了一整天，帮他认路。工作第一天，杨粒虽然累，但回到家里，老鼠洞仍然是老鼠洞，跟天堂不沾边。第二天遇上下雨，杨粒戴着头盔，听雨点唰唰打在雨衣上，不一会儿，外套湿透了，里面的衣服也湿了，他有心找个地方停下来躲雨，可一看时间，只差五分钟就超时了，一超时就会接到投诉，一接到投诉他这一趟就白跑了，只好咬咬牙，拎着饭盒湿漉漉地往七楼爬，爱叫外卖的多半是些住得高又没有电梯的懒货。这天他在雨中送出四十五趟外卖，感到这辈子都没这么累过，衣服湿了干，干了又湿，还没回家，他就在想念那个老鼠洞了，那里至少一切都是干的，他可以用他的毛巾擦干头发，可以换一套干爽的内衣，可以洗个脚，躺到床上睡一觉。在雨中这么一想，那个老鼠洞真的跟天堂一样美好了。

很快，杨粒就对外卖这行驾轻就熟，随便哪个地址，他只要瞄一眼，脑子里就能浮现那个地方的场景。

又到了春节，他们却没法回去，因为杨粒和小美所在的餐馆碰巧春节期间都不歇业，而且答应春节三天给员工三倍的加班工资，算起来就是九天的工资，两个人就是十八天，而回去的话，不但不能挣钱，反而要花掉一大笔钱，几乎是全年收入的三分之一。何况物业方面还传来一个信息，过了年，这个小区可能会新换一家物业公司，新的公司还会不会让他们继续看守自行车棚继续让他们白住？如果他们人在，人家说不定就同意继续延用他们，凭什么不用呢？他们又没有出过岔子，但如果他们不在，新的物业公司起用新人就顺理成章了。不就是过个年吗？不就是吃顿团圆饭吗？在哪里不是吃？至于结婚证，反正已经订过婚了，那五六桌饭不是白吃的，他们都是证人，以后随时都可以回去补，非要春节赶回去？回去还不一定拿得到，要等到正月初七以后人家上班了才能去拿，他们可待不起那么久，最多初五就得赶回来，正月初七，整个城市重新沸腾，赚钱的机会憋了一个星期后，猛地揭开盖子，得有多大的爆发力啊。杨粒低眉耷眼，他想象母亲一个人在家，默默嚼着一炒再炒的剩饭（她总是一次烧很多，然后再吃剩饭，这样省燃料），心中难过。小美说：我准备了一只包裹，吃的穿的都有，还有一笔汇款，我们现在就去邮局，给你妈快递回去。杨粒一听，眉眼马上开了。

　　对一座城市的掌握是从熟悉它的路线开始的，外卖送了近一年，半个城市已装在杨粒心中，最初的紧张与敬畏早已不见踪影，取而代之的是纵横驰骋，游刃有余，他甚至能在中途上公厕的时候利用手机上会儿网。

　　如果不是小美那句话，他大概怎么也不会想到改行这件事。

　　那次公司开季度总结会，他因为连续三个月没得一个差评而得了个奖，奖品是一只保温水瓶。递到小美手上时，她说：到底是当过老师的人哈，送外卖都比别人送得好！

　　小美也许是在夸他，他却僵在那里，半天回不过来神。

　　然后他就开始想，不能再这样下去了，老鼠之所以为老鼠，也许就因为它一直住在老鼠洞里，且只想永远住在老鼠洞里。

第一步，他要扔掉这份小美帮他找到的工作，那原本只是进入金市的第一步，只是个阶梯，怎么能从此就赖在这一步不动了呢？第二步，他要从老鼠洞里走出去，他要有自己买来的床垫和饭桌而不是恨天黑捡来的，要有自己的卫生间而不是天晴下雨白天黑夜都往公共厕所跑。

斟酌再三，他瞄准了导游这个行当，入这行必须先考个导游资格证，这难不倒他。他去了趟书店，买回了《旅游方针政策与法规》《导游业务》《全国导游基础知识》，啃透这几本书对他来说毫无难度。他没跟小美商量，他故意这么做的，他只想某一天把导游证递到她手里，让她知道他并不是非仰仗他们父女不可。他把书藏起来，每天清晨躲到麦当劳里去复习。

他越是做着跳槽的准备，就越是不想告诉小美他在想些什么，而他越是不想告诉小美，就越是想把所思所想毫无保留地告诉袁圆。

两个星期后，口试通知下来了，袁圆在第一时间得到消息，只对他说了三个字：快过来！他马上掉转车头，像条鱼一般嗖嗖地朝杨虹路游过去。

三

　　杨粒真的跳槽了，他去了一家名叫四海的小旅行社。

　　导游证拿到手的那天，他不得不告诉小美。小美呆立片刻，脸上依次掠过惊讶和失落，然后才是突然的尖叫：你去考了这个？什么时候去考的？我怎么一点都不知道？他仍然不想告诉她他的秘密教室，他撒了个谎：几乎没复习，以为考不上，所以没告诉你，没想到居然一次通过了。那是当然，你是当过老师的人啊。小美边说边忙着手边的事。

　　同样一件事，袁圆却是这样反应的，抱着他亲了又亲，又让他拿着导游证拍了张照片，把它设置成自己的手机屏保。

　　这以后，杨粒的生活就跟以前不一样了。闹钟仍然是一天的开端，铃声一响，杨粒就在残梦中提醒自己，不要动，先看看房顶，确定自己睡在哪里。

　　彻底掀开眼皮后，他看到了用带孔铁皮和木板钉制成的壁柜。慢着，再看一眼，是的，是他用小美爸爸捡来的废品亲手钉制的家具，旁边还搭着小美的衣服。好了，这是车站路自己的家，不是杨虹路袁圆的家。

　　几点了？还躺得像个月母子。小美早已起床，正对着墙上的小圆镜梳头。

在外面，他们不得不说普通话，一回到家，就像拆掉绷带一样飞快地放出自己的舌头。他们都觉得还是湖北话能让表达更流利更准确。

伴随着巨大的哈欠，杨粒缓缓坐起。小美背着身子问他：我昨晚说梦话了没有？杨粒在脸上揉了两把：谁管你说不说梦话！自己都睡不够。小美哈哈一笑，说声饭在锅里，一撩门帘走了。

真后悔不该告诉小美他的秘密教室，更不该告诉小美他还想继续在那里学英语，以备有朝一日去考国际导游，本来自觉自愿也很自得的一件小事，平白无故多了小美这个学监，他反而意兴阑珊了。

小美的电话又打了进来。除了起床的闹铃，小美还喜欢在上班时间偷偷打电话检查他是否已经进了教室，那语气俨然是她给他开设了那间秘密教室，是她在督促他学习、进步。

你到底起来没？

已经出门了。其实他刚刚穿了一只袜子。

又瞎说！出门了为什么我一点动静都听不到？

这一段路没有声音你叫我怎么办？他的火气上来了。

我是提醒你，不要三天打鱼两天晒网，要坚持到底。

晒不晒网关你屁事！管好你自己！

你现在越来越嚣张了呢，当了导游了不起？

我挂了。

关键时刻他忍住了，他提醒自己，不要因为有了袁圆，就忽略小美的价值，如果不是小美拿出来一笔钱送母亲去住院，母亲的腿不会好得那么快。他原来寄希望于当地的草药医生，后来医院的医生说，如果不是草药医生耽误时间，母亲可以好得更快。前几天他打过电话给母亲，母亲说她的腿基本没啥大问题了，还说小美注定是我们家的人，她一来，我们家那团乱麻就理得顺顺的，一根是一根。

杨粒来到外面时，已经六点半，他当外送员时，差不多也就是在这个时间进教室，顿时觉得自己还算有毅力，毕竟在这个时候起床的人，大多数是为了上班，是被制度从床上揪起来的，他起大早，却是在默默执行自己的计划。

小美又打电话来了。杨粒故意把电话拿开一点，让她听到街上的汽车声。

我在厕所里。我刚刚看到一个视频，桂林那边一个导游骂游客不买东西，现在所有人都在骂那个导游，恐怕他再也当不了导游了，你可不要这样，退一步海阔天空，大不了我们少赚点钱。

赚少了你又要骂我。

我几时嫌过你赚得少？废话少说，我打电话是要告诉你，我感觉我可能怀孕了。

啊？那怎么办？得赶紧回去拿结婚证呀，不然孩子没法上户口，是黑户。

没事的，几时回去顺便去把它拿了，用不着专门跑一趟，我家表姐孩子六岁多要上学了才去拿结婚证，我们是办过婚宴的，到时村里出个证明，一去就能拿到。

我觉得还是老老实实按规矩办比较好。

行了，你就别操心了，我也只是感觉，到底有没有，等我验证了再说。

真不用回去一趟？

不用，回去一趟得浪费多少时间？生一个孩子要花很多钱的，养大孩子更花钱。为什么你从不想到兼职？很多人都有兼职。

我只有一双手，一个身子。

难道我有两双手两个身子？不跟你说了，我要回去上班了。

杨粒听到了冲水的声音。

四

伍杰一身轻捷的迷彩装，像头豹子一样猛地出现在四海旅行社门口。

杨粒提议先去宾馆给他登记个房间。你所说的那个一室一厅太小啦，没法带你去做客。

伍杰没有觉察到他话里的讥讽，连说不用，他只是路过这里，顺便过来看看他，他所在的装修队新接了一宗业务，离这不远，三十五分钟高铁，车票已经买好，下午四点五十就得离开。还特意叮嘱杨粒不要告诉小美和她爸爸他来过。

怎么样？比你在那个乡村小学强多了吧？我觉得你相貌都变了，以前的你就像一根蔫黄瓜。

是变了，先是变成一头驴子，驮着东西满大街乱窜，现在又变成了一条狗，还是猎狗，带着一帮人全国各地到处逛。

那也比蔫黄瓜好。

好不好的，都是我的命。杨粒再也忍不住了：你认为我就是这样的命。

怎么啦？跟小美过得不好啊？

什么叫一室一厅！什么叫有餐桌有床有隐私！就他妈一个垃圾坑，我不是嫌弃，我是觉得你没必要骗我。

喂喂喂，要不要我们现在一起过去看看，当然是一室一厅啦，我又不是没去过那个地方，至于垃圾坑什么的，那只能说他们不会收拾，人靠衣裳马靠鞍，房子是要靠收拾的，不会收拾的话，再好的房子，也能把它住成狗窝。至于餐桌什么的，很难解决吗？两个人去趟家具店，实在不行去趟二手家具店，什么都解决了。

杨粒放慢脚步，突然笑了：也是哦，怎么就没想到这一点呢？你他妈真是一颗百忧散，好啦，不说这事啦。

小美那个人，可能你也看出来了，做家务不咋样，再加上也比较忙，实在无法忍受了，你就吼她一顿，甚至打她两下，保证有改观，好老婆都是教育出来的。要真是教育不过来的话，我批准你直接走人。外遇不就是这么产生的吗？两个人无可挑剔水都泼不进的话，是不大容易产生外遇的。

这话又触痛了杨粒，看来袁圆的出现并非平白无故。他小心地抿着嘴，提醒自己千万不要提到袁圆这两个字。

真的！伍杰的肩头撞了杨粒一下：谁的好日子都只有那么几年，不要憋屈了自己，当然我跟你说这个也没用，我相信真的好东西来了，你想克制也克制不住，谁都没法约束自己的本能。无意中瞄了一眼杨粒的手机：你怎么还用这种手机？赶紧换掉吧。

又不是不能用。

这你就错了，手机代表着你的生活品质。

我就这个品质啊。要诚实嘛。

那你就不要跟我抱怨，恕我直言，这种手机，跟小美，跟那个一室一厅，还蛮般配的。

伍杰把杨粒扯进手机店，不由分说帮他挑了一款最新的，杨粒从钱包里拿出银行卡时有点犹豫：这个月刚发的工资，还没来得及交给小美呢。

全额交给她？凭什么？

既然成了家，日常开支总得由男人来嘛。

没成家之前她他妈一直都在挨饿吗？她又不是不挣钱，说不定比你还挣得多呢。意思一下就行了，不要全额交。

但是，我已经开始交了，突然停下来的话，该怎么解释？

你他妈结婚才几天呀，怎么就过成这副鬼样子？你又不是她生的，凭什么那么听她的话？

是啊，一开始就没走上正轨。

很简单，你说你在街上把人家车给剐了，跟人家私了了。

骗鬼吧，我连个摩托车都没有，拿什么剐呀？

要不就说你嫖娼，交罚款了，敢吗？

你这家伙，小美还是你表妹呢。

得了吧，我是你哥们儿，不是你的表舅子，所以你看我来了也不想去见她，跟你唠两句就行了。

其实杨粒也更愿意享受跟伍杰无话不说的朋友关系，而不是深不得浅不得的亲戚关系，不禁嘟囔道：结婚也没啥意思，远远不如跟你在一起快活。

伍杰一直晃来晃去的身子停了下来，拍拍杨粒的肩说：算了哥们儿，就冲你这句话，这手机我给你买了。

不行不行，我们不搞这些，我一辈子都不想跟你发生经济来往，除非我想跟你断交。

我明白你的意思，这点钱不会影响我们的友谊的，这样好吧，这笔账你先记着，等新款出来，你也拔拔毛，给我买一个，不就扯平了吗？

说话间，伍杰的银行卡已经到了收银员手里，杨粒再想婆婆妈妈倒显得无趣了，就在伍杰背上狠拍了两下。

看看时间还充裕，两人找了家火锅店，一个踩着一个的脚后跟走了进去。

伍杰话说得多，菜吃得少，除了偶尔涮个牛肚和笋尖，其余时间都在喝啤酒。

小美怎么样？能找到你，她应该天天给你洗脚才对。

不说这些了，说点别的。

不能不说，我给你牵的线，你过得不开心，我心里也堵。

别的也就不说了，她爸爸……就在一道门帘子外面，躲在被窝里放屁都听得见，一开始老子完全不习惯，快憋死了，后来慢慢地脸皮总算厚些了，心想只要你不在乎，老子也可以不在乎。打脸啊，以前我鄙视那些七八对夫妻住一间屋子里的农民工，现在我跟他们有什么区别？

这种傻女人，迟早会把男人逼到外面去。

杨粒浑身一震，又有点走神了。

伍杰端起杯子，跟他碰了一下：我劝你，一不要责怪她，二不要埋怨她，默默地、义无反顾地反抗，你不觉得这正是你的好机会吗？趁她还没有觉醒，一不做二不休，在外面悄悄发展一个，享受了再说。你他妈相貌堂堂，还愁找不到个女人？要不要我教？不要找那些一脸单纯的，那些人比较麻烦，我们这种人，就要找那种有过故事有过挫折的，可能不算很漂亮，也不算很年轻，但这种人比较能他妈包容……

杨粒顿时从头蒙到脚，袁圆不正是他描述的这种人吗？难道伍杰已经知道了他的事，特地代小美来对他旁敲侧击、教训他？不像。事实上也不可能，自从结婚后，这还是杨粒跟他第一次见面，虽然有过通话，但杨粒清清楚楚地记得，他从没在电话里跟伍杰谈到过这类问题，他跟谁都没有谈到过。难道是小美掌握了什么情况，通报给了伍杰，专门请求伍杰来做他工作的？冷汗唰地冒了出来，忙问伍杰：小美平时跟你联系多吗？

我跟她的联系也就是回老家后的偶尔碰面，平时几乎想不起来世界上还有这么个人。

既然是这样的关系，你还给她做媒？

你以为是我主动上去给她做媒的？还不是她家那些老人非要缠着我，说我认识的年轻人多。我权衡一下，觉得她条件还可以……

行了行了。杨粒脸上有些热，他想起见面第四天，小美就拿出自己的私房钱，偷偷塞给他把母亲送进医院的事情，那钱他后来不但没还给她，而且还有被订婚仪式深深掩埋下去的趋势，因为他们俩谁都没再提起过那笔钱。

排除小美请他来刺探的可能，就剩下一种可能了，伍杰无意间踩到了他的秘密，又或者，他的秘密本不是什么了不起的秘密，他的秘密是万千琐事中极为普通的一例。

如果哪天我真做了你刚才说的那种事，你会告诉小美吗？

我又没疯！亲戚算个屁，朋友才是值得珍惜的。

既然你这么反感她，为什么又要把她介绍给我？

不是反感她，男人女人一成年，很自然就分成了两个阵营，我他妈怎么会跑到对方阵营里去呢？我又没变性。

我当然知道你没变性。你雄得很呢，跟我说说，你在外面是不是有情况？

他知道伍杰婚结得早，老婆在老家开着个家庭小超市，在老人的帮衬下，一边带孩子一边做生意。

怎么能没有情况呢？没情况怎么过？我们是什么人？草民！还算不上草民，只能是流民，今天这里明天那里，哪里有钱挣就奔哪里，我们是真正的流民，我们流民不自己寻点快活，谁来管我们的精神生活？那些稳定的人，有单位的人，那些国家的人公司的人，他们的一切都有领导操心，他们没对象，生理需要得不到满足，领导还给他们组织相亲活动，一次不成功来两次，两次不成功上电视，我们呢？谁来管我们？全靠我们自己动脑动手。不要以为老婆是精神生活，那怎么能算是精神生活呢？老婆是经济基础，光搞经济基础不行，还得搞好上层建筑，上层建筑才是精神生活。高中学的那点东西我可没忘。

你是说，在外面搞点情况就是搞上层建筑？杨粒扶着酒瓶哈哈大笑：真没见过你这么厚脸皮的。

管他脸皮厚不厚，你先说说我讲的有没有道理？我们是不是既要搞好经济基础，又要搞好上层建筑？你结婚也有些日子了，经济基础搞得差不多了，该搞搞上层建筑了。不瞒你说，我一直都是两手抓，两手都很硬。伍杰舞动着两手：这只手，跟这只手，从来不打架，这里面有学问哪哥们儿，要摆得平，要捋得顺，还不能原地踏步，要向前看，要取得持续性发展。

杨粒差点笑得岔了气：伍杰你听我说，我马上辞职，我不干导游了，我跟你搞装修去，跟你在一起，我至少可以多活二十年。

你活那么多年干啥？不行！我俩要是天天在一起，还在一个老板手里结账，不出一个月，估计就该翻了。

有那么一霎，杨粒觉得餐厅里突然静了下来，服务员们稀稀拉拉站着，从各个角落里向他们这边张望。

他们该不是要给我们唱歌了吧？我听说那个要格外加钱的。

杨粒低声问伍杰。

你个货真价实的乡巴佬！人家午餐结束，要关店休息了。行了，长话短说，限你今年之内，一定要搞出个情况来，否则我他妈瞧不起你。

杨粒招手买单，面有得色。真不愧是我哥们儿，实话告诉你，好像有点谱了，圣诞节那天碰到一个姑娘，感觉不错。

伍杰愣了一下，顺手抓过剩下的最后半瓶啤酒，咕嘟咕嘟灌了下去，下巴上的酒都来不及擦，一把将杨粒的脑袋狠狠地揽过去。好哥们儿，好好活着，好好享受。

发什么神经啊？杨粒费力挣出头来，服务员正不好意思地背过身去。

刚一出门，伍杰就迎风打出一个嗝。

杨粒你看到对面那栋楼了吗？以前，我很怕从这种楼里出来的人，觉得他们都好了不起，每天穿得整整齐齐，白白净净，清凉无汗，又在那么高档的地方进进出出，现在倒过来了，现在我只佩服那些开着高档车，在人行道前给行人让路的人，那些人才是真正的牛人，他打一个电话，那些高楼里的人就忙得像陀螺，他要是在电话里吼一声，那些人没有一个不装孙子。

难道你想自立山头？

那倒没想过，只是觉得，一个小木工，能泡到什么像样的女人？终归是有瓶颈的。

哈哈哈！杨粒看到路上的行人纷纷朝他看过来，但他无论如何也克制不了自己的大笑，他不停地拍打伍杰的后背，直拍得伍杰苦着脸差点吐出来。

难道你活着的目的就是为了泡更多的女人？

下层人以泡到中层女人为荣，中层人以泡到上层女人为荣，拥有什么样的女人，最能证明男人的品质。为了检验自己进步与否，我们要不停地跟女人们接触。

杨粒再次哈哈大笑起来。天底下只有伍杰一个人拥有令他哈哈大笑的本事。

五

杨粒在电话里跟小美讲好，今天他要带队去河西走廊，一个星期以后才能回。他一边说一边聚精会神地打着手势，就像小美就站在他面前，而他眼前正有一本日历，他在数点那些数字。

知道了，你昨天不是跟我说过吗？

挂了电话，他抹了一把脸，抹去了撒谎带来的羞惭，低着头直冲地铁站。嗯，有些谎言是善意的，总之我有底线。他对自己说。其实他是明天出发，撒谎赚来的这一天要送给袁圆。他这么干不是第一次。要么提前出发，要么推迟回家，小美从没发现过这空出来的一头一尾的零碎时间。

　　车站路在东南方，他要去的地方在西北方，中间换乘一次，一共坐了十七站，才从地铁站爬出来。这里连空气都跟车站路不一样了，车站路的上空仿佛开着一千个不同风味的熟食店，这里却只有草坪和水泥，闻起来像刚刚洗净晒干的衬衣。

　　上了地面还有三站路，他放弃坐公交的打算，环境能在人身上留下某种特有的味道，他不能让车站路的味道冲进袁圆的鼻子，正如他也不想把袁圆的味道带进车站路的老鼠洞里，让小美闻到一样。

　　路边有个小超市，杨粒进去买了一包口香糖，撕开一片，丢进嘴里，又对着镜子整整衣领，捋捋头发。每次他路过这里，都会做这个动作，他发现他的容貌在这趟斜穿城市的路途中发生了变化，他能感到他脸上有什么东西软了下来，活了过来，亮了起来。

　　他大步拐下人行道，进入另一条岔道，前面不远就是动物园。

他常常会想起袁圆那些出人意料的说辞，比如她说，他能通过导游资格考试，是老天对他圣诞节那天救她一命的赏赐。我听说这个考试很难的，没有人能轻轻松松一次过关。她的表情显示，他救了她，不是他有恩于她，而是她有恩于他，因为她给了他一个老天眷顾的机会，如果不是她给了他一个机会，他至今还在风里来雨里去地送外卖。

不过，学英语的点子确实是袁圆想出来的。你现在是国内导游，等你学好了英语，就可以去考国际导游，这是我最羡慕的职业，不花一分钱，全世界走遍。杨粒劝说她跟他一起去考，她断然拒绝：我不会轻易改变自己的目标，我要当兽医。又说，目标太多的话，就是贪婪，她不想做个贪婪的人。

动物园深处的一栋小平房里，有一间几乎独属袁圆的办公室，杨粒到那里去过一次，里面装满了猛兽的食料、加工工具、药品、清洁器材，却异常整洁，不免让他想起车站路的老鼠洞，算了，不要比较，这对谁都不公平。

杨粒赶到的时候，袁圆正满脸沮丧地靠在椅子里发呆，杨粒的到来也没能让她高兴起来。杨粒走过去，脸贴脸地问她怎么了。

她的眼泪应声而落：知道吗？兽医处新来了一个兽医，才三十多岁，原指望现任兽医退休了我可以顶上去的计划落空了，我的努力全白费了，如果不能当上兽医，我的新生又有什么意义？一切都白忙活啦。

不妨这样想，兽医也好，饲养员也好，服务对象都是这两只老虎。

你给我闭嘴！兽医和饲养员，根本就是两种人，而且我百分之百可以当兽医啊，凭什么要当饲养员？我在农学院待了四年，到了这里又一直配合兽医的工作，好多次老虎有毛病，我打电话申请兽医，兽医不想动，就在电话里指使我怎么做，那点路数我早就会了。

你是说，你是农学院毕业的？杨粒颇受打击，闹了半天，他们不是一样的人。

事实就是这样，我能给动物治病，但他们视而不见，没有人肯为我说话。

你需要谁帮你说话？或者你认为谁能为你说得上话？

还有谁呢？当然是我们的园长，一个女园长。

她盯着他看了一阵，走到一边去擦拭那些加工工具，擦完了，又把那些清洁用品检查一遍，重新摆放整齐。做这些时，她一句话不说，完全沉浸在忘我的状态。

杨粒紧盯着她的双手，以及轻轻移动的身子，她专注工作时比发呆更好看。

你……能不能提前喂食、提前下班？杨粒轻声提醒她，上次他来这里找她，她就是这么干的。

她竟然没听见，专心致志地、机械地忙着手里的活计。

最后一刻，她拿起手里的切肉刀，哪的一声砍在砧板上，回过头来，两眼晶亮地看着他：就这么干！

你是说，我们现在就走？杨粒越兴奋，声音就越低。

她眼里闪过一抹失望，很快又亮起来：走！回家。

袁圆跟人合租一个小套，她住小间，不占客厅。

像车站路的房间一样，床占据了房间的主要位置，浅棕与黄色相间的夹层床罩看上去整洁而舒适，亲切地向他们发出邀请，他们连鞋都来不及脱，进门就倒在床上。

安静下来后，他才说：我又对她撒了谎。

她在他脸上摸了一把，像是赞许，又像是不以为意。

我做饭给你吃。

袁圆还是一把做饭的好手，不一会儿，已经利索地烧了一荤一素，杨粒看看清爽的菜盘，又看看袁圆明净的小尖脸，忍不住说：你会是个好老婆。

当一个男人不想当这个女人的丈夫时才会这样夸她。别废话了，我问你，我跟你说过的话你还记得吗？我的生命有一半是你的，你可以行使这一半的权利。

我现在还不算在行使权利？

她拿筷子在他头上敲了一下：行使权利就是爱护她，经营她，而不是使用她，消费她。

说具体一点。

她端详着他，眼睛从他脸上一寸一寸地滑过。肯定有很多人夸你长得帅吧？

在我们那里，一个男人长得帅不是优点，再说我也不觉得我帅，五官端正的普通人而已。

长得帅的男人和长得漂亮的女人一样，不会只属于某一个人。

不要冤枉我，结婚之前，我跟女人最近的距离没突破过一米，结婚之后，你是我交往的唯一女性。

如果我有事请你帮忙，你会答应吗？

那还用问。

不要轻易答应，我很认真的。

你可以找个本子把我这句话写下来，只要不是杀人放火，杨粒愿为袁圆做任何事。他想，你一个小姑娘，除了对自己下狠手，还能有什么歹毒的计划不成？

手机响了，杨粒猜是小美的，有点不合时宜，但最终还是从口袋里拿了出来。点开的瞬间，电话已经断掉，片刻，换成了短信：速电我，有急事。

杨粒马上起身，心跳加速，她发现了什么？不会是旅行社打了她的电话吧？他没在旅行社那边留她的电话啊。

电话接通了，小美先问他在哪里，他说在火车上。他看到袁圆捂住了嘴。

火车上咋这么安静？

是啊，高铁嘛。

小美突然嘎地一笑：我有了！刚用验孕纸验过。

啊？

他本能地觉得不宜在袁圆面前谈这件事，尤其不能表现得太喜悦。

你什么意思？一点都不振奋嘛。

没有……我只是，太突然了，我有点蒙。

蒙什么蒙？这难道不是理所当然吗？

放下电话，他瞪着对面墙上的某一点，无法动弹，明知这是迟早的事，还是觉得一座泰山陡地移到眼前，怎么办？孩子在来的路上了，可他还没准备好。岂止没准备好，他怕的就是这事。他见过几次坐在肮脏三轮车斗里的脏兮兮小孩，每次见到都忍不住一眼一眼追着看，如果他和小美生了孩子，很可能也要坐在恨天黑的车斗里，很可能也是那副小流浪汉的模样，现在，这个想象就要变成现实了。

什么事？袁圆紧张地问他，他的表情吓到她了。

没什么，同事的电话。

袁圆的声音把他从恐怖的想象中拉了出来，他望着她，不由自主地滑出一句：要是你怀孕了，你会生下来吗？

哎呀，差点忘了！她惊叫一声。今天中午食堂做了烤鸡翅，我偷偷包了两个出来。忙不迭起身去包里拿出一个纸包，仔细展开，里面是两个火红色油汪汪的鸡翅。

她是没听见，还是故意避开他的话题？他接过她递上来的鸡翅，两眼空空地瞪着她。

吃呀！

如果有一天我消失不见，你会怎么样？他想象孩子总是黏着他，他根本没有时间出来幽会。

当然要继续活下去。死过一次，不能再死了。

你一点都不在乎我。以前你说你不介意我老婆，现在我知道了，你真正不介意的是我。

那你呢？你介意我吗？如果介意，为什么不为我离婚？

杨粒手一抖，鸡翅掉在地上。

袁圆哈哈大笑：看把你吓得！放心吧，在我当上兽医之前，我是不会结婚的，我不想以动物饲养员的身份跟任何人结婚。

杨粒假装若无其事：兽医老婆，饲养员老婆，本质上都一样。

但新郎会不一样。

你说得对。杨粒深深地点头，他有点悲伤，同时也放了心，他永远不用担心袁圆会黏上他，也不用担心袁圆会跟小美纠扯着头发在街上打架，她的志向根本不在他杨粒这里。

认清这一点也好。他推开碗筷，像这家的男主人一样叫道：我的水杯呢？上次过来，他就把自己的水杯，还有短裤和袜子留了一套在这里。

袁圆递给他水杯，他接过杯子打量。有一天，他从这里撤退的时候，这个杯子是带走呢，还是砸了它？他突然有点看不清杯子上的图案了。

六

杨粒陪小美到医院做第一次产检。她昨晚兴奋得睡不着觉，一个劲地让杨粒猜是男还是女，杨粒几次睡过去又被她摇醒：你可以想想取名的事了。还早呢。杨粒含糊应道。你不取我取了，先说好，我取的名，孩子就跟我姓。杨粒含混地骂道：狗屁！她反而笑了。

实际上，杨粒并不能进产检房，那个房间透着一股神秘感，里面的人侧身出来了，门外候着的人才能缩紧身体从门缝里闪进去，门随即贴着脚后跟关上，就像里面坐的不是医生，而是巫师。

十分钟后，小美两眼放光地拿着张表格出来，拉着杨粒的手就往外走，如同刚刚幸运地得了一个原本不该她得的好处。

好了，你的孩子已经有拳头这么大了。小美停下来，握着拳头喜滋滋地在他眼前晃。

拳头？杨粒困惑不解：娃娃难道不应该是长条形的？

你真无知。小美撇撇嘴。

恐怕最紧要的还是回去把结婚证拿了，不然孩子报不上户口。

那还不简单？拿着出生证，去村里开个证明，再去一趟派出所就可以了。

开证明不也要有结婚证吗？

谁不知道我们是夫妻？那天那么多人都来吃了我们的订婚酒席的，那不是白吃的。

那没用，拿不出结婚证，就是非法同居，孩子就是黑户。

你也太老实了，当然要去拿，那也得看我们哪天有时间。赚钱最要紧，没有钱，光凭结婚证人家能让你孩子读书？没有钱，孩子住哪里？难道跟我们一起住在那个垃圾堆里？

所以我说应该晚点再生嘛，奋斗几年再说。

你不光老实，还很天真，你能奋斗成什么样？我们这种人，再过十年、二十年都不会有大起色，到时候我不光脸老了，子宫也老了。

我是替你着想，你们女人不都喜欢安全感吗？结婚证都没有，也敢生孩子。

有结婚证就有安全感？搞外遇的恰好都是堂堂正正拿了结婚证的人。

杨粒不敢吱声了，小美还在意犹未尽地嘀咕：我就不信，我一天拼命干他十几个小时，还养活不了我的孩子。我当然不会让他出生在那个垃圾堆里，我已经想好了，快生的时候，就去租套房子，还在车站路这一带，也不用大，一室一厅就够了。

她的确比自己操了更多心，杨粒心生感动，第一次起了收敛之心，还好，到目前为止，他自忖没有过多地倾向袁圆那边，起码他没给过她钱。钱是他的底线，如果他在女人身上花了钱，那才是真正的背叛。他不知这是自己筑起来的底线，还是继承了杨庄男人的某种基因。

小美带他去看婴儿床，婴儿用品，满满一屋子，全是蓬蓬松松的粉红粉蓝粉绿，大肚子们在里面认真挑选，身边不是带着小厮一样的丈夫，就是全心全意提供服务的老妈。杨粒不想看：我们还早呢。小美头也不抬：了解一下行情嘛。

杨粒只得有一眼没一眼地跟着看，在一条小手绢面前，他失声惊叫起来：这条小手绢二十元？

小美打了他一下，低声说：别丢人了，这是有机棉。

杨粒逃到门外去等她，他不敢往下看了。

小美很快也出来了。

照这个行情，我们根本养不起孩子。杨粒气鼓鼓地说。

是啊，要不这样吧，我回家去带孩子，你跟爸爸在这里就不用租房，开支少了，还可以存点钱。

这个主意不错。杨粒马上想到袁圆的那间小闺房，如果小美跟孩子不在身边，他是不是可以彻底住到那边去？不禁心驰神往，紧接着又自责，不该当着小美的面想这些。

喂一年奶，不光奶粉钱省了，这边的生活费也省了。小美继续说。

索性在家住两年吧，两岁多就可以上早托班了，把他交给我妈，你回来上班，我们一起给他挣学费。

两年啊？两年不够吧？

杨粒心花怒放，小美两年不在身边，他会跟袁圆疯成什么样子啊！他怕自己忍不住，借口去给小美买水，跑开了。

回来时，小美正用纸巾捂着嘴作干呕状，每天上午，她都会来几次孕期反应，其他时间倒还好。呕过了，夺过矿泉水，白了杨粒一眼：你休想！

什么？

你刚才说的，休想！我哪都不去，爸爸妈妈孩子，谁都不许走，守在一起，一家人就是要不顾一切地守在一起，大不了我辛苦一点。

你决定呗。杨粒无精打采地应了一声。

七

一种变化在悄然发生，或者早就发生了，但杨粒没有及时觉察。

先是两个面孔熟悉的同事不见了，他跟那两个人没讲过话，但他对他们的举止做派印象深刻，一个总是戴着帽子，写字看书时就把帽檐转向后面，每句话前不离"我操"，我操肚子饿了，我操这么热呀，我操这个团怎么都是些老太太呀？还有一个看上去不像做导游的，戴副眼镜，慢条斯理，没事就安安静静地坐着，像个旁观者一样打量身边的人和事，跟其他风风火火的导游完全两样，但据说那人其实是旅行社的金牌导游，可能他的形象容易让人产生信任感吧。起先杨粒并没注意，有一天不知怎么想起来，耳边似乎少了个我操我操的声音，再一看，那个和善的眼镜男也不见了，留心观察了一阵，他确信他们已经不在四海旅行社了。向一个同事打听，才知道这两个人已经走了，也不知是去了别的公司，还是改了行。

你有什么想法？那个人反过来问杨粒。

什么想法？

这一行比以前差多了，光是取消购物店这一条，就特别没意思。那些人也没意思，有一天，我一上车就看到两个老女人一直在看《旅游法》，法你个头啊，老子又不是前世欠了你，这世要白白服侍你。说实话，我也不想干了。

杨粒慢慢明白过来，他选在一个特殊时期入了这一行，他来之前，导游们处处都可以拿回扣，搞得好的话，导游几乎可以奋斗成高薪阶层，但杨粒恰好是在导游走下坡路的时候进来的，没有尝到那些好吃的，就不知现在的有多难吃。何况他也没有挑选的余地，好歹也是需要考试合格才能进入的行业，跟捡废和一般的体力活不能比，尽管工资低（底薪两千，带团的话每天另有八十块补贴），他还是兴冲冲地干着。

但是，新入一个行业也不是那么容易的。杨粒想到自己好不容易才考了个资格证，他对资格证是抱有敬意的。

所以转行要趁早啊。这边我也不会丢，我不干专职了，我干兼职的，有团有需要的时候喊我一声，平时我另有工作。

兼职就没有底薪，每天发点导游费，比补贴高。这办法倒也不错。

局势说变就变。不知是旅游的人正在减少，还是竞争激烈，客人逐渐流失，以前人还没回来，电话就打到了他手上，问他几点到家，下一趟安排在几点，请他届时到哪里接团，现在总是要在家等上几天，才能接到旅行社的电话。

等团的时间里，杨粒拒绝待在老鼠洞，他不想这么快就让小美知道他没活干了。他装着去上班的样子，一脸镇静地往外走，到了路口又不知该往哪边去，发一会儿呆，最终还是两条腿给他指了方向，驮着他往动物园那边赶去。有时他想，如果旅行社还像以前一样忙，他不会去动物园这么勤，半失业状态让他和袁圆越来越密不可分。按照袁圆的吩咐，他一般不去她的工作间，而是直接去猛兽区，扮作看老虎的游客，然后打袁圆的电话。他们在老虎身边见面。

杨粒在虎舍边逗留了一二十分钟，袁圆才推着投食车，咕噜咕噜走了过来，还隔着两三米远就开始发牢骚：你看看，这跟农妇喂猪有什么区别？喂猪还可以把猪杀了吃肉，喂老虎只担心一件事，千万别把自己喂了老虎。

危险的确是存在的，比如打扫虎舍，按规定她一个星期打扫一次虎舍，老虎的粪便奇臭无比，不能因为粪臭熏走游客，也不能因为粪臭让老虎得病。杨粒从没见过袁圆打扫虎舍，那得两三个人同时进行，把老虎从一个笼子赶进另一个笼子，多半在没有游客进园的时候进行。

杨粒接过投食的叉子，替她干活。

等他弄完的时候，袁圆不知从哪里拿出个牛皮纸文件袋来。

给你看个东西。

是那个女园长的资料，照片看着挺精神，没有脂粉气，也不见主妇气，如果不是已经知道她的身份，很难猜出她的职业。杨粒心中默算了一下，园长比自己足足大了十八岁。这个年龄，还能在脸上看出青春的尾巴，实属难得。

袁圆特意把她的简历找出来，指给杨粒看，马咏丽，师范学院毕业，八年中学老师，五年区教育局干部，四年区长助理，五年市妇联副主任，三年植物园园长，直到现在的动物园园长。还有家庭情况。儿子在国外留学，丈夫是某国企高管。

杨粒看一行就望一眼袁圆：为什么给我看这个？

我有一个好点子，是给你的，你可以通过她发点小财。袁圆指指那只白虎：你看见了吗？它怀孕了。

它怀孕跟我有什么关系吗？

我在想，其实我们可以利用虎崽开发一个短期项目。

袁圆比比画画才说了几句，杨粒就跳了起来：你太聪明了，太厉害了，这么好的点子你是怎么想出来的？赶紧去向她报告呀，她肯定会嘉奖你的……

你想错了，恐怕不仅不会得到嘉奖，还会留下不好的印象，身为饲养员，却操着她园长该操的心，换成是你，你心里会舒服吗？所以我让你去，你是旅行社的，你是导游，现在我们假定你还有一个了不起的长项，那就是旅游产品设计。

天哪，你的脑子！能不能借我用用？

但我有个条件，我把这么好的点子送给你，你结交了她，不要忘了我。

结交？怎么可能？我跟她完全是两个世界的人。

贡献这个点子的目的，就是让你拿着它去结交她呀，我的命运握在她的手里，我需要你从她那里偷到钥匙，解开我的命运之锁。

杨粒一脸懵懂地看着她：你是叫我去求她把你从饲养组调到兽医组？

袁圆点头，一脸终于被他猜到正确答案的表情。

你太高估我了，人家正眼都不会瞧我。

所以你要不动声色地跟她发展出交情来，交情能超越一切界限。

但我不善于跟女人打交道，我跟你那是因为……

如果女人对你感兴趣，你不擅长也没关系。

她怎么可能对我有兴趣？她是什么人？我是什么人？

谁知道呢？好了，你不要有心理负担，你仅仅以合作者的身份去找她谈项目，这样你就能理直气壮了，你甚至可以瞧不起她，因为她连自家地里的好项目都没看出来。

我还是有点心虚，如果她说，这是动物园的事情，不需要我这个外人来操心怎么办？

你太低估她了，她绝对不会说出这种没素质的话。

如果她问我，你为什么对我动物园的事情这么感兴趣呢？

喂！仅仅一个想法就把你吓倒了吗？袁圆突然提高声音，一脸嘲弄地看着他：你还记得我们第一次见面吗？那时我说，我们这种人，掩饰得再好，也会在不经意间露出村气。你现在的胆怯、忐忑不安就是村气，你一丁点自信都没有，前怕狼后怕虎，这个样子能做成什么事？换位思考你不会吗？假设你是她，我是你，我来跟你说，我发现你的动物园里有一个转瞬即逝的赚钱机会，一个难得的短期项目，你会怎么想？你是权衡这个项目，还是撇开项目揣测我这个人的动机？

好吧，我承认我需要一点时间来给自己打气。

你要多长时间？一共只有短短一个月，小虎崽一满月就要吃生肉，就不敢做这个项目了。就算她认可了这个项目，还需要时间去做前期宣传，还有各方面的准备工作。

好好好，我去试。

不是去试，是一定要成功，成功了你就是一个崭新的杨粒，不成功你就是个笑料。

袁圆，咱们能不能把日子过得单纯一点？简单一点？

单纯又简单的日子能让我当上兽医吗？

为什么一定要当上兽医呢？像你现在这样有什么不好？

是呀，没什么不好。袁圆睁着大大的眼睛，看着他一字一句地说：但有一样不好，我白死了一场，白搞了那个仪式，我玩那一出纯属不要脸！

好吧你说，我该做些什么准备。

项目计划书已经给你准备好了。袁圆拿出一沓纸在杨粒面前晃了晃。

第 2 章 Chapter 2

一

　　杨粒终于来到园长办公室。跟他在电脑上看到的一模一样，那里宽阔，干净，整洁，中性。

　　马园长一头短发，坐在巨大的办公桌后面，跟他的想象不一样，她并没有握着一支笔签文件，而是在看书，胳膊撑着脑袋很悠闲地看一本书，而且一看就不是公务方面的书，像是一本厚厚的消遣读物。

　　杨粒自己都没听清他进门第一句话说了些什么，办公室明明很安静，他脑子里却莫名挤进了许多噪音，他和那些噪音一起挤进去时，她从书上缓缓抬起头，开始是和善，继而两眼亮晶晶的。他为那点亮晶晶的东西受宠若惊。

　　他递上自己的名片，自我介绍在旅游公司上班。他一边说，一边看着她眼里那点亮晶晶的东西缓缓熄灭下去。

　　不好意思，我认错人了。她很快变得面无表情。

　　这点小插曲让他紧张了一下，差点就夹着尾巴逃了出来。五秒钟的尴尬过后，他决定重整旗鼓，既然已经来了，落荒而逃只会让自己一败涂地，连累袁圆也一败涂地，袁圆会因此恨死他的。他深深地吸了吸气，怕被人打断似的一口气讲完袁圆帮他起草好的内容。

就一个月，时间不长，却会在很多人心里留下终生不灭的烙印，未来他们或许记不住你的动物园，但一定记得那只小老虎。他用这句话为自己的游说收尾。

马园长牵了牵嘴角，不失礼貌地说：嗯，你接着说吧。

他已做好被中途打断强行送客的打算，意外之喜让他心里一松，脑子重又活跃过来，信马由缰地说了下去：我们还可以保留那只小老虎与游客的照片，等小老虎长大了，小孩子也长大了，再一次相约在动物园，找找他们幼时的合影，跟长大的老虎再来一张合影，人与动物关注彼此成长的关系可以一直持续下去，这时的动物园，应该成为人们最愿意光顾的休闲之地。

马园长从桌边站起来，把他引向旁边的会客区，请他坐在柔软的沙发上。他注意到，除了黑色的 POLO 衫，马园长还穿了一条有两只大口袋的帆布休闲裤，这种着装风格在女干部中很少见。

你是做旅游开发的吗？她望着他的眼睛重新点亮了。

我的本职工作是导游，偶尔会有些想法而已。

以前还有过什么好想法？

呃，我曾经向公司推荐过纯生态旅游。杨粒急中生智，临时征用了别人的点子。

以后可以多来动物园走走，多为我们想几个好点子。

马园长不笑的时候跟照片差不多，一旦笑起来，就变成了另外一个人，有种光明磊落的爽朗劲儿，当他再次把她逗笑时，她抬起右手在脸上大手笔地揉来揉去，他担心她会在自己脸上揉出更多的皱纹来。揉过的脸有种物理的红润，他看着这张红润的略带皱纹的脸想，至少，这不是个做作的女人。

对话渐渐超出了他和袁圆的演练范围，但他一点都不感到窘迫，相反，一切有若神助，连他自己都不知道那些想法是谁塞进他脑子里的，他有条不紊地分析那些动物（它们就像他熟悉的家畜一样成群结队走进他的脑子，又源源不断从他口里倾泻而出），以及隐藏在背后的商业潜力，他谈到了火鸡、梅花鹿、棕熊、河马，谈到了居民认养，甚至谈到了引进马戏团，他感到自己像进入了一场没有设防的考试，他以为他会一败涂地，没想到最初的滞涩过后，竟是一马平川，得意扬扬，他的思路甚至跑到他的嘴巴前边去了，当他一时找不到合适的词，急得手舞足蹈时，她不失时机地为他补上一个，那么的贴切，那么的精准，仿佛他们是一对默契的筑墙搭档，他不说话，只看她一眼，她就能递给他一个尺寸刚好的砖头。

畅谈过后，马园长要求带他去实地察看。她开着一辆园内专用的四轮小敞篷，他紧挨在她身边。坐着这样别致的小车，逛着著名设计师设计出来的好景致，他突然不知所措，微风像一把洒了香水的大马鬃，痒痒地拂过他的脸，他的胸，他飘了起来，这个熟练地转动方向盘的人，可是动物园园长，履历上显示，她一直都是坐主席台的人，从一个主席台到另一个主席台，此刻，他是她的上宾，她是他的司机。道路两边是一掠而过的苍郁树木，各种珍稀动物闪现其间，有一次，大象扬起长鼻子，发出一声娇嗔的鸣叫，击穿他的眩晕，他摸摸自己的鼻尖：这是我该拥有的生活吗？我也可以得到这样的生活吗？嗨，别得意，不过是偷来的片刻享受而已。他强令自己从半空中收回视线，去看脚下的地面，去看粗糙的水泥与碎石。

路过猛兽区时，他依稀瞥见了袁圆，她推着投食车，戴着围裙和手套，走得像蜗牛一样慢。她在他的视线里飞速后退，就像他身上有一根橡皮筋，她像颗小石子般被他猛地弹向远方。他盯着后视镜里的袁圆，直到她彻底消失。

马园长要他在一片空旷的水泥地和一片草坪之间选择，杨粒不假思索地说：草坪比较好，草坪在照片里看起来效果会更好，就是成本比较高，因为游客可能会把草坪踩毁。实际上，他是觉得草坪离猛兽区更近，离袁圆更近。

依你，就草坪。马园长痛快拍板。

接下来，她叫他迅速弄个文字的策划案给她，她要上报，一旦批示下来，立即动工。

他的手指在包里动了动，最终没把准备好的策划案拿出来。

留着，留到下一次。他本能地想要再给自己一次机会，一次坐在园长旁边口若悬河的机会。

她向他伸出修长少肉的手，他赶紧握住。她带着他的手摇了一下：也许我们可以考虑来个长期合作。她抽回手，取出自己的名片给他。

他站在路边，看她上车，嗖地远去，一时不知该去哪里，像个晕车的人，猛一下车，有点弄不清方向。几分钟后，他彻底清醒过来，看看手上的资料包，他决定把准备好的资料分两次交给她，第一次，交项目计划书，第二次，交操作指南，也许还有第三步。他太享受跟这种人在一起的痛快和愉悦了，没有琐事，没有不快，没有忧虑，没有不堪的现实，只有不拘一格的畅想，天马行空的展望。他长这么大，从未有过这种体验。

通往猛兽区的石子路上，袁圆抱着双臂横着眼慢腾腾朝这边踱了过来，那姿势与他想象的期盼与喜悦有着很远的距离。

不错嘛，她居然开车载你！

她带我去实地察看了一下，她基本同意了，说是马上就去报批。

我当然知道没问题，但她居然亲自为你开车，这有点出乎意料，以前这种事情都是下面的人做的。

这我就不知道了。杨粒尽量克制着得意。

你们还在车上有说有笑。

我是去求人家，不是去威胁人家，难道我应该对她板着脸像要债的一样？

袁圆还是一脸的不高兴：你们的高兴看上去太一致了，像一对老熟人，像两个好朋友。

瞎说八道，我心里紧张得要命，生怕说错了话。

我觉得不像。

哎，你不是叫我跟她尽快产生交情吗？没有交情谁肯帮你忙？如果你改变主意了，我马上停止。

袁圆突然笑了：从后面看，不认识的人会以为你们是两个男人。

杨粒脑子里闪了下她的黑色POLO衫，大口袋裤，也笑了：人家就是那种风格。

这么快就开始护着她了？行了行了，我警告你，这事只许成功，不许失败，否则别怪我不客气。

杨粒心里没底，离袁圆说的那个目标还远得很呢，远得连影子都望不见，连味道都闻不到，甚至，能不能往袁圆既定的那个方向出发他都不知道，不过他不忍心把这种感觉告诉袁圆。

为什么我突然有了个不好的联想？你会不会津津乐道于跟她的交往，而忘了接近她的初衷？袁圆斜着眼睛瞪他。

那么，你有没有风险防御措施？

不管！袁圆撩了一把掉下来的额发，边走边望着前方说：到时候会有的。

二

杨粒最喜欢带的会议团提前结束了。一般来说，会议团的人都是熟人，在一起自然嗨，根本不需要杨粒暖场什么的，所以这一趟丝绸之路走得非常轻松。加上因为天气原因，最后一天行程竟临时决定取消了，杨粒从旅游大巴上一下来，就兴冲冲往杨虹路赶。

袁圆那里有淋浴间，不像车站路的家里，只能打一盆水，小孩一样往身上浇洗。难道这才是我更愿意一回来就往袁圆这边跑的原因？他站在花洒下闭着眼睛问自己。

洗完澡出来，袁圆抱着胳膊坐在桌边等他。这里成了你的洗尘之地了！那语气让杨粒心头一震，抬头一看，见袁圆脸上平静如常，稍稍安慰了点。

他坐到她身边去，她鼻子嗅了嗅：好一点了，刚进门时一股巴士味。

我给你带了红枣和果干。他把准备带回家的东西全拿了出来。

留着给你的孕妇老婆吧，别想用这些小东西打发我，你记得我要的东西就行。

知道，你不是说她这几天在市里开会吗？她一回来我就去找她。

自从项目计划书拿到手，袁圆就在给他当探子，不断地给他传递信息，园长何时办公，何时外出。每次他接到这样的信息，头都要大一圈，他喜欢去见园长，但也害怕去见园长，因为见一次，他就必须向袁圆汇报一次，谈了些什么，气氛如何，除了那个项目，有没有谈到别的，有没有把话题朝兽医方向引导。实际上，他觉得一切离袁圆的最终设计还有着非常遥远的距离，但他不忍心让她扫兴。

第二天，袁圆上班，他回车站路。老远就看见小美父女俩正在自行车棚前的树荫下整理废品，准备打包送往废收站，他边走边挽袖子，准备过去帮帮忙，冷不防听到他们在说自己的名字，这很罕见，父女俩一般没什么语言交流，禁不住放轻了脚步。

……也是怪了，平时不说，一做梦就说个不停，有一回都被我自己的声音吓醒了，问杨粒听到没有，他居然说他没听到。

不去想它，就当上辈子欠了人家的。

什么上辈子下辈子，我不信命。

夫妻就是命。

正在想他们说什么呢，冷不防小美一头审了过来，杨粒来不及躲闪，两人撞了个结结实实，小美手里一袋子空塑料瓶稀里哗啦滚了一地。

你偷偷摸摸躲在这里干啥？

恨天黑也循声跑过来，杨粒莫名其妙变结巴了：我刚好走到这里，我想着事儿呢，没看路。

你想啥呀？我这么大个人你都看不见，你想啥呀想啥呀？

我哪知道我在想啥。

咦？你怎么会不知道呢？

我就是不知道啊。

杨粒径直走进屋里，倒在床上。不去想是什么意思？上辈子欠了谁？是在说我吗？难道他们已经知道他跟袁圆？还是已经知道四海旅行社不行了？

小美噔噔噔走了进来。

你知不知道我们这个星期是怎么过的？我病了，爸爸也病了，整整两天没开伙，爸爸还差点被别人抢走了业务。人家从外面回来的人都是欢天喜地，你倒好，像掉了魂一样。你到底在外面搞些什么鬼？

杨粒被她吼得一点想法都没有了，赶紧翻了个身，趴在床上。他害怕被她看到表情。

帮我揉揉腰眼吧，我累死了，不是在走路，就是坐在站在车里摇摇晃晃，偶尔捞个座位，又是软垫的，我的腰快要断了。

小美马上变了个人，啥也不说了，坐到床边，一下一下替他揉捏起来。实在不行就休息几天呗。

小美的声音跟刚才已判若两人，杨粒就知道，话不用多说了。

这回怎么回来得这么早？往常不都是晚上才进门的吗？

这趟行程特殊呗。

小美翻了下他的裤头松紧，突然停下来：你怎么把裤头穿反了？

杨粒心里一惊，屁股随之缩紧：脏的没洗，没得换了，只好翻过来穿。

恶心！小美在他屁股上拍了一下。

小心脏终于跳回原来的位置。又一次平安无事。

记不清这是他第几次力挽狂澜了。带队需要四天的话，杨粒就把它说成五天，五天说成六天，多余的一天，不用说，属于袁圆。袁圆喜欢玩一个游戏，她总是用脚趾把他的裤头拉下去，完事了又用脚指头把裤头给他钩过来，还逼着他也用脚穿裤头。他没想到他会穿反，也许他知道穿反了，但不想马上改过来，反正小美在床上不会开灯。万万没想到他会遇到此刻这种场景。

我问你，你答应我的旅游呢？我一直在盼着呢。

杨粒答应过哪次团里临时缺位，就把她补进去，价格会比一般团员便宜很多，也算他们搞了一次蜜月旅行。机会不是没有，但他一直没告诉她，而且越来越不敢告诉她，他怕她了解了他的路线，掌握了他在行程安排上的秘密。

干脆等一等吧。为了避免她总问起这事，杨粒决定一劳永逸。等孩子生下来，我来找一条线，我们三个出去一趟。

那没意思，得花好多钱，我们还没到可以花钱旅游的地步。你转过来，别用屁股对着我。

我想睡一会儿，我困死了。

总是困总是困，一回家就困。

在外面我敢困吗？

小美嘀咕着出去了，杨粒马上翻过身子，长长地吐出一口气，面朝下趴着，真不是个好角度。

事情不如他想象的那么好操控，比如现在，回到车站路，应该屏息凝神专心致志过车站路的生活才对，可他却一副回不过神来的样子，恍恍惚惚，腾云驾雾，必须在车站路的床上躺一会儿，让老鼠洞的气息一点一点替换掉袁圆留给他的味道，才能像充满了电一样重新立起来。

但袁圆留给他的味道实在太强烈了，就在昨晚，他还跟袁圆吃了一个生日蛋糕，庆祝袁圆的半岁生日。她把她的生日定在去年圣诞节，因为那天以后，她就不是以前那个袁圆了，又因为新的人生时间紧迫，任重道远，人家一年能完成的事情，她必须在半年内完成，所以她的生日必须以半年计。

吃完蛋糕，他们再次研究那个项目。计划书没有问题了，操作指南似乎太烦琐，得简化，看上去一目了然。两人斟酌再三，修改再三，让杨粒拿去重抄一遍，不能看出袁圆操作的痕迹。

为什么你的脑子这么好使？杨粒忍不住表扬她。

不是我的脑子好使，而是我必须去开动脑子，如果你到了我这个地步，你也会想出恰当的办法来的。科学研究表明，人虽然聪明，但那只是与生俱来的优良基因，人其实是最不爱动脑子的，因为动脑子的过程很痛苦。

杨粒却觉得，自己的痛苦恰好是从没遇到过因动脑而引起的痛苦。

黄昏渐至，屋里越来越暗，袁圆的气味终于彻底消散，杨粒的灵与肉也彻底回落到车站路，他从床上爬起来，给自己倒了一杯茶，一回头，见小美正在水池边洗衣服。

突然想起来，裤兜里似乎还有张单据。袁圆！他惊叫一声，冲了过去。

还好只是虚惊一场，那张单据就摆在肥皂盒边。

一回头，小美要吃人似的瞪着他。

你刚才喊谁？袁圆是谁？

就像凭空掉下一颗炸雷，杨粒呆站在原地，他刚才真的把小美叫成袁圆了吗？

凭借在导游路上磨炼出来的定力，杨粒拼命稳住自己，假装懊恼地拍了下脑门，不慌不忙地说：我正在给孩子取名字呢，一张口就喊出来了，就叫媛媛怎样？如果是女孩，就叫她媛媛，如果是男孩，就叫他圆圆，这是我想了好久好久才想出来的一箭双雕的名字。

小美哈哈一笑：好是好，就是有点过时，嗯，杨媛媛，杨圆圆，真的有点过时，而且都像女孩的名字。

那我再想想。

杨粒赶紧躲开，出来就给了自己一拳。猪脑子！只有你这种猪脑子才会犯这种低级错误，换成袁圆，是无论如何也不会的。

三

"亲亲小老虎"项目终于上马了，受欢迎的程度远远超出他们的意料，为了控制人流，动物园不得不采取网上预售票的方式，达到限额，就关闭售票链接。小虎崽看上去跟家猫差不多大，一脸虎气，却"昂昂昂"娇弱地叫着，跟印象中威风凛凛杀气腾腾的老虎有着天壤之别。大概正是这点反差，让人们对抱一只老虎在怀里这事乐此不疲。

袁圆和她同事忙得不分倒正，两人一个替游客拍照，一个负责把小老虎送进小朋友的怀里，同时向小朋友的父母收取三十块钱，没有休息，没有午餐，一直忙到傍晚闭园为止。

整整一个月里，杨粒跟袁圆只有两次接触机会。第一次，袁圆悄悄告诉杨粒，小虎崽抱出来的第一天起，哺乳期的虎妈就开始绕笼转圈，它不朝外望，也不吼叫，只烦闷地拖着尾巴走过来走过去，像拖着一杆枪，像下一刻就要朝这些戏耍它孩子的人飞扑过来，项目才搞了一个星期，小虎崽就开始拉稀。杨粒提醒她：你得去跟马园长反映一下，别弄得人畜感染。袁圆冷笑一声：叫兽医来一趟就行了，你以为她会叫停？十分钟三十块，上哪去赚这种快钱，硬撑也要把这三十天撑过去。

项目进入最后一个星期了，杨粒第二次来到现场，袁圆瞅个空子挤过来，在杨粒耳边说：你不去跟马园长汇报下这边的情况？

她自己看得到嘛。

你是装傻还是真傻，有个理由的话，你们见面也自然一些。

杨粒还是说：你去汇报更合适……

袁圆眨了眨眼睛：别忘了你是项目的开发者，全程关注理所当然。去吧，她现在应该在办公室。

这时他在马园长面前已经自如多了，马园长很高兴：动物园好久没看到这么火爆的场面了。

其实动物园还可以开发出好多好玩的项目，有一次，在我带团途中，听一个团员说到他有次出国，在街头公园里看到一个走钢丝爱好者在那里表演，好多人把钱扔在他的工具箱里，可他连下来收钱的兴趣都没有，当时我就在想，你的动物园也可以招募几个这样的人进来呀，走钢丝的，玩杂耍的，还有各种驯兽师。

点子不错，但你不能把动物园变成马戏团，否则我们会遭到举报。

为什么？难道有人不喜欢看到动物园经营得红红火火？

……还是小老虎这样的项目比较好，自己家里的动物，在自家院子里玩儿，想怎么玩儿就怎么玩儿。

他想慢慢把话题往袁圆身上靠，就说：猛兽区那两个姑娘，已经忙得连饭都没时间吃了。

应该的，她们平时太闲了。

听上去似乎不妙，杨粒赶紧打住，眼睛一转，落到面前那本《户外》杂志上，封面是个背着巨大行囊的健步者，为了掩饰心慌，他随手翻了起来。

喜欢户外运动吗？

杨粒有点蒙，她问这个是什么意思？导游算户外运动吗？应该不算，否则那些在建筑工地干活的农民工岂不成了户外运动爱好者？便谨慎地试探道：要看是哪一种。

攀岩你喜欢吗？

杨粒毕竟当过体育老师，想想曾经见过的攀岩者图片，又想想小时候在树上和各种陡坎上爬上爬下的样子，再看看马园长热切的眼神，情不自禁地撒了谎：那应该是我比较擅长的。

太好了，这个周末，我们去攀岩馆继续讨论动物园的项目问题吧。她看了下电子钟：现在我有点事情，马上要出去。

从马园长办公室出来，杨粒看都没往"亲亲小老虎"现场看一眼，匆匆往大门口跑。

随口胡诌的报应来了，今天是周三，还有两天就是周末，一定得在周末到来之前把刚才的谎言变成真的。问题是，攀岩馆在哪里，怎么个攀法，他还一无所知，他直觉那跟小时候在绝壁和树上的攀爬有所不同。无论如何，他必须事先去见识一下，最好能在最短的时间里熟悉它，征服它，像他刚才说的那样，把攀岩变成他的专长。

他在手机上查了下就近的攀岩馆位置，直接打车赶了过去。

到了那里才知道，是一个很大的攀岩中心，几十面岩壁，按不同难度顺序往里延伸，看那些人的装备就知道他们是常客，很多人甚至在后腰上挂了一袋滑石粉，防止手打滑。没进来时，还以为所谓攀岩有多难呢，观察了一阵，杨粒决定直接上阵，比爬树简单多了，爬树起码没有斜穿腰胯的那根保护绳，树上也没有这么多支点密密麻麻地钉在那里，爬到点了，也不用自己一步一步下来（下树一点都不比上树容易），松开双手，放松全身，保护绳就自动将人缓缓放到地上来。服务生很热情，上来帮他检查保护绳，又问他是不是会员，杨粒说：我第一次来。服务生一听，将他拖到标着字母Ａ的那条爬道，那条是最简单的，下面有一堆孩子在等着排队。杨粒扭头就走，重新回到Ｄ爬道，说就它吧。服务生不相信，问他引体向上能做多少个，杨粒想了想代课的那段日子，没事就在学校操场的单杠上来几下，就说最少四十个吧。服务生说我们这里，女生一般都做三十个以上。杨粒没敢再跟服务生说什么，抬腿挂到岩壁上去了。

很简单呀，踩住一个支点，裆下的保护绳就把人稍稍往上提一点，没几下，已升至半空。正想休息一下，旁边爬道上一道白光掠过，是个年轻女人，穿着运动背心和短裤，她的动作看上去很有章法，每爬一步，都有一个漂亮的侧身，随着身体的每次轻盈转动，饱满有力的大腿就来一次漂亮的伸展，再弹性十足地收回，稳稳地落上新的支点。看了一会儿，杨粒有种滑下去重新来过的冲动，原来这才是攀岩，自己刚才那几下，不过是猴子上树而已。

第一轮下来后，杨粒硬着头皮找了个教练，一定不能被马园长识破他的谎言，就算没有最好的速度和最大的难度，也得有个正确的姿势。

　　正规动作不像想象的那么容易，教练示范了一次后，就站在地上指挥杨粒。眼睛往上看，走！送胯，贴住，左上，右上。随着杨粒越爬越高，教练的声音越来越大，杨粒难为情得要命，这里的孩子们都不需要教练如此手把手地指导了。

　　不远处传来一阵掌声，杨粒循声望去，只见一个黑衣男人身子紧贴在石壁上，手脚并用像蜘蛛一样飞快地往上爬去，不到一分钟，就冲到了顶点，嗖地下来，又开始了第二次冲锋，太疯狂了，杨粒觉得那人根本不是在攀岩，而是在九十度的绝壁上上演百米冲刺。

　　看来，要想兑现自己吹下的牛，非得下一番功夫不可。

　　一口气练了三个多小时，杨粒感到手臂发麻，手指几乎失去了知觉，两只脚像发馒头似的无限肿大，大得那些支点都挂不住了，即便他坐下来休息，大腿上的肌肉还在隐隐约约地跳动。不能练得太猛了，得给下一次留点力气，关键是周末。

　　一张门票一百元，办张会员卡的话，一次只要八十八元，稍微有点贵，但这钱他得掏。如果他想结识马园长，如果马园长喜欢攀岩，那他就得学会并试着喜欢攀岩。他觉得这很公平。

　　回到车站路，小美正在做晚饭，小砂锅里煨着排骨，见杨粒进门，立即揭开盖子，往里下萝卜片。杨粒照例撩开帘子，往床上一躺，小美跟进来，递给他一块切好的萝卜条。他伸手去接，居然没能伸出去，胳膊酸麻得失去了功能，再试试手指，连萝卜条都快要抓不住了。小美问他怎么了，他镇定下来，谨慎地回答：麻了。

小美就坐下来给他搓手指，边搓边说：你得注意身体了，以后这一家老的老，小的小，你可不能生病。

小美的手温乎乎的，粗糙无比，他有点惭愧，说你工作时不戴手套的吗？小美说戴手套不利索。

那就多买点护手霜带着。

嫌我手糙？

不是，怕你把孩子的嫩皮划伤了。

小美呵呵笑着，搓得更起劲了。

因为只有一个电磁炉，小美做起饭来就是饭菜一锅煮，煮好了，一人一碗端着吃，连饭桌也省了，内容倒是丰富得很。像今天，小美煮的就是排骨萝卜汤下面片儿，肉、菜、主食，应有尽有，只是味道有点怪。

小美盛好饭，递给杨粒，杨粒伸手去接，筷子却眼睁睁从指间滑落，掉在地上，而他连赶紧去捡起来的反应都没有，他的胳膊和手指似乎完全不再属于他。

小美吓坏了：你怎么啦？要不要去医院？昨天还好好的。

就算有十个胆子，他也讲不出那些来龙去脉了，何况，他该从哪里讲起，要讲攀岩，就得讲马园长，要讲马园长，就得讲袁圆……这才发现，他在小美面前已有了太多秘密，这些秘密把他和小美隔开，一条谎言的河流在他们中间奔流，他不得不探出头去，跟河对岸的她一起谈论他们尚未出生的孩子。他们只有那个话题了。

我去睡了，睡一会儿就好了。

小美跟进来说：睡觉又不治病，赶紧去医院，不要怕花钱。我就知道会有问题，看看我们三个人，这么长时间以来，连创可贴都没买过一片，人又不是铁打的。

行了，让我睡会儿。

躺了一会儿，他听见父女两个在说话。因为恨天黑极少出声，乍一听，还以为身边来了陌生人。

筷子都拿不起了！不会是什么大病吧？

导游费的是嘴，又不是胳膊……

杨粒赶紧闭上眼睛，把自己赶进黑暗里思考对策。他相信过不了多久小美就会进来再次盘问他的。

果然，小美蹑手蹑脚进来了，他紧闭眼睛，一动不动，她像狗似的在他身上和脸上闻了一遍，又摸了摸他的脉搏，像在检验他还是不是活的。小美踮起脚尖退了出去。

当他再次睁开眼睛的时候，已是深夜，小美在他旁边睡得呼呼有声，他打量黑暗中的卧室，那些白天看不下去的各种再利用的废物，此时全都只有一个隐约的轮廓，看上去真的有点像它们所代替的家具。他觉得睡够了，想出去走走，正要起身，听见了恨天黑在帘子外面的呼噜声，他肯定会惊醒他的，他肯定对自己半夜里出去走走的念头感到奇怪。他终于知道老头子为什么要在外面摆那么多没用的东西了。他在替他女儿看守他。他重新闭上眼睛，独自恨恨地想。

杨粒想起他们在小镇上相处的那几天，那时他就觉得，这对父女话不多，但相当有默契。

第一天，他跟小美回来吃饭，恨天黑问他们去了哪里，小美说：几条马路都荡光了，公园也去过了。恨天黑就把他们带进了拉面馆，一人一碗拉面，三个人分了两张馍，撕成小块泡进汤里。第二天，小美说看了两场电影，还打了台球。恨天黑就把他们带进了饺子馆，有蒸饺有煎饺，还有驴肉和几样小菜。第三天，小美说去市里逛了一天，还向恨天黑亮出了她手机上的大头贴，那是他们在商场里拍的。恨天黑把他们带进了门口有大石狮子的餐馆。就在这天晚上，小美跟着杨粒回了家。第二天一早，仿佛是为了给昨晚的不雅之举正名，两家大人赶在消息传出去之前一丝不苟地讨论起他们的订婚宴来。现在想来，这对父女的默契非一日之功。

他活动一下手腕，比白天好多了，但还是很酸，他知道肉体的排酸反应至少得三天，三天以后，多大的运动量都没有问题了。三天后就是周末，他想他应该可以直接从 F 爬道上开始了。

没法出去，他就躺床上想象马园长攀岩的样子，白天他见过攀岩馆里的女人，她们一律穿着紧身衣，不是露背就是露腰，腰腹之间全无赘肉，细胳膊上竟然突起几块小小的肌肉，她们摔了跤或是踩空了也不叫唤，轻哼一声，默默重来，只有几个新来者刚开始时咋呼过一阵，很快就在沉默的鄙视中收敛下去。讲实话，他真喜欢那里面攀岩的女人，她们不像袁圆，更不像小美，马园长走出办公室也会是那样的女人吗？也会有那样的身材吗？他闭上眼睛，对那宽松棉布裤子下的双腿展开了想象。

就像猎犬知道它守护着的猎物苏醒了一样，恨天黑重重地清了下嗓子，吓得杨粒猛地睁大双眼，没错，那不是睡熟之人无意中发出来的，他听得真真切切，恨天黑醒了，或者他根本就没睡着，他在想方设法接受杨粒的脑电波，窥视杨粒的内心活动。

杨粒嗖地掀起被头，蒙住脑袋。

四

伍杰突然在电话里向杨粒发出呼救：快来见我一面，我不行了！伍杰报出了个医院的名字，离杨粒只有六七站路远。

电话断掉了，杨粒的大脑还在嗡嗡作响，这怎么可能呢？就在两天前，他还跟伍杰通过电话，会不会是诈骗犯？据说近段时间有很多这样的骗子，真是高明啊，连伍杰的声音都模仿得那么像。

然后他就把这事给撂一边了，直到伍杰的电话再次打来，叫他去医院的时候，顺便给他带瓶冰啤酒，他才意识到，这人不是声音跟伍杰高度相仿的骗子，而是真的伍杰，伍杰真的到金市来了，现在人就在医院里，等着他送瓶冰啤酒过去。也许还有别的事情需要他帮忙。想到这一点，他冲出去时，悄悄检查了下银行卡在不在身上。

伍杰坐在门诊大厅里，头上扎着绷带，身上有血点，正在手机上写着什么。

视线相接的一瞬间，杨粒注意到，伍杰的眼圈微微红了一下，很快，就被一串哈哈给淹没了。

杨粒来不及问他来龙去脉，光是盯着他的脑袋：开瓢了？严不严重？是工伤吗？

工伤？哈哈，好吧，也算工伤。

一再追问，才知道伍杰居然是被一个九岁多的孩子打伤的。

之前一直没告诉你，我在追一个女的，追了大半年，好不容易追到手了，前不久她跟我说，她想要出去参加一个培训，问我能不能来她家帮她带两个星期孩子。怎么能不来呢？都说正好趁这个机会培养培养跟她孩子的感情呢。可惜那小屁孩儿不鸟我，怎么讨好都没用，我就想，说不定你服硬不服软，那我就来硬的给你看看，结果他比老子还硬，手上又没个轻重，工具箱里抄起一把钉锤就在我头上来了一下。

你什么意思？打算重起炉灶重开宴？

就知道你会一惊一乍的，所以才没告诉你。谁他妈说追女人就一定要追到跟她结婚的？

那你倒是稳当点啊，看你把自己弄得！砸到天灵盖上怎么办？砸到太阳穴上怎么办？你可以不要命，你的孩子不能不要爸爸。

一些血迹渗到绷带外面来，杨粒低头观察了一阵，不寒而栗：这离太阳穴也太近了！孩子妈知道了吗？

正在往家赶。

她什么态度？

伍杰没吱声，杨粒就知道，那女人肯定不会一味站在伍杰这边，毕竟还是自己的孩子更亲。

伍杰坚持不肯住院，还说要马上回去，杨粒却觉得，他似乎是在躲避别的东西。

这个地方，这辈子我都不会再来了。大半年来，平均两个星期一次，有时是一个星期一次，路都被我跑出一条槽来了，她家的厨房卫生间是我一个人一手一脚重新翻修好的，每次离开，冰箱里都给她装得满满的，每次来都能看到上次我买的鸡鸭鱼肉，我出钱出力，连自尊心都卖给了他们，得到的就是这么一下，老实说，亏得他砸这么一下，把我砸清醒了，我永远也讨好不了那个小子，他妈也许愿意跟我逢场作戏，但小家伙不会，因为他还没有学会，也好，我看清了。

你看你，来得这么勤，却从不跟我联系，是怕我打扰你们，还是怕我给你丢人？我看我们可以断交了。

伍杰不吱声，他不是个喜欢为自己申辩的人。

那女的是干什么的？

别问那么多了，已经结束了。反正跟我们不一样，人家是土生土长的城里人，有正式工作，所有亲戚都在城里。

你就图这个？

是啊，我就图这个，跟我一样的人，我躲还躲不开呢，要追当然要追个有点难度、跟咱们不一样的人。

你反正钱多。

伍杰要买火车票，杨粒把他拉住了：你这个样子谁能让你上火车？就算不住院，也要找个旅馆住下来，观察一夜明天再走。伍杰不再坚持，乖乖地跟着杨粒走了。

一进旅馆房间，伍杰就站在镜前，不知是在打量自己的伤情，还是在打量自己的外观。

你说，我看起来像个父亲吗？

你？你看上去像个无着无落的单身小混混。

难怪那个小家伙非不让我去开家长会。他说我不像个家长，我说你妈拜托了，我非去不可，我又没说我一定要冒充你的家长，我只是代你的家长去开个会。他就是死活不让我去，他妈又左一个电话右一个电话地催我，那我当然要听他妈的，结果我正要出门呢，他就从他家工具箱里拿出一把锤子，端端直直朝我砸了过来。幸亏力气还不够大，否则我这条小命已经丢了。

人家不想接受你，你还死皮赖脸地蹭。

谁他妈蹭他呀，我蹭的是他妈。

这个家就是他的，看不清实质，还嘴硬。

两人大口吃着刚刚带进来的两份外卖。

说实话，你感到内疚吗？——对你老婆。这是杨粒最想知道的。

为什么要内疚？我的钱都寄回家了，家里的一切，凡能用钱搞定的地方，我都安排得妥妥的。她有孩子陪她，不愁找工作，又不愁钱花，我还想过她那样的生活呢。而且我定期回家上交公粮，每年的五一、十一、春节，不管多忙，必须回家上交公粮，这是我们的规矩。

我记得你老婆在家开了个小超市。

她的超市根本没赚什么钱，一年下来，能盘个平账就了不起了，相当于我出钱给她买了个游戏让她打着玩，所以你不要提什么内疚不内疚的，我实实在在对得起她。

还是不要让她知道为好，人家老老实实在家给你带孩子……

不要把别人想得那么简单，有人向她献殷勤，我又不是不知道，这样也好，将来真有什么事我也不至于无话可说。

你们这是一对什么样的夫妻啊。

很正常啊，大家都守住底线就好了。

底线是什么？

对我们而言，底线就是保证我们家共同账户的纯洁性，不要有可疑的大宗支出，也不要有可疑的大宗收入。

是啊，就剩下一点经济关系了。当年我们日思夜想的爱情呢？我们在书上看到过的爱情，我们在电影里看到过的爱情，我们羡慕过的爱情，它在哪里？

你跟小美还好吧？伍杰转脸盯着杨粒。

我不是指我和她，我是泛指。杨粒想了想说：我们没什么问题。

其实有点问题也不怕，有问题说明大家对这段关系还有追求，没有问题就说明那关系已经死了，家庭越稳定，那关系死得越结实。我不知道你怎样，至于我，我的工作性质决定了我每到一个地方，就想找个当地的女人来深刻接触一下，就像到一个地方，首先要品尝一下当地的美食一样。

你忙得过来吗？

多数时候只是个想法，偶尔也有成功的时候，比如这次，我们是在她父母装修房子的时候认识的。

这也叫成功？

当然，人家都肯把家和孩子托付给我了，你还觉得这仅仅是朋友间的信任吗？

我倒要问问你，如果她的孩子也接受你，你们打算怎么办？回去离婚，然后跟她结婚吗？

伍杰不屑地转开脸：你总是这么认真，事情不是这样考虑的。

应该怎样考虑？教教我吧，说不定哪天我也会碰上这种事。

我也不知道，这又不是数学，一类问题必定有个公式。

杨粒想起袁圆，幸亏她没有小孩，不然，恐怕他也有脑袋被砸破的危险。不过，像现在这样走下去，弄出一个小孩来也不是不可能的。要注意啊。

好吧，其实公式还是有的，那就是：她一定不会跟我结婚，括号，除非我当了老板，赚了大钱，回括。

杨粒愣了一会儿，像在仔细咀嚼，再吞咽下去。这会成为你当老板赚大钱的动力吗？

冷静点兄弟！那种事天生不是我该干的，我清楚自己有几斤几两，就算那样的好运来临，我也担心自己承受不起。

电话来了，伍杰看了一眼，倏地站起，朝卫生间跑去。

杨粒跟过去，躲在门边偷听。

没事，真的没事，缝了几针，上了点药，然后我就去火车站了，真的是工地临时有急事。你回去跟儿子说，我没有生气，我怎么会生他的气呢？我知道他不是有意的，你不要吓唬他，毕竟还是个孩子。

真的是没有办法，一点办法都没有，你请个假呗，就说家里突然有事，谁家里还不出个意外啊？

哎哎哎，你讲点道理好不好？怎么倒成了我不守信用了？没错我是答应过你替你照看两个星期，我请了两个星期假这你也是知道的，现在是出了质量问题，人家叫我们回去返工，你也知道顾客是上帝，那这事就比上帝还大，我真的没有办法，你那边连四天的假也不能请吗？到底是个什么了不起的培训啊？

知道你把培训看得重要，知道你重视自己的印象分，但我确实做不到啊，我快要到站了，有人在车站等我，我一下车就要被拖到工地上去。

你实在要说我不守信用，我只能跟你说声对不起，我真的身不由己，而且我已经竭尽全力。

哎哎哎你不要骂人好不好？再骂我的脾气也要上来了，你凭什么一味指责我不讲信用？你知道我伤得有多重吗？医生本来是要我住院的，我是逃出来的，不信我把住院单拍给你看。有些话本来不该说的，你把这样的任务交给我，本身就是欺负我你承不承认？你知道我在你面前处于下风，知道我对你只会唯唯诺诺屁颠屁颠，也就是你在我面前敢这样而已，换成任何一个人……

戛然而止，看来对方突然挂断了电话。

去你妈的！

一回身，迎面撞上站在门边的杨粒，大喝一声：滚你妈的！

杨粒没滚，默默收拾着一片狼藉的快餐盒，伍杰把自己扔在床上，拿着遥控器把电视频道翻得哗哗作响。

你做得对。杨粒收拾好一次性餐具，拍拍两手说：像她这种女人，肯定在我们这种人面前有超强的优越感，以为她指东我们不敢向西，偶尔一两次也就算了，一直这样的话，就是天仙也受不了。我不是反对你交女朋友，离家在外，孤身一人，吃饱喝足之余，是得有点精神追求，但你想过没有，物以类聚，那些跟我们一样的人，也许更能跟我们产生共鸣。

伍杰没吱声。

不过，你也有做得不对的地方。

伍杰的眼睛移回来，停在他脸上，不出声地问他。

老实讲这里面的确有个信用问题，我猜她的行程是根据你的承诺来安排的，你突然提前回去，她肯定措手不及。

伍杰把遥控器一扔，直直地躺在床上，瞪着天花板。

既然你说她正在回家的路上，肯定是怒气冲冲，这种时候就不要跟她硬碰硬了。

就是要硬碰硬，碰散了最好，反正我们的工程马上就要结束了，我又要换一个地方了。

随便你咯，自己心安理得就好。

我特别心安理得！交往不到一年，我给这母子俩安排了一次日本游，一次泰国游，我出的钱，我自己却不能去，因为我不方便在场，第一次，人家说是告别单亲母子生活纪念游（此后我就正式介入他们的意思），第二次，人家说是要在路上对儿子进行心理辅导，以便儿子顺利彻底地接受我，除了这两次旅游，还有我告诉过你的替她家改装厨房和卫生间，还有日常生活中数不清的小礼物小惊喜，换来的结果就是我头上这个窟窿。够了，没有这次事故也够了。

杨粒在心里默算那是一笔多大的巨款，看来伍杰这些年手头相当宽绰，不由得想到袁圆，幸好袁圆在这方面从来不曾提过要求，她只有一个愿望，那就是离开饲养员岗位，去当兽医，虽然她一直在念念叨叨，但毕竟是无形的压力，不像金钱，直接让他抬不起头。

好几次，袁圆这个名字冲到嘴边，最终被他死死地压了下去，伍杰毕竟是小美的娘家人，就算他可以不在乎，万一他哪天说漏了嘴，被谁传到小美耳朵里去了呢？

像你这样也好，老婆一日三餐服侍你，生活简单，有规律。伍杰一脸沉痛，像是在悼念他花出去的那些钱。

也许你应该把老婆带出来跟你一起做城漂，有老婆在，就没人敢近你身了，也没这些烦心事了。话没说完，杨粒就愣住了，这不是在自己打自己嘴巴吗？

我又没疯！她出来了，孩子怎么办？家里怎么办？那些东西可大意不得。

老实说，这样安排对她是有点欠公平的。

对我也不公平，但这是我们的命，至少在这个时代，我们就是这样的命运。

五

"亲亲小老虎"活动结束了，随之而来的是一片寂静，就像冬天过完了，大家分头扑进春天，再也不想回忆冬天的严寒和凛冽。

袁圆把杨粒叫到她的住处，她满脸沮丧，像落在地上又被雨水泡过的黄叶。

一点意义都没有，唯一的变化是从喂养两只老虎变成了喂养四只老虎，仅此而已。

要有耐心，量变到一定程度，才会发生质变。

袁圆朝他举了举剪刀。她要剪短头发，把齐胸的头发剪短到脖根那里，若下一次头发长到这么长，而她还是个饲养员，她一定要采取行动，她再也不能忍受这种欺负了。答应过的事不给我兑现，摆明了就是欺负我，欺负我没有背景，没有人脉。她举着剪刀瞪着杨粒，就像杨粒在袒护那些欺负她的人，并把他们藏在了他背后。

再给我点时间。

都一个多月了，你给我反馈过什么？

你以为这是买盐？

行了，我看出来了，你根本就还没开口。

开口还不简单？关键要把开口的日子变成达成目标的日子。若开了口还是隐隐约约模模糊糊，那还不如不开这个口。

袁圆咬牙剪下一把头发，把剪刀递给杨粒，让他比照这个长度继续剪。

杨粒拿起剪刀试了又试，不敢下手。你去理发店剪嘛。

理发店会剪得太好看，我怕自己会因为喜欢新发型，而忘掉了剪头发的真正目的。

杨粒从没给女人剪过头发，头发不是纸，不能画线，不能贴着线条剪，才剪了两下，就剪出两道高低不一的茬口。你还是到理发店去剪吧，我怕你骂我。

袁圆一把夺过剪子，嚓地剪了一刀，留下第三道茬口。

还是我来吧。杨粒咬着嘴唇，小心翼翼地剪出第四道茬口。

你真的会骂我的。

真没用！袁圆把头发抓得乱七八糟，又神经质地重新梳顺，背对着杨粒一跺脚：大胆剪吧，不会叫你负责的，又不是砍头。

好不容易大致剪齐了，袁圆对着镜子看了两眼，扔掉梳子，一屁股坐下来。

为什么有些人就那么顺？为什么我的人生就这么难？

那些顺的人，是他们求来的顺，还是他们的道路本来就有那么顺？

你也要反过来打击我吗？这么长时间，你一共跟她见了几面？

我说了，死缠烂打没有用，要等机会。

等机会？那不跟我一样吗？我不是要你跟我一起等，我是要你去缩短我的等待。

快了，毕竟才一个多月嘛。

话是这么说，杨粒心里一点底都没有，自从她说了哪天要一起去攀岩的话，他就开始泡攀岩馆，第一次泡了半天，后来一直保持一周两次的频率，现在他连35度大斜坡也能轻松爬上去，但马园长再没跟他联系，他壮起胆子打过一次电话给她，她却在那头问他是谁，她连他是谁都忘了。他沮丧得要命，还是鼓起勇气报了自己的名字，她顿了片刻才恍然大悟，然后就说她最近特别忙，等哪天闲下来，她自会跟他联系。有了这个电话，他越发不敢主动跟她联系了。

袁圆蹲在地上收拾她剪下来的头发，没想到剪下来有那么多，捏在手里沉甸甸的，比长在头上看起来还要多。

希望我不会再为这事剪第二次头发了。

电话响了，杨粒一看号码，连再见都来不及说，起身就往外跑。是马园长的电话，肯定是为攀岩的事，他不想他接电话的时候，旁边有袁圆支起耳朵听。

这事很奇怪，明明是因为要帮袁圆才去接近她，可他却越来越不想让袁圆知道这个过程。

马园长让他直接去攀岩馆，他们在那里汇合。

半个小时后，杨粒赶到攀岩馆，正在张望，冷不防马园长到了他面前，他吓了一跳，黑色紧身衣让她彻底变了个人，他没想到她原来是这种身型，肌肉那么专业，突起的地方有棱有角，脚腕纤细刚劲，举手投足透出一股专业的架势，相比之下，他就太业余了，如果不是仗着年轻，他的肌肉都不能叫作肌肉，只能叫肉体。

不要在这里叫我马园长。她跟他耳语道：叫我咏丽。

咏丽。他轻轻重复着，身体竟有一丝轻微的震颤。

几乎毫不费力，噌噌两下，她就爬到了三分之一处，动作利索，姿势优美，无一丝拖泥带水，当她向前跨出，她的脚底仿佛长了眼睛，当她踩住支点，一用力，屁股就变成了两只小而饱满的多面球体，每个棱面都在支撑她如同被神秘力量向上吸去的身体。她停下来，朝他扭过身子：来呀。

也许是受了她的感召，他表现出独自操练以来最好的状态，而且他第一次体会到，攀岩的确需要手臂的力量，但真正需要的，却是腿和身体中段的力量。

他们后来还去了自由攀岩区，就是不戴保护绳，在模拟自然界的悬崖峭壁上攀缘。

这才是见功夫的地方，杨粒没多久就败下阵来，而咏丽还壁虎一样牢牢地贴在峭壁上。

休息时，他问她玩这个玩了多久，她一笑：反正比你玩的时间长。

感觉到了……

他差点说出"你的肌肉"，马上又觉得他们似乎还不到说肌肉的程度。

他注意到，当她全身放松地坐着时，她的胳膊是那么纤细，腿也平常无奇。

你是运动型的，当你动起来，全身都像在……燃烧。

杨粒想了好几秒钟，才想起燃烧这个词，他本来是想说动感之类的，灵感救了他。事实证明，他做对了，因为咏丽开心地大声笑起来。

这些年，我花在运动上的时间，跟我工作的时间差不多。最开始我是跑步，我参加过一个全程马拉松，一个半程马拉松，后来突然厌倦了，我觉得跑步有表演性，不像攀岩，更像自己跟自己的游戏，更能自省。

自省？杨粒疑惑地看着她，他觉得她像一汪神秘的湖，未知深浅的情况下，他还是谨慎些，不要轻易开口。

就像电脑运行一段时间就要杀毒一样，我把攀岩当作对自己的定期杀毒。我喜欢攀岩还有一个原因，面对一堵墙壁运动，比在跑步的时候面对街道和人流更容易专注，大脑的活跃性更持久。我很多重要结论都是在攀岩时做出来的，我从没为攀岩时做的结论后悔过，反而是那些坐在室内思考出来的结果，常常叫人后悔不迭。

杨粒小心翼翼地说：我不觉得你是……会做错误决定的人，你看起来不像。

我的面相容易给人一系列正能量词汇。实际上，我是按照这种标准给自己订制的面相。

杨粒急得手心里都冒汗了，他完全不擅长这种看似平等实则无限吹捧的对话。

这个……也能订制？

你也想订吗？告诉我，你想订个什么样的？

当然是有实力、可信赖之类的，全世界都是这样要求男人的吧？

为什么要信赖一个男人？

呃……没有信赖的话，人和人就不能组成某种特定的关系。

你是说男女之间的关系吗？女信赖男，或者男信赖女？谁是主动一方谁倒霉，这是真理。

杨粒尴尬得要命，他后悔闯入这个话题。

你嘛，她偏来偏去地打量他：你还是订制一个冷峻些的面相吧，你的眼睛很亮，这是你的优势，也是你的缺点。一双亮晶晶的眼睛，要是配上动辄挤眉弄眼甚至傻笑的表情，那就完蛋了，相反，一张冷脸，再配上你那种眼睛的话……

她突然不说了，他更是不知如何是好。

差点忘了！她似乎很享受他的窘迫，突然伸手打了他一下，笑眯眯地起身就走。

她再次出现在他面前时，已经换上了来时的衣服。

我先走啦，你还可以再玩一会儿。

咦？还不到两个小时呢。

我不是告诉过你吗？四点钟我还有事。

她说走就走，眨眼就到了门口。

咏丽！

她蓦地停住，他也吓了一跳，这是他第一次叫她咏丽，居然还很顺口。

一起走吧。他弯下腰去脱鞋。

六

杨粒回到家，准确地说，是掀开门帘，侧身进入那个只有一张床及两条半米宽走道的空间，猛地发现里面亮堂了不少。

墙上贴满了各种漂亮娃娃的巨幅照片，数了一下，居然有五张是金发碧眼的洋娃娃，小美正在打量手边的第六张。

你觉得我们的孩子生出来会长成这样吗？

你别管，我喜欢哪个娃娃就买哪个娃娃。人家都说，孕妇天天看什么，娃娃就长得像什么。

你看得最多的应该是食物，以及干洗店那个大得像房子一样的洗衣机……

噢！小美突然紧张起来：正要跟你商量呢，我不想去干洗店了，今天有客人说，那里面有四氯乙烯，对孩子不好，要是真的生出个畸形儿低智商什么的，我们就完了，一家人，一辈子，全完了。

谁说的？医生说的？

医生的话更听不得，医生说洗发水、吹风机都不能用，连台灯都有辐射。

人无禁忌，长命百岁。

这话也听不得。跟你说我可不是想偷懒，我也不是懒人，我就是告诉你，如果你一定要我去上班，孩子出了问题，你不要怪我。

不上就不上嘛，难道我们两个男人还养不活你一个？

哪止我一个哟，你妈妈每个月不寄钱？万一生下来没奶吃，要买奶粉呢？光是去医院生孩子，就要万把块。将来还要读书。

车到山前必有路。

这话不是说给我们听的，我们一天不干活都不行，哪像人家，又是双休，又是各种长假，还有婚假产假探亲假，到处玩还拿工资，我算是明白了，我们到城里来，就是来衬托人家的幸福的，在老家我们过得不比谁差多少，来到这里，就跟叫花子差不多，跟鸟差不多，捡到吃的才有得吃，捡不到就干饿着。

我倒羡慕鸟呢。

每天都有人把他们的脏衣服拿来洗，他们的衣服都好高级，真的是人靠衣裳马靠鞍，我悄悄试穿过他们的高级衣服，往镜子面前一站，连我自己都认不出来了，我变成了另一个人，不比衣服的主人差多少。你猜我当时在想什么？我在想，我不要我的孩子将来也做我这样的人，我要让他好好读书，上大学，当白领，天天穿着漂亮衣服，把衣服拿到干洗店，叫那些乡下来的洗衣工给他洗。

衣服都不洗还能叫人？刚才还说干洗店的药水对人有害呢。

咦？你承认干洗店的药水对人有害了？那你还让我天天去接触那些有害的东西。

恨天黑也在外面发声了：不是有人送过你一条防辐射的围裙吗？

是四氯乙烯，不是辐射，两码事！小美高声说：那围裙谁知道人家在家里放了几年，早就失效了。不要总是把人家扔掉的东西塞给我，从小你就让我穿人家的旧衣服，我都要当妈了，你还从外面给我捡东西回来，我的命就是被你这样的爹养坏的。

不是已经说好了吗？明天开始你就不去干洗店了。杨粒往床上一躺，闭上眼睛，随着肚子一天天变大，小美的话也一天天多了起来，只要他回家，她就不歇嘴。

恨天黑还在嘀咕：你妈生你前一个钟头还在干活。

小美一步冲到门口，撩起门帘子对着恨天黑嚷嚷：好啦，我去，我直接把孩子生在干洗店里，生完了接着洗，你满意啦？

是你自己说找工作越来越难了，你今天请假，人家明天就找别人了，干洗店的活又不重。你别忘了自己肩上的担子有多重，杨粒同意你休息，那是他在给我面子。你才五六个月而已，骨头就开始犯懒，我们这些人哪有那么娇贵？人家看病能报销，生孩子能报销，打个车也能报销，人家在单位吃免费的午饭，晚饭也有人请，人家活一辈子,几乎不花钱,我们能跟人家比吗？

既然活得这么难，当初干吗生我呀？

还不是跟你一样，以为下一代会好一点。

杨粒爬起来去揽住气呼呼的小美。

吵什么吵嘛，比起四氯乙烯，吵架对孩子的影响更大。

小美一甩手，哭了起来。

杨粒渐渐在她的哭诉中睡了过去，醒来已是第二天早晨，小美刚刚梳洗完毕，杨粒问：不是不去洗衣店了吗？起那么早干吗？

我哪有那么好的命，幸亏我已经找了份别的工作。你们不疼我，也不疼我的孩子，我自己来疼！

那你昨天晚上干吗搞那一出？

我试一试也不行吗？你给我记好，你对我就那个样子，我对你也不会好到哪里去。

见你的大头鬼！这也能随便试的？

你才见鬼！不试我怎么知道？幸亏我试了一下。

七

小美的新工作果然远离了辐射。

菜场角落里有一个叫五谷园的有机农作物小店，柜子里摆着许多玻璃罐子，里面装着芝麻、核桃、薏仁、红豆、黑豆、绿豆、山药、葛根，还有许多杨粒叫不出名字来的小豆子，小美站在那些香喷喷炒熟了的豆子中间，不停摆弄柜台上的几本滋补食谱，上面列着各种单子，湿气重吃红豆薏仁粉，白发转乌发吃芝麻核桃粉，白皙又瘦身吃薏仁粉，好像世间一切健康漂亮的密码都在她这个五谷园里。有人路过，犹犹豫豫地打量，她就把食谱推到人家眼皮底下，把里面的照片指给人家看，都是些明星，常常出现在电视里，他们不是红光满面，两眼晶亮，就是腰身细细，十指尖尖，他们的餐桌上、食品柜里，无一不摆放着五谷园特有的玻璃罐。

比水果罐头还要小一圈的玻璃罐，最少能卖八十元。

没客人的时候，杨粒问小美：这些东西你都尝过吗？

小美咂咂嘴说：不尝我怎么告诉人家是苦的还是甜的？这是我找了好久才找到的工作，你得谢我替你省了一笔孕妇营养费。

杨粒有些怀疑：这东西真的好？

全都是最健康的，我的客人都是那些整天研究养生的老人，他们吃完了又来买，吃完了又来买，这么贵的东西，天天都要吃。他们可真有钱。

杨粒心里不以为然，嘴上却说：你也可以天天吃，我们又不是吃不起，大不了你把这里的工资全吃掉，就当没找这份工作。

小美满意地笑了：没必要，从磨槽里扫一点就够我吃的，不用白花那个钱。她熟练地擦好电水壶，往杯子里舀了两勺芝麻核桃粉，加好糖，调好了递给杨粒。杨粒往后一躲，他还以为小美是给自己冲的呢。

叫你吃你就吃，到了这里我才知道，我们这些人吃得太差了，你看那些老头老太，天天不是鱼就是虾，还不吃河里的鱼，嫌河里的鱼脏，要深海的鱼。太不公平了，他们本来就比我们活得好，接下来他们还要比我们活得长。对了，你还没去上班？

这都几点啦？快点走吧，马上就要当爹了，爹要怎么当知道吧？大把挣钱，给家人大把花钱。

杨粒眼前出现一条浑黄的金钱的河流，而他已经一个多星期没接到活了。还是得走，装出急着去上班的样子。

小美一把揪住杨粒的袖子：喝了这杯再走，一天的营养都够了。

杨粒被迫喝了两口，觉得不怎么样，至少不像闻起来那么香，砂粒也多，牙缝都要被填满了，摇着头递回小美手里。

从五谷园逃出来后，杨粒不知道该去哪里，旅行社那边，人家没叫他他去了也没用，袁圆那边前天才去过，而且她托他的事，他毫无进度。慢吞吞走在路上，觉得哪里都不是他的落脚之所，这时才觉得恨天黑其实很了不起，挣得虽然不多，却不担心哪天没活干，看来还是要有自己的阵地，要给自己干，像那些卖小吃的，卖水果的，修理自行车摩托车的，他们根本不用等活干，反而是活儿等着人去干。也许当初去考导游证根本就是错误的，他总希望他的工作能有点知识含量，没想到导游甚至还不如他的第一份工作呢，外送员从来没有无活可干的情况。

一辆送外卖的摩托车迎面驶过来，跟他擦身而过，他回头一看，保温箱上的招牌正是他原来做过的李阿姨家。目送了好远，还是觉得放弃这份工作也没什么可惜。

与其在大街上惶惶如丧家之犬，不如去攀岩馆玩玩，咏丽说过，运动能舒展身体，也能激活大脑，那就去攀岩馆，悬在空中好好想想自己的生计问题。

不是周末，而且是上午，整个攀岩馆就他一个人，三下两下换好衣服，把自己装进安全绳套里，没几下就到了中部，一侧身，他看到下面的小伙子在冲他竖大拇指，不知为何，他看着那小伙子，突然想起咏丽趴在峭壁上的身影，当时他与咏丽的角度，正好是那小伙子与自己现在的角度。想了想，他吩咐小伙子，当他够着支点往上爬的时候，请小伙子为他拍几张照片。

他看到了自己紧贴在峭壁上的样子，他的屁股也像咏丽一样，是个多面体球形，他的脚踝细而有力，胳膊上的肌肉把紧身衣顶得有棱有角，鲜亮的攀岩服模糊了他的气质，背影又掩盖了他的真面目，他看上去完全不像找不到活干的导游，不像为生计发愁的流浪汉，不像担心养不活孩子的准爸爸，更不像睡在车库尽头的老鼠窝里，他看上去健康，阳光，从头到脚都是体面。他久久地盯着自己的照片，如果生活里只有攀岩这件事，如果照片上的男人从头到脚从里到外真的都是他，该有多好。

他又开始了第二轮攀越，为什么大脑还没激活起来，为什么他到现在还一点想法都没有。

有人进来了，他听到说话声，但没法及时转过身来。

很快就抵达了45度角那里，他知道此时他的样子，像一只趴在屋顶的蜥蜴。这个角度让他轻松看到了刚进来的人，他们不是来攀岩的，他们站在地上指手画脚。

不不不，这个我不能告诉你，这是商业机密。攀岩馆的小伙子边说边往墙边走。

我们离这里一千多公里，不可能跟你竞争，算什么商业机密呢？

你说的那个我不知道，我只知道一些技术上的事。

最高能到多少米？

美国内华达州一家旅馆有个五十米高的攀岩墙，那是目前世界最高的攀岩墙。

开在旅馆里？好办法。不过，不能跟老美比，我们的旅馆不是那样的。墙体和背后的支架是分开计算造价吗？

杨粒停止动作，趴在那里静听，原来他们不是来玩攀岩的，他们是想回去开一家攀岩馆。

那些人走了，杨粒回到 90 度墙体上，他面贴墙壁，做小幅度的横向攀越。从左边到右边，又从右边到左边，一个念头像豆芽一样冒了出来：他们能干，我也能干呀，嗯，要了解造价，还有房租。停了停，又攀越了两趟：把攀岩墙竖在动物园里怎么样？一个儿童的，一个成人的。就像黑暗的旷野里突然冒出一支火把，眼前倏地一亮，心跳开始加快，动物园其实是最适合搞攀岩的地方呀，天然的树林，天然的草地，天然的风……

果然运动能刺激大脑，多么好的项目，多么好的灵感。

　　赶紧去跟咏丽商量。她会考虑的，如此双赢的项目，傻瓜才会放过，上次他给动物园设计的"亲亲小老虎"不是大受欢迎吗？他已经在她那里留下不错的印象了。

第 3 章 Chapter 3

一

新的人生开始了！杨粒望着理发店巨大镜面里的自己，一遍遍默念。

他弄了个新发型，耳朵露出来，脖子也露出来，往眉毛那里耷拉的长刘海全都嚓嚓嚓大手笔剪掉。他平生第一次弄了个板寸头。

与小美无关，与袁圆也无关，更与那个把头发染得五颜六色细脚伶仃的发廊小哥无关，这个彻底告别过去的新发型，是咏丽帮他选定的。

向咏丽呈献他的攀岩馆计划书十几天以后才得到回音。他揣着一颗怦怦乱跳的心，兴奋地走进园长办公室。

给你尝了一次甜头，你就没完没了。咏丽瞟了他一眼，继续翻着办公桌上一本书，他每次来她都在看书。不是文件，而是书。

他有点揣摩不透她的态度。这个……你要是不同意的话，我只好另找地方了，反正，我觉得人工野外攀岩肯定是有市场的。

如果我不同意，你要选在什么地方？

往郊外走，也许。他有点猝不及防，他根本没想过咏丽若不同意他将怎么办。

郊外？你要知道，并不是每个人都有私家车，并不是每个有私家车的人都喜欢攀岩，去郊外的话，至少丢掉一半的客人。

咏丽把他的计划书拿起来，翻了几下，很不屑地往桌上重重一丢。杨粒顿时浑身冰凉，完蛋了，她不同意，看来自己真的太过分了，才给了一个"亲亲小老虎"，余韵未消，又来第二波，这不是欺负人家动物园没有动脑子的人吗？

我会去申报看看。咏丽往椅背上一靠，声音恹恹的，有点厌倦又有点狡黠：老实告诉我，是原来就有这个想法，还是跟我去攀岩馆之后才有的？她略显狭长的眼睛眯成两道浓浓的黑线。

杨粒老老实实地说：跟你去了攀岩馆之后。

她耸了耸眉毛：别抱太大希望，我觉得不批的可能性更大，因为那不是我们的业务范围。

忽地一下，他心里重又欢腾起来，甚至感到幸福的滋味了，他渐渐掌握了她的习惯，她永远不会把话说满，永远不会给他一个十足肯定的答复，即使那答案已笃笃定定在她心里盛着。

你多大了？

三十二。杨粒虚报了两岁，马上又觉得报低了，应该报三十四，或是三十八。

真年轻啊！咏丽上下打量他：要当老板的人了，不能还是这种小心翼翼的样子，你得先从气势上站起来。我也回报给你一个点子吧。她从抽屉里拿出一本杂志，翻了翻，停在一个页面：你过来看看，你应该换成这种发型，这是最挑剔的发型，成了，至少能给你加五十分，不成，你就只有把自己关在家里等头发长出来了。

大概是个好莱坞明星吧，虎虎生威的年轻面孔，在完美寸头的衬托下，有一种热气腾腾的性感，杨粒身为男人，都有被刺激到的感觉。

这个，应该不适合我。

你过来，我摸一下你的头骨。

他迟疑了一下，朝她走过去，她站起来，叫他坐下，叉开十指，从他头顶心往两边向下探索。

他觉得全身发胀，喘不过气来。她怎么突然一下就摸到人家头上来了。

她却一副母亲对儿子的语气：嗯，头型还不错，做这种发型应该还行。做攀岩的话，你必须改变发型，你现在这个发型算什么呀，学生？老师？打工仔？你别不好意思，想做事就要把这件事做到最好，做到极致，要么干脆不做。你的装扮也要改变，最好去弄点文身什么的。总之，你得把自己弄出个内行的样子来，至少也要弄成户外运动发烧友的样子。

每一句话都令他吃惊不已，他强令自己冷静，镇静，同时频频点头。

如果上面批了，你打算把攀岩墙放在哪里？

他心里一荡，这不等于在暗示申报极有可能成功吗？

禽类馆那边怎么样？我觉得那边比较空旷，应该适合攀岩。其实他更中意猛兽区那边，那片区域一直是动物园的重心，游客多，最具原生态的感觉，但那边有袁圆，就像吃饭吃到一粒砂子，他直觉攀岩是他自己的项目，它的关联人应该是咏丽，而不是袁圆。

你错了。咏丽站起来：你不觉得猛兽区更刺激吗？一转身就看见狮子老虎张开大嘴在下面望着自己。

杨粒感觉全身都在愉快地咧嘴而笑，没想到他们是如此地心意相通。

就这么定了，回去做些准备，包括你的个人形象，这绝不是小事。

嗯，是的。他从头到脚都兴奋起来了，却不知该说点什么，只会跃跃欲试地看着她。

我还有事，你可以出去了。

这是杨粒在她面前唯一不适应的地方，她总是突如其来地赶他走，有几次，他暗暗叮嘱自己，不要久留，果断离开，抢在她下逐客令之前，但他从未抓住过这样的时机，因为他从未发现过这样的机会，她的逐客令总是急刹车似的，总是让他猝不及防。

杨粒站在太阳底下的动物园里，绿色植物静静地反着白光，刺着他的眼睛，他手搭凉棚，不安地往袁圆工作的地方张望。他知道该向她汇报进度了，也知道他蠢蠢欲动的秘密都始于她的动机，她的点子，可现在，她好像跟这一切没有关系了，全都变成了他和咏丽，变成了他和一个女人之间的不可捉摸的走向。他该怎样向她讲述这一切啊，迄今为止，他连攀岩两个字都还没向她提起过呢。他发现，越往下走，他越是难以在袁圆面前提起攀岩，同样，他也难以在咏丽面前提到兽医。

无论如何不能再拖了，过不了多久，攀岩墙就要搭起来，他不能等到那天，叫着正在给老虎喂食的袁圆的名字，让她四下里寻找，最后在攀岩墙上发现了他。

岂止袁圆啊，小美也还不知道呢，这是在干吗？为什么要瞒着她们？有什么见不得人的说不出口的？无非是在给自己寻找生路，可他就是无法启口，而且越来越无法启口，难道就因为她摸过他的头？还指点过他的发型？那意味着什么？什么意味也没有。可不要想入非非啊！他拍拍脑袋提醒自己：她根本没把你放在眼里，不说别的，哪一次不是她把你赶出办公室的？她对你根本就没有起码的尊重。

袁圆不知从哪里悄悄钻了出来，堵在他面前，把他吓了一跳。

正好，我有重要的事要告诉你。

不管了，他不能永远揣着秘密走下去，迟早有一天，袁圆会知道的。

他的表情吓着了袁圆，小尖脸唰地白了。别说是关于兽医的事！别说她拒绝了！

他心里一疼，几乎在瞬间决定，不要秘密，要袁圆，就算不告诉小美也要告诉袁圆。

兽医的事可没那么快，你不是叫我去跟她先弄出点交情的吗？你猜怎么样？有门儿了。

开始袁圆还一脸紧张地听，听着听着，小脸黑了下来。攀岩攀岩！我以前怎么不知道你还会玩攀岩？你到底还有多少事瞒着我？我的事已经忘到脑后去了吧？

这不正是为了完成你交给我的任务吗？总不能就赖在她办公室里死乞百赖地求她：把我的袁圆弄去当兽医吧！那只会把事情搞砸。

这么快她就愿意跟你一起玩攀岩？真是顺利啊，可是，为什么我并不感到高兴呢？

攀岩只是梯子，等你当了兽医，我就把这梯子拿掉。

袁圆紧挽着他的胳膊，他感受着她温暖乳房的挤压。

我可听说这个年龄的女人疯狂起来连底线都没有。

她疯她的，我保持冷静，这样更容易成功。

你以为你是什么人？你反正看不到自己的表情！真担心你会忘了出发时的目标。

不会的，除非你我只是一场梦。

说到梦，我常常会心生恍惚，不断地问自己：我是不是已经死了？我现在已经在阴间，我在阴间遇到了你，我们在阴间策划着一个大阴谋。

杨粒突然站立不动，半晌，才盯着她说：我也被你给说得恍惚起来了。

袁圆却不在意他的恍惚，自言自语道：我知道我自己，我的担忧不会毫无来由。

二

因为钱的问题，杨粒最终不得不把攀岩的事告诉小美了。

购买材料大约十万，五万多用于施工，建成之后，还需要大量救护绳、服装、工作人员的大帐篷，还有许多小型辅助材料，当然，还需要几个时刻在场的工作人员。总之，毛算下来，二十万块基本可以开工。

可他身无分文，收入全部上交，支出定期下拨，最富余的时候，口袋里也只装过一千块，还是过渡性的。

跟小美说这事，比跟袁圆说麻烦多了，得细编一套来龙去脉。

当然要贴着他的职业来说。

有一次，他遇到一个很谈得来的游客，游客说他喜欢攀岩，回来后约他去了一次，不知不觉谈到了创办一个野外攀岩馆的事，那人有个朋友是动物园的领导，他说服他的朋友让他把攀岩馆办在动物园里。但是，这关他杨粒什么事呢？人家的爱好，人家的主意，人家的朋友。对了，就说是自己的主意，那人只有体力和爱好而已，不善动脑，所有动脑的事都是他杨粒想出来的，包括把攀岩馆设在动物园的主意。也不对，难道他除了动全部的脑子，还需要出全部的钱吗？说不通。还有，既要讲清他与动物园的渊源，又不能提袁圆，也不能提咏丽，怎么办？得，干脆直说吧，他遇到一个很谈得来的游客，两人闲聊中讲起开攀岩馆的事，那人讲起动物园这个好地方，他顿时脑洞大开，却故意忍着不往下讲，一回来就直奔动物园，径直找到园长。在动物园开攀岩馆，这是典型的双赢的点子啊，他相信好的点子能打动任何一个有脑子的人。果然，园长一听就来了精神，没过多久，就得到上级批准。他终于要自己当老板了。嗯，不错，挑不出太多破绽，只是情节过于简单，但人走起运来就是这样，门板都挡不住。

他真这样向小美讲了，小美是边洗衣服边听他讲的，讲到他去拜访动物园园长的时候，小美突然插了句：园长是男的还是女的？

女的。他心里一跳，忍不住虚弱地问道：是男是女重要吗？我跟你讲了这么多，你就对园长是男是女感兴趣。我不想打工了，我想自己创业你懂吗？

小美低下头去洗衣服，看不出来她感兴趣还是不感兴趣。

大家都说导游这个行业没什么搞头了，不许购物，不许这不许那，每天就赚点补贴，只够路上吃吃饭买点饮料，没得搞头了。

攀岩！小美怪怪地重复着这两个字，似乎还是不太明白这项运动到底是怎么回事。

你在地铁里没见过那幅照片吗？一个男人徒手爬在悬崖峭壁上。你当时还说他是吃多了没事干。

那不是外国人喜欢干的事吗？

谁说的？我都玩过，要不我怎么会有这个念头呢？

你觉得玩这个的人会多吗？

比游泳跑步的人是少一点，但喜欢的人会一直喜欢下去，还会慢慢带动身边的人，这会是个新潮流。

万一竖起来了又没人来玩呢？

干什么都有风险。

你既然已经铁了心，又何必问我？

你不同意，我没法启动啊，钱都在你手里。

什么叫钱都在我手里？你总共交给了我多少钱？不要说你没记账，我可给你记得一清二楚，远远不够你拿去办什么攀岩馆，连个零头都不够。

那就找你借点呗，一开业我就能慢慢还你。

这样吧，让我去跟那个园长见一面，我看看她可靠不可靠。

人家是国家干部，公务员，怎么会不可靠？

那不一定，我总要知道我把钱交给哪个人了吧？

你把钱交给我了呀，我可不可靠你还不知道吗？

她要是突然宣布，这东西不允许搭在她的动物园里，你也没办法。

你……你……好吧，你谨慎，谨慎是没错，但也不能因为谨慎就拒绝一切机会，我不是跟你说过吗？知道这个点子的人不止我一个，万一人家跑到我们前面去了呢？

小美低头专心洗衣服，一边洗一边轻轻地喘，这个姿势对一个孕妇来说已经有点勉为其难了。

杨粒蹲在一旁不出声地看着她，逼她开口。

好几分钟过去了，小美只顾洗自己的衣服，像是忘了他的存在。

你不同意，是吧？

事先都不跟我商量一下，就做了这么大的决定，你肯定是想清楚了才下决心的嘛，既然想清楚了，又何必还来问我。

你实在不同意，我只能赶紧找人顶上，让别人发财去，我不能失信于动物园那边。

我没说不同意，你要是想干，就自己去想办法，我手上这点钱，要准备生小孩，都给你了，我生孩子怎么办？孩子没奶吃要买奶粉怎么办？带孩子头几年没法工作怎么办？

那你给我算算，我一共交给了你多少钱，你先返还给我，我以后挣了还你。

不想算，算了也拿不出来，你以为你挣了多少钱？你平时吃饭不要钱？穿衣不要钱？

你就是不支持我去搞事业。

小美嚓嚓嚓洗了好一阵，一脸委屈地抬起头来：还瞒着我！

这不是告诉你了吗？

你差钱才想起我来，一开始为什么不跟我说？

小美拎着洗衣桶往外面走，水龙头在外面，那里来来往往的人多，杨粒不想跟到那里去吵。

她肯定有钱，她每个月有工资，比他低不了多少，他们的花销并不大，连水电费都没有，顿顿都吃一锅煮，这还没算恨天黑的呢，恨天黑应该是他们中收入最高的，但他从来不说，他也不好意思问。要不要直接找找恨天黑呢？他想想恨天黑那张从来不笑的脸，有点不敢启齿。

小美洗完衣服也不进来，拿件毛衣坐在外面织。杨粒隔一会儿偷瞄一眼，小美的肚子越来越大了，人也越来越胖了，坐着织毛衣的样子像头吃竹子的大熊猫。杨粒想，她故意坐在外面，故意不进来，她想避免我跟她提到钱的事，难道他就只有挣钱往她手上交的道理，没有支取和领用的道理？

天快黑了，杨粒实在坐不住，愤愤然起身往外走，故意重重地擦过她的身体，又故意不告诉她他要去哪里。果然，她问：你不吃饭了？他不回答，硬着头皮继续走，指望她追问一句，或是大喊一声，将他叫住。但她没有，一个字都没有，一点动静都没有，他只好真的走了。这个吝啬鬼，为了护住她的钱，连自己男人都不要了。

无处可去，也无一处可以停脚，以前一抬脚就想去袁圆那里，但此时此刻，去干什么呢？听她唠叨她的兽医梦？他自己还有攀岩梦呢。

可是，不去袁圆那里，又能去哪里呢？街道明亮，无穷无尽，但属于他的地方却只有两个小小的黑点，一个是车站路的老鼠洞，一个是杨虹路那间一见他就发出抱怨和哀叹的小屋，现在他从一个黑点出来，除了另一个小黑点，无处可去，除非他可以一直在街上走，像时钟一样永不停歇地走下去，一旦停下来，就是地上一个无比尴尬的突起物。

去吧，去杨虹路吧，反正她已经知道攀岩的事了，索性去跟她谈谈攀岩的事，告诉她，谈攀岩是为了更好地谈兽医，攀岩做得越好，兽医的事就越有把握。

理好思路，他掉转方向，一溜烟往地铁站跑去，边跑边拿出手机，他一直有个习惯，去她那里之前，先联系一下，他怕她万一不在家。

鬼知道是什么原因，今天他突然不想打这个电话了，他想搞个突然袭击，他想看看她一个人时都在干些什么。

他在地铁里抓着吊环，摇摇晃晃想象她此时的样子，她喜欢躺在地上，九块钱买来的地毯上放着她的水杯，以及便宜的零食。她对自己真的很苛刻，吃得不好，穿得不好，他知道有句话她听了肯定不高兴，她这样下去，会越来越像饲养员的。也许她正躺在地上讲电话，她的电话比他多得多，不像他，随时能打的电话就只有她和小美这两个女人而已。他是善于总结的人，有根神经突然亮了一下，女人们似乎都挺好打交道呀，跟小美认识没几天就订了婚，跟袁圆认识没几天就上了床，难道他认识一个，就要在床上收服一个？接下来呢？接下来会是谁？天哪，不会是咏丽吧……他呸了自己一口，别不要脸了。

那栋灰扑扑的破旧的七层楼里，稀稀落落的灯光像老人口里的牙齿。袁圆在五楼，他逐层数上去，窗口没有灯光，她不在？还是下了班没回来？他掏出电话来，刚要拨打，突然发现她的窗口并非漆黑一团，而是隐约透出一点点暗光，就像黑色上面补了一块咖啡色，难怪他乍一眼竟没看出来。他知道那是什么光了，她有一盏小台灯，当她需要它做床头灯时，就在上面搭条围巾，她有很多围巾，所以她的小房间里能调出不同颜色的光线来。

他关了电话，径直往上面闯，一个人待在暗暗的房间里，说明心情较差，他来得正是时候。

他有钥匙。合租房客还没回来，屋里很安静。但他打不开里间的门，门被反锁了。他拧了两下，嘭嘭地敲起来，边敲边喊：袁圆！袁圆！

过了好一阵才听见袁圆的声音：等一下。

屋里有个男人，方方正正的脸，年纪比他大，肚子也比他大，明明知道杨粒在瞪着他，但坚持不朝杨粒看，沉着脸几大步跨了出去。

杨粒做梦也没想到会遇上这种情况，僵得像根柱子。

小台灯上搭着棕色细花围巾，靠近灯泡的地方照成了橘色。床铺平整，地毯上摆着茶杯和小碟。袁圆穿一件宽松的大袍子，坐在地毡上，格外平静地看着他。你怎么来了？她撩撩头发，舔舔嘴唇。

我打扰你们了吗？屋里回荡着某种气流，像一个拼命忍住心跳的人，脸上显得过于平静。

谈不上。

那人是谁？

一个朋友，我求他帮我办点事，他过来跟我交流一下步骤。

是什么样的机密大事，非得锁起门来才能谈？

你管得着吗？你是我什么人？

杨粒张张嘴，没发出声音。

你别忘了，我也在托你帮我办事，可你动了吗？有进展吗？我知道不该催你，但我不能因为你的拖拉就延缓事情的进展，更不能因为你的不作为，就放弃我的计划。

你是说兽医的事？你这意思是你已经对我不抱希望了？把我淘汰了？你录用了刚才这个家伙？

我没这样说。谁帮了我的忙，谁就是我的恩人，我的态度就是对事不对人。

既是这样，又何必支使我一趟一趟往她那里跑？

你可以去跟她聊攀岩嘛，可以让她开车带着你兜风嘛，多么优雅的话题啊，多么浪漫的画面啊，相比之下，我的事太俗了，饲养员，兽医，这些字眼听着就恶心，是不是？你们在一起怎么会谈起我这个扫兴的话题呢？我不怨你，只怪自己太俗气了，不该把这些事情搅进感情里面，我污染了自己的感情世界，还差点为你的感情世界投下阴影。

你说我跟她？我跟她有个屁的感情世界啊！明明是你派我去求她的，现在反过来酸溜溜地说什么……行了行了，你要移情别恋，也不用找这种借口，其实你根本就没找借口，你根本无视我的存在，直接就把人领到家里来了，天知道他都来了多少次了，我他妈真傻，我还以为……

我才傻呢，我白白送你一个借口，让你凭着这个借口一面去攀高枝，一面在我这里消遣，我这里很适合消遣对吧？没有任何负担，有吃有喝有睡，还对你感恩戴德，你可以抱着这个借口一直消遣到老，到你干不动的时候。

杨粒的眼睛再次瞟向那张床：这么说，你承认了？你真的已经换人了？

袁圆的头扭向一边：我说了，我只是在跟他讨论事情。

为什么我们讨论时，你从来不锁门呢？说到这里，杨粒突然醒悟过来：我明白了，你锁的是我，你知道我有这里的钥匙。行了，我知道了，你不用解释了。

随你怎么想，我没必要解释。

那么，你到底是什么意思呢？是想在我和他之间排个班次，还是叫我以后不用来了？杨粒感到胸口隐隐作痛，如果这个地方不能来了，从此他将无处可去，除了一动不动待在那个老鼠洞里，就是流浪汉一样在大街上晃荡。

袁圆什么也不说，扭过身去。杨粒的手在口袋里碰到了钥匙，他把它掏出来，扔在地毡上。既然不用来了，钥匙还给你。

袁圆还是不吱声，他用了很大力气才克制住重新捡回钥匙的冲动。她下次会给我的。他想。

袁圆果然俯身捡起了钥匙，他心里一松，她会把钥匙塞给他的，她会扑进他怀里，佯装生气，撒娇……然而，他想错了，她一扬手，还来不及眨眼睛，钥匙就从窗口飞了出去。

你不就是想找个借口，推掉我托你的事吗？随你的便，我也豁出去了，老娘就一个条件，谁帮我办成兽医的事，我就是谁的。

去你的，还打起擂台来了！你以为你是谁？

你可以选择退出！她压低声音，像头母豹一样龇着牙冲他咆哮。

他像一粒微尘，被她的咆哮吹起来，飘起来，飘向门外，飘向楼梯。

完蛋了，我们他妈完蛋了。他一路在心里大声喊着。

三

  他一反常态，开始默默地做家务，拎一只塑料袋，把可用可不用的东西扔进去，擦拭所有搁物台板，钉紧松掉的钉子，检查柜门，以及无纺布衣柜的拉链。总之，他要自己两手不停，眼睛也不闲着，他不想任何人看出他的难过，为什么恨天黑还不出去干活？为什么小美这么快又下班了？

  小美半躺着看育儿书，看几页就哼一声：啥？四个月就吃四分之一个鸡蛋黄？四分之一是多少？怎么弄？六个月就要吃胡萝卜泥？那能好吃？还要做操，每天上午九点以前下午三点以后晒太阳，特别要晒后脑勺，那怎么晒嘛？趴着？直立着不一样能晒到后脑勺吗？哎哟哎哟，这书不是写给我这种人看的。一扬手，书砸到杨粒的腿上，回头一看，小美正恶狠狠地瞪着他。

  跟你说话你一点反应都没有，说！你在想啥？从昨天开始，你就是一副掉了魂的样子。

  我在洗衣服，你看不到？

  洗衣服是用手洗的，又不是用耳朵洗的。

  杨粒突然把手上的湿袜子一扔：好吧，我说实话，我想回去看看我妈。小美令他急中生智了。

  昨天看报纸，说一个在家带孙子的老人突然发病，死在床上，孙子无人照顾，也活活饿死了。看了心里真不是滋味，我妈腿不方便你又不是不知道。他越说越诚恳，就像他一直闷闷不乐地干活，真的是在思念和担忧他的母亲一样。

小美放下书，严肃地坐起来。你想回就回呗，我还能不让你回去？天塌下来，也阻挡不了一个人回家看自己的妈。

杨粒一听，擦着手就往外走。

喂，把衣服洗完再走都来不及？太夸张了吧？

既然要回去，得做点准备，给母亲买点吃的穿的，还得带点钱。他两只湿手在身上擦擦，伸向小美。

小美不高兴了：真的要回去？再等上两三个月嘛，到时我们一家三口都要回去的。

正因为要回去三个人，我得先回去打个前站，把该准备的都准备好。就两三天而已。他继续向她伸着手。

她想了想，起身去找银行卡。两千块够了吧？

两千哪够，路上就要花去近千把块，还要给妈留一点。

哎呀我都说过了马上就要回去的。

每个月挣了钱都交给你，找你拿点钱怎么就这么难？

你搞清楚，钱不是交给我的，是交给这个家交给你孩子的。

孩子不是还没有出来吗？等他出来了我还能把他饿死？杨粒陡地提高音量，这在平时他是不敢也觉得没有必要的。

从钥匙被袁圆从窗口扔下去开始，他的心脏就一直处于膨大的状态，且不停地在耳畔发出隆隆之声，害得他坐卧不宁，食不知味，像害了病。他知道他得的是什么病，活该被诅咒的病，但是，骂自己千遍万遍都没有用，他眼前始终飘浮着一团黑雾，袁圆在黑雾里板着一张比雾更黑的脸：谁先办成兽医的事，我就是谁的。肯定不是一天两天了，肯定是早就好上了，说不定一开始她就是两条腿走路，而他竟浑然不觉，那天晚上那一幕说不定是她故意导演的，以达到赶他走的目的，他迟迟没有进度，不足以担当大任，那个人肯定比他能干，这下她很快就能当上梦寐以求的兽医了，她当上了兽医，就更加瞧不起他了，总之他们完了，她嫌他无能，冷不防被一脚踢出来了。

小美气呼呼给了他两千块钱，外加一张火车票。

不是我小气，孝敬老人理所当然，我只是担心，你现在带团越来越少，爸爸年纪一天比一天大，我多存一块钱，心里就多一分底气。

好啦好啦，我妈都没你这么啰唆。

你妈当然不用跟你啰唆，她又不替你养儿子。怒气在小美的嘴边烟一样飘荡。

那是因为她已经养大了她的儿子。

借着争吵，他连道别都省了，几大步跨了出去。

多想跟伍杰说说，但恰恰不能跟他说，尤其是现在，平常开个关于出轨的玩笑可以，真到了因为某个女人坐卧不宁的时候，万万不能告诉伍杰，一头是亲戚，一头是好朋友，不能让哥们儿为难。

一上火车，就趴在座前的小几上，把自己埋在黑暗里，埋进伤心的沼泽地。他想象袁圆正跟那个人幽会，一边尽情玩乐，一边庆幸自己的决断：杨粒那个没用的家伙，啥事也做不了，幸亏及时回头，不然白白浪费时间。她不光甩了他，还给他装了个无能的头衔。要多深多长的黑暗才能慢慢消化他的悲愤和耻辱啊。

有人脱了鞋，死蛇一样的臭味笼罩着半截车厢，很多人都在抱怨，只有他一声不吭，他有什么资格抱怨呢？别看他穿着干净，却是从垃圾坑里爬出来的，垃圾两个字，就印在他胸前的衣服上，别人看不出来，他自己可是看得清清楚楚。又骂自己：就你这样的，也配有情人？活该被甩，活该被教训，活该被侮辱，小美要是知道了，不杀了你才怪呢。她杀得起你，她把你带出来，一边服侍你一边带你熟悉这个城市，你却背着她做出这种事来。

他从小几上抬起头，闭着眼睛揉了把脸，重又趴了下去，趴到对自己的咒骂里去。咒骂能让他心里好受一点。

火车到站的时候，他在玻璃门上看自己趴肿了的脸，头发支棱得像棵青菜，他愣在那里，怎么变成这个样子了，苍白浮肿，像刚关了禁闭出来。

他去卫生间里洗脸，里面人多，水管里的水却很细，涓涓的像尿滴，他接了几捧水，洗了脸，又抹了几把头发，出来一看，脸上浮肿依旧。他以前从没出现过这种脸色，难道这就是失恋的脸色？这个想法令他羞惭，他移开双眼。一个跟老婆跟岳父生活在一起的人，哪有资格跟别的女人谈恋爱？又哪有资格失恋？

还得转一趟车，还得去买票。他拖着同样有点浮肿的双腿，来到售票厅，站在长队的末尾。

五个小时以后，他就能看到母亲了。

他要跟她说些什么呢？重要的不得不说的早就在一周一次的电话里说过了，他要是肿着一张臭脸回去，母亲肯定会刨根问底，他从没在母亲面前撒过谎，从小到大，母亲简直是他眼里的福尔摩斯，无论他的谎话有多长，多曲折，她都能准确而迅捷地将它戳穿。就算他扛住了母亲的审讯，母亲难道不会去问小美？

如果不回去呢？杨粒突然有了个新点子。想想，好好想想。小美会当他已经回了家，母亲以为他还跟小美在一起，他掉进了一段千载难逢的盲区呀，正好他手上也有点钱，何不打着回家探亲的名义，独自在外面待几天？他虽然是导游，却从没一个人单独游玩过，而他跟那些人在一起的旅游绝对跟真正的旅游无关。

他从售票厅里退出来。当初他从家里出来的时候，也是在这里转车，两次路过，却连车站大门都没出过，今天一定要走出这扇大门，去这个陌生的叫春州的城市看看。

以他做导游的经验，他知道到一座城市，要先从地图上找它的中心，那里的交通四通八达，再想去哪里都方便。

他来到一个堪称巨大的广场，站在东边看不到西边，漫无目的地走了一阵，就在一条长椅上坐了下来，太阳暖烘烘地晒在身上，晒得人像个正在发酵的面团，很快就膨胀起来，眼睛肿胀得睁不开，不行，再晒下去，怕是要爆炸了。他想换张树荫下的椅子，但都坐满了，都不像马上会离开的样子。没想到外面竟有这么多像他一样没有目标的人，随便找张椅子，就能坐得跟家里的沙发似的。

他想了个办法，捡来几张报纸，盖在脸上，闭上眼睛。只要头不被曝晒，身体晒晒没关系。他索性伸直身体，占住了整张暴露在阳光下的椅子。

世界被他用几张报纸隔离在外，只能靠听觉了。就像放倒一只拧开了盖子的水瓶，刚一躺直，眼泪就流进了耳朵眼，他不想揩，不想他的身体做出任何动作。他强令自己去想那个男人，那个男人衣着整洁无味，从上到下，像他的脸型一样方正。袁圆不会欣赏他的外观的，他知道她喜欢的款型，不过也说不定，如果他特别有能力，一定有办法让袁圆当上兽医，那他就有了他杨粒所没有的魅力。魅力是可以超越外观的。

有人在离他不远的地方抽泣着吵起架来，一个声高，嘹亮，一个声低，嘟囔，基本上他只能听清一个人的声音。

打你一夜电话，你一次都不接，我连安眠药都买好了，但我觉得至少要让你知道我是为什么死的，我不想留一封遗书就走，我不想给你这个狗杂种带来麻烦。

他绷紧身体，凝神谛听，此时此刻，这世上竟有跟他一样心情的人。

别给我扯那些理由，男人抛弃女人，都是从不接电话开始的。我当然没信心！我怎么会有信心？她有孩子这张王牌，随时随地都能把你拉回去。我算什么？我连小三都不算，说不定连小四小五都不算，天知道你到底有几个女人？我在你面前就跟乞丐差不多。

也许是数落够了，那个男人突然提高了声音：我才是乞丐呢，结婚三年以上，而且有了孩子的人，是最可怜的人，他们就像是人质，脖子上套着根看不见的绳子，被控制在看似自由的家里。我这样说，你应该知道对我而言你有多重要了吧？

那你为什么不接我电话？你又没有关机，难道你当着她的面让你的电话尽情地响却不接？她就不问你为什么不接电话？

好吧，实话告诉你，我们的电话是专用电话，我不小心把它落在办公室里了。

你这是什么意思？你觉得我们的关系见不得人吗？

傻瓜，我这是在保护你呀，别以为我跟她没了爱情，她就可以任我为所欲为。

可是你说你正在跟她离婚，你说你们已经分房而居，她不再管你了，你到底在骗我，还是在骗她？还是你同时在骗我们两个？

你看你，又来了，你已经不是小孩子了，遇事要冷静，要动点脑子，你怎么就不明白，我不接你电话，是为你好，我不见你，是为了保护你，我越是珍惜你，就越要在某些时刻冷落你，你这么聪明的人，怎么就不明白呢？有时我想，要是能让你恨我就好了，如果你恨我，你就会冷淡我，就会慢慢走出我们这个封闭的世界，去跟别人接触，就会遇上更好的人，更适合你的人，会有更幸福的人生，你过得幸福，是我最大的安慰。

就像一阵清风有力地刮走了燠热，杨粒猛地坐起来，他看见了两个跟他年龄差不多的年轻人，正拥抱在一起，把头搁在对方的肩胛窝里，望着各自的前方伤心地喋喋不休。他顾不上细看他们，飞快地跑到一棵无人的树下，掏出了电话。

那个男人的话不是对他怀里的女人说的，是说给他杨粒听的。一定是这么回事。袁圆的想法肯定也跟那个男人一样，什么方脸男人，什么不接电话，都是不自然的，都是她刻意而为，她可不是没有脑子的姑娘，她肯定有她的意图，她要用这种方法熄灭他的爱情之火，把他从她身边赶开，激到马园长那里去，一定是这么回事，她觉得他进度这么慢，一定是因为他心里挣不开她，所以才在对付马园长时不够投入。一定是这样的，不然她这么聪明的姑娘，怎么会做出让他抓包的事情来呢？他猜她这么做的时候，心里一定疼痛难忍，他第一次跟马园长见面的时候，她就已经难掩醋意了。可怜的姑娘，她要把自己伤到什么程度才有够啊。

电话通了，如他预期，袁圆的声音温柔地响起，他从那柔柔的语调里听出了她的思念和痛苦，他激动不已，刚一开口，眼眶就湿了。我想你，想得要疯了。他闭着眼睛说，不想他的思念和痛苦受到任何干扰。

她似乎在那边轻轻啜泣。

我不管那么多了，管他是谁，我不能因为那个家伙一出现，就否定自己的感情，我要把你从他身边拉回来，你是我的。

她啜泣得更厉害了。

你能过来吗？他望着偌大的春州广场，想象他们俩在一个陌生的地方拼命拥抱，一定能拥抱出全新的激情来。

你要我去春州？

是的，现在，此刻。

兴奋让他无所适从，他沿着广场边缘飞奔，天黑前，袁圆的火车就可以到春州了，他就可以进站接她了。除了狂奔，他不知道该如何平息他的激动。

那么，这次就不回家了，他要和袁圆在春州好好玩几天，他们还没有一起外出过呢。他带过的那些旅游团里，常常看到一对对情侣，要么是小年轻，时时刻刻大大方方地搂在一起，要么是中年男女，闪闪烁烁，若即若离，一看就不是家常夫妻，要么是老年伉俪，除非安全需要，很少并肩出现在一起，似乎他们更愿意跟同龄的同性相处，他由此得出一个结论，真正的爱情，是有年龄限制的，过了那个年龄，就像猫过了发情期。所以他常常一边念着解说词，一边想象他旁边站着袁圆，他的手正像那些年轻游客一样，永远跟袁圆的手粘在一起，像粘了502胶一样撕扯不开。

事实上，没等到傍晚，袁圆就出现在他面前，她说她是挂掉电话就往外冲的，来不及去火车站，直接叫了个出租车。她把五百元车票拿给他看。我从来没有这么疯狂过，希望到了明天我不会后悔。

他搂住她，堵住她的嘴。这是他第一次在大街上吻他的姑娘，以前他只在电影里看到过这样的镜头，他一点都不觉得难为情。你快把我折磨死了，我真的快要活不下去了。

真的吗？你说的是真的吗？其实我就是想确认一下。从他怀里挣脱开的间隙，她飞快地说：我要看你到底有没有真正爱上我，看你会不会被那个酷女人俘虏。我的计划走到这里已经变味了你没看出来吗？我怕她会看上你，也怕你会爱上她，我没想到事情会变成这个样子，变得我都不敢往下走了。我可以不在乎你的老婆，但我在乎在我之后的任何女人。我真的害怕了，不敢往前走了。你怎么这么笨，怎么就看不懂，我找来那个男人演戏给你看，只是因为我在妒忌。

现在你知道了吧，除了你，我眼里没有任何人，真的，我对我老婆从来没有产生过这种感觉，你一出现，我就意识到，我的婚姻是个错误。

他想起自己跟小美从认识到结婚的全过程，短短十天都不到，像被人赶进一个恋爱实验室，泡进一种叫恋爱的药水里，再拿出来时，他已经是她丈夫了。没有吵架，没有误解，没有焦虑，也没有甜蜜的和解，其实就是没有恋爱。

那你为什么不去找我？连续几个晚上我故意没锁门，等着你破门而入，但每天早上我都发现我的房门安然无恙，我在想，你可能并没有真的爱上我，如果真的爱我，别说扔掉你的钥匙，就是打断你的双腿，你也会爬到我那里去。

我希望你能过上更好的生活，可我给不了你那样的好生活，只好拼命克制，拼命折磨自己，我问自己，你有什么资格去找她？她托你办的事你办得怎样了？办到什么程度了？毫无进展，你什么都不能为她做，你对她一无用处，你去缠着她，只会浪费她的宝贵青春。

她哭了笑，笑了哭，然后把手塞进他的手心里，他们像所有不知疲倦的旅途恋人一样，手挽手肩并肩，不慌不忙地逛着春州的每一条街。袁圆也是第一次来到春州，她很爱这里甜味丰富的美食。两人一路不停地吃，不停地看，直到再也吃不下了，再也走不动了，才回到旅馆。

也许我们应该在春州生活，这个地方让我感到无比的幸福。杨粒一根一根地揉捏她的手指，他真有了跟她私奔到春州的想法，怕什么，小美要是追过来，他可以问她：我们拿过结婚证吗？没有，所以他们的婚姻并不合法，充其量只能算同居。虽然这么做有点缺德。

第二天下午，袁圆一定得回去，她只请了一天假，但杨粒在小美面前的假期还没到，本来是想借回家的机会散散心的，现在心事已得到化解，再加上看望母亲的钱已在春州花光，只能打消回家的念头。只是他不得不独自在春州又消磨了一天，然后在计划好的时间里回到车站路。

四

下午三点多到家，小美意外地站在车棚门口，那里长年摆着两把收废品收来的旧椅子，一张破旧的小茶几上搁着两只陶土花盆，里面种着小葱。当他们下班回家，那里就相当于他们的客厅。

这么快就回来了？怎么不多陪你妈几天？小美脸上堆着古怪的笑意。

你不是一再叮嘱要快点回来挣奶粉钱吗？杨粒笑着去摸她的肚子。

小美躲开了：你妈怎么样？

还好，一切正常。

往里走时，小美拽住了他的衣袖：请问，杨粒你到底有几个妈？我看到的那一个，是不是你的亲妈？

杨粒想笑，看看小美的表情，笑不出来。

我在问你呢，你倒是说话呀！小美逼近他，低声咆哮：你他妈是什么意思？你到底在搞什么鬼？她突然丢下他，噔噔噔往里走，对着屋里厉声道：你出来！

不一会儿，杨粒就看到母亲不好意思地被小美牵着，施施然走了出来。母亲的腿！她居然是自己走出来的，她那条腿，居然能走了！

杨粒你告诉我，这个人如果不是你妈，那她到底是谁？是骗子吗？如果她是骗子，那我马上打电话报警。

杨粒只顾盯着母亲的腿看，太神奇了，看上去没有任何后遗症，连微跛的状况都没有，简直跟以前一模一样。

杨粒啊，我是专门来告诉你，我的腿好了，完全好了。母亲晃着她痊愈的腿，展示给杨粒看。

直到小美在一旁哭了起来，杨粒才觉得应该先照料照料旁边这个人。

你儿子就是个骗子，谁知道他骗了我多少次，我从来没有怀疑过他，这次要不是你来，我做梦都想不到要去怀疑他。你是怎么教育孩子的？是你一手一脚把他教成骗子的吗？

母亲在他背上轻轻捶了一拳：你哦你哦！要回去先给我讲一声嘛，这回扫兴了吧，门上一把锁，也没人做饭给你吃，你在谁家吃喝的？还引得小美误会。她是对的，换成是我，我也急，也气。

杨粒没理会母亲话里的暗示，关切地说：这么远，还要转车，怎么不给我打个电话让我去接您啊。

正好有人过来，我就跟他们一起过来了，我想我又不是文盲，好手好脚的，还怕找不到你。没想到会这么巧，跟你想到一处去了。

看看你们，看看你们，这是在对暗号吗？真叫有其母必有其子。

行了，一切责任由我负，你不要指责我母亲，她来看自己的儿子有什么错？

那你说清楚呀，你到哪里去看你的妈去了？出发之前你还找我骗了一笔钱，你到底是在别处藏了一个妈，还是藏了一个老婆？你今天不跟我交代清楚是不行的。

谁骗你了！杨粒本想顺着母亲的暗示回答，又不想在母亲面前丢份儿，索性说了实话：我中途转车的时候去了一趟春州，本来是想回来再跟你解释的，一进门你就咋呼成这个样子，索性懒得解释了，你要把天戳破你就戳吧。

是的是的，小美，先让他坐一坐，喘口气再审问他，一家人，有啥不能好好说的。杨粒你也是的，赶紧跟小美讲清楚，她也是担心你嘛。

小美撩撩头发，挺着肚子气呼呼坐下来：你说吧，我看你怎么往下编，我警告你，这回可要把谎话编圆一点，不要又让我找出什么破绽来。

的确不好再往下编了，不如索性说实话。这样想的时候，一张脸已经灰秃秃的了。当然，跟袁圆有关的细节一定要略去。

有什么好说的，你难道不知道我是什么心情下走的？心里烦，容易走神。车过春州的时候，我下来散步，没走几步，一转身，发现车就开走了，有什么办法呢？难道去卧轨？索性在春州散散心再说。话说到这里，他突然找到了出发前的那种感觉，出去躲了几天，问题还没解决，焦虑还是稳稳地趴在那里。他知道该说什么了：本来，我决定回家也就是出去散散心的，妈你也看到了，我一米八的个子，成天窝在这个地方，真的是气都快出不来了，哪里还能正常思考？既然是散心，在春州散心和在老家散心有什么区别？

儿啊，你有什么心事尽管说出来，千万不要闷在心里，时间长了对身体不好。

也不算心事，妈你不知道，我找到了一个好项目，没钱做它，小美也不支持，我就为这事烦心。

没钱做项目就要骗人骗钱然后拿着钱瞒着家人出去玩？你骗鬼吧你！

母亲眯了眯眼睛，杨粒熟悉她的表情语言，知道这动作是相当不屑对方的意思，等于在无声地大吼：你给我闭嘴！

跟妈说，那项目得要多少钱？

十几万一二十万吧。

母亲脸上飞快地掠过一抹虚弱，目光扫过小美，停留在外面某个地方。

既然能找到项目，就能找到钱，一分钱都没有，干吗要去找什么项目，老老实实打工不就得了？眼高手低的家伙我见得多了，有这精力，干吗不去干点脚踏实地的事。你以为大事业是人人都能干的？我们这些从农村出来的人，除了老老实实做事，什么别的想法都不要有。

那也不一定。母亲再次站出来维护自己的儿子：连想法都没有的话，自然也不会有什么结果，我可听人说过，只有想不到的，没有办不到的。一个男人，首先要敢想。

他倒是敢想呢，想着想着就骗起人来了，又骗人又骗钱。妈你也是女人，你设身处地替我想一想，我们辛辛苦苦赚点钱容易吗？他一骗就是几千，钱一到手就跑得无影无踪，还拿你来当挡箭牌，幸好你来帮我戳穿了，不然还不知道要被他骗到什么时候。

小美你也不要生气了，再气下去只怕伤着我的孙子。怪只怪杨粒的爸爸死得早，我又无能，一点忙都帮不上。我生的我还不知道吗？他要是看准一桩事，不让他办成他就会发魔怔。杨粒啊，如果你真的看准了你的项目，妈回去把房子卖了帮你凑钱，妈不帮你谁帮你？反正没几天好活了，我一个人要住那么大的房子做啥，拿来帮你做项目，帮你赚钱。腰里无钱是病人。等你赚了钱，什么都好说。

杨粒这才觉得自己小看了母亲，轻言细语几句话，就把小美收拾得哑口无言。他过去抚抚母亲的背：哪能要你卖房子呢？我会想别的办法的，你一定要安安稳稳地住在里面，我们还指望你在家里带孙子呢，我们过年过节还要回去跟你团圆呢，房子卖了怎么行。

等你赚了钱再回去盖呗，下次我们盖楼房。

不行，我不能逼你卖房，你放心好了，我一定会想出别的办法来的。二十万也不是什么了不得的大钱。

小美换了个语气，又把话题拖了回去：我就不信，你一个人在春州能待两天，你那两天是怎么过的？

怎么过的呢？吃喝嫖赌呗，可惜我只从你这里骗了两千块，除去两天房钱，还有饭钱，还有回来的车票钱，剩下来的连叫个野鸡都不够。

好了好了，都不要把话说得那么难听，再说我就回去了，都是因为你们两年多不回去，害得我在家里日夜担心，觉都睡不着，才跟着别人跑过来，早知道我一来就引起你们吵架，打死我也不会来的。

风波平息下来后，杨粒才知道，母亲也是刚到，跟杨粒就是前后脚的工夫。

母亲说要上厕所，小美正要带她去，母亲说：你不方便，让他去。

刚一离开车棚，母亲的脸就黑了下来：不去厕所了。我们走走。

杨粒乖乖地走在母亲左边，小心翼翼地去摸母亲的腿：真好，完全好了，我还以为多少会留点后遗症呢。

人家都说我的腿是被你急坏的，后来你又是结婚，又是进城工作，一天比一天过得好，我心里一宽，腿就好了。

就说你不要替我急嘛，总会越过越好的。

这就是你越来越好的生活？你当老师的时候，回到家我像服侍先生一样服侍你，到了学校学生对你不知要鞠多少个躬。你看看你们住的那个狗窝，再看看小美那双眼睛，跟你说话能喷出火星子来，这还是我在场，我要是不在场，她还不上来一口把你吞了？她老子对你怎么样？

他一天到晚在外面做事，碰面的机会少。

为什么一直都不回去？

节假日期间待遇高，是平时的两三倍。

只知道钱，这么爱挣钱，为啥还是没有钱做你看中的项目呢？对了，你手里就完全没有钱？两千块还要找她骗出来？你的婚姻到底怎样你心里有没有数？

女人管钱，不都是这样吗？我做导游的时候，不止一次听到有人说，家家户户都有一只母老虎。

你在电话里从来不跟我说这个，早点让我知道，我也好有个准备。

你有啥好准备的？

我可以帮你治她的。她太凶了，跟你说话就像在吼孩子，她算什么？也配吼你？

您这次来打算住多久？

我才刚到，你就打算赶我走？

不是的，如果您想多住几天，我就去给您租间房子。

不要，把我一个人放在外面，也看不到你到底生活得怎么样。我还以为你在外面多舒服呢。

是出来讨生活的，又不是来享福的，能有多舒服？

跟我一起出来的两家人，人家也是来看儿女的，我都不好意思把他们领到你这里来，给他们看到你住这种地方，回去后还不知说成什么样呢。

别让他们来。

你说的那个项目，到底怎么回事？

项目不错，就是没有资金，启动不了。

他们父女俩不肯拿钱出来？不是说他们在外面挣了好多钱吗？

只跟小美说过，还没跟她爸爸谈，反正小美不愿意。

直接跟她爸爸谈吧，肯定是她爸爸在当家。

杨粒意外地看了母亲一眼，小美的拒绝让他沮丧过了头，竟没再往前想了，母亲一句话提醒了他，恨天黑毕竟是男人，没准他的想法真的跟小美不一样。

两人静静地散步，路过一家小型超市，杨粒让母亲在外面等，他进去买了一块巧克力，剥开，喂进母亲嘴里。

给你尝尝这种糖，跟你吃过的糖可不一样。

母亲才咬了一口，就立住了，闭着眼睛，好久才睁开：这是啥糖！说它苦吧，又不是真苦，甜呢，也不至于甜得齁倒，难怪人人都往城里跑，啥好东西都在城里。

要是我的项目能搞起来，您也出来吧。

那当然好，可我住哪里呢？

原本杨粒也只是被母亲吃糖的样子感动，随口多说了两句而已，母亲一提到住的地方，顿时明白过来，他不过是在痴人说梦。

电话响了，将他从窘迫中救了出来。是旅行社打来的电话，终于又要出去带团了。

可惜啊，这次来不及了，下一次我带团，您也跟着我出去玩一趟吧。

我不去，正好留在家里替你看家。

那个家有什么好看的，一屋子破烂。

不是替你看财，是替你看人，你出来这两年里，我没有一天不在想，那家人对我儿子咋样啊。

五

这一趟旅客几乎全是老年人，途中经过九华山，还要在那里住一晚。杨粒一路都在懊悔，应该不惜一切代价，把母亲捎上的，母亲也许不喜欢爬山，但她肯定喜欢给菩萨进香。

绵延不绝的苍翠竹海里，杨粒突然分外挂念母亲，她在老家时他几乎忘了她的存在，她到他身边来了，他反而放不下了。恨天黑几乎就是个哑巴，小美跟她有话说吗？不贴肉的话，说得越多，越让人尴尬，母亲肯定百无聊赖。此时此刻，那两个人应该出去工作了，她一个人待在那个老鼠洞里干什么？如果她待不住，会不会出去逛街，她要是逛得找不回来了怎么办？完全有这可能，他刚来时还迷过路呢。

想给小美打个电话交代几句，又觉得不妥，小美肯定会奚落他几句，怕我怠慢你妈？不放心你把她别在腰上带出去呀。这种话她说得出来。还有，小美中午是不回家的，恨天黑更是要天黑了才会回来，母亲的中饭怎么解决？她既不熟悉他们的锅灶，也不会掏钱去外面给自己买点吃的，他恨自己居然忘了出门时给母亲塞点零花钱。

如果真的要把母亲留下来，得给她买个手机。

一路走得忐忑不安，好歹按捺到回家前一天，才打通了小美的电话。能听到那边车来车往，人声嘈杂。小美兴奋地大喊：我们在游乐园。

在那里干什么呀？

玩呀，我们不该放个假吗？我们已经玩了两天了，我、我爸、你妈，我们三个，吃喝玩乐，快活了两天了。明天准备去动物园。

意外至极！心花怒放！但动物园三个字一跳出来，杨粒立即浑身一紧，马上又释然，真的是做贼心虚呢，他们谁也不知道那里有个袁圆，袁圆也不可能从他们脸上看出他的痕迹。电话传到了母亲手里，母亲的声音听上去愉快而辽阔：杨粒啊，你安心工作，我这两天吃得好喝得好玩得好，你爸爸和小美一直陪着我，我叫他们不要管我，尽管去工作，他们非不答应，非要陪着我，真是过意不去啊，不管怎么说，我明天坚决不要他们陪我了，我赶都要把他们赶出去工作，我又不是三岁小孩子，还要几个人陪着我玩？这得耽误多少工夫少挣多少钱啊。

迫不及待地赶回家，刚进小区，就看到母亲蹲在一个角落里帮恨天黑整理打包小山似的废品，两人看上去完全不像初次相处的亲家，倒像是一对相处了千年万年的老搭档。

妈你怎么在干这个？你歇着呀。杨粒黑着脸。恨天黑可以干，小美也可以干，他偶尔也可以干，但母亲不行。他不知道原来自己心里竟有这么一条界线。

你知道我闲不得。你去歇着吧，外面满世界跑，我看你腿都跑细了，人也晒黑了。

恨天黑埋头收拾，不理他，也不看他，却跟母亲和颜悦色地说话：这个不行，泡沫的东西不能跟纸质的混在一起，矿泉水瓶瓶身跟盖子要分开打包。

母亲赶紧听话地捡了出来，哦哦哦的语气，像小学生一样虚心而乖巧，杨粒越看越气，扭头进了房间。

没多久，母亲就跟进来了。

妈你为什么要帮他做这种事？我不想因为我的原因把你变成个收破烂儿的。

母亲凑上来，小声说：你以为我是白做的？你走后这几天，我一刻都没闲着，我是在帮你做工作呀儿子，我知道他有钱，我要从他那里帮你挖出钱来，给你做项目。等你项目做成了，有钱了，看他们谁敢大声大气地对你说话。

杨粒瞪大眼睛：你是说恨天黑？你跟他谈过了？

怎么给人家取这么难听的外号？他是你岳父，你要跟他搞好关系。

到底谈过没有？

我还没来得及跟他明说呢，我觉得他人不错，实诚，也有眼光，说句你不爱听的话，我觉得他比小美的眼光还要好。我觉得他是看好你的项目的。

……人家拿你当客人，跟你客气呢，妈你真是太天真太单纯了。

没什么复杂的，怎么想就怎么做，不然还能怎样？

因为有客人，晚饭比平时隆重，天刚黑，一家人就围坐在一起了。

母亲看看小美身上起了球的线衣，还有那件灰扑扑的防辐射背心，对杨粒说：去给她买条夏天的裙子，眼看就热起来了。

嗯，现在不要，没一件我穿得下。小美嘴里塞得满满地说：等孩子生出来了，我再去好好武装一下。

孩子的衣服鞋袜多准备一些，样样东西都准备得宽松一点，又不是做不到。

那是，不能让他从小就不如人，所以要拼命挣钱啊。

杨粒趁机接上去：你们有谁是闲着的？每天都在拼命，但打工只能糊口，要想挣钱，还得有自己的生意。我那个攀岩真的很不错，我保证用不了多久就能还本。

小美的脸陡地暗了下来，默默吃饭。

攀岩到底是个什么东西？恨天黑终于发出声音来了。

杨粒一愣，好兆头像一只天外飞来的小鸟，意外地停留在他肩头，他赶紧放下筷子，恭恭敬敬地转向恨天黑：攀岩是现在很热门的一个休闲运动项目，不光年轻人喜欢，小孩子也很喜欢。

既然小孩子喜欢，生意应该不会差。

杨粒几乎看到那只小鸟在扑扇着翅膀了。

我之所以想把它设在动物园里，就是要抓住儿童这个大市场，儿童不可能自己去动物园，肯定有父母陪，孩子又把大人这块市场也带起来了，真的是个很不错的点子，我去做动物园园长的工作时，那个园长很痛快地就答应了，原来那个园长本人就很喜欢攀岩。

靠园长不一定靠得住。恨天黑垂着眼皮含着饭说：过几天换个不喜欢攀岩的园长呢？

杨粒心里一激灵，差点接不下去，还好他很快调整好自己。

利润呢？利润总靠得住吧，不费一枪一弹，每月坐收渔利，哪个来当园长都不会反对的。机会真的很难得，如果我不能迅速上马，别人肯定会抢先。

钱呢，我有，不多，十万块应该不成问题，剩下的你自己去想办法。如果你有十足的把握，我们不妨搞正规一点，虽然我们是一家人，你还是得给我打个条子，说几月几日借了我多少钱，借去干什么，什么时候还。虽然只是个形式，但也是压力，人无压力不成事嘛。

是的是的，一定要打条子。母亲插了进来，同时向杨粒使了个眼色。

杨粒掏出笔来，痛快地写好借条，递给恨天黑。恨天黑不接，看着自己的饭碗教训他：这不是做生意的搞法，你还没拿到钱，怎么能把借条给别人？人家收了你的借条，却不给你钱，你白白欠了一笔债，上哪里喊冤去？

你看你！好好向你爸爸学习。母亲放下饭碗，起身给恨天黑倒了杯水过来。

杨粒收回借条，哭笑不得：我们是一家人嘛，一家人还要讲那些规矩。

将来你在外面少不得遇上各种朋友，照你这么说，朋友间也可以不讲规矩？那好，恭喜你，你的麻烦来了。陌生人哪里害得到你？害你的都是朋友和熟人啊。

你看你看！今后样样事情多向你爸爸请教。

嗯。杨粒点头，他没想到这个一进垃圾堆就再也找不到人的老家伙，心里竟有这等见识。

我刚刚还批评了小美，她说你之前不跟她商量，也不让她去见你的合作方，我说你懂什么，他要是还没开始就四处嚷嚷，生怕别人不知道他有个好使的脑袋，那他根本就成不了事，他要是在外面不管结交什么人都带给你看，经你审查，那你就成了你们家的女皇，如果女皇都不过是个捡废品洗衣服的，这女皇的家人又能强到哪里去？将来的孩子又能出息到哪里去？

杨粒第一次在恨天黑面前感到羞愧，他以前太以貌取人了，因为他不大说话，就以为他没有见识，因为他不怕脏，就以为他龌龊，他甚至还嫌弃过他的衣着和填满污垢的指甲。

不过，我给你投资也是有条件的，这么大的事，你应该先把合同拿出来，什么都没看到的情况下，我怎么放心把钱给你？万一事情成不了，我又不能把你送到牢里去，毕竟是我的亲女婿。

这个会有，肯定会有。

毫不费劲就敲定了一笔十万元的投资，心里正雀跃着，回头一看，才发现母亲的喜悦太过直露了，她起身接过恨天黑的饭碗，为他添了一碗饭，又刮出去两勺，说：晚上还是不要吃得过饱。她以前对自己的丈夫也没这么体贴过。

不能先把钱囤起来再做事，有了这笔投资，项目可以慢慢动起来了。他想去网吧搜索一下攀岩墙的材料，比较一下价格，到了网吧才发现他根本没法做这件事，网吧里到处是人，充斥着各种声音，比火车站还吵。要是有台电脑就好了，他想起咏丽办公室里的电脑。

他搓手，揉鼻子，踱步，最终决定鼓起勇气给咏丽打个电话。

那边也很嘈杂，但不是网吧里的嘈杂，咏丽让他稍等，几秒钟后，咏丽的声音清晰地传过来，他巧妙地说出了自己的想法。我想跟你汇报一下攀岩墙的方案，我发现网上的报价很杂，有的高得离谱，太低的我又吃不准……

什么？你要在网上采购？你怎么敢？万一碰上个坑人的，那可是人命关天。不行不行，这事你得听我的，一定要货真价实，一定要亲自验货，这样吧，你明天到我办公室来一下，我们面谈一次。

目的达到，杨粒愉快地跟自己击了个掌。

六

杨粒后悔昨天没跟咏丽约好见面的时间，他起得很早，出门也很早，却故意在路上磨蹭了又磨蹭，他猜她不会那么早到办公室，毕竟是园长，不是下面的小员工。

哪知一进门，咏丽就板着脸对他发起了脾气。我都等你半个小时了，你又不是哺乳期妇女，我最讨厌等人了。

我以为你要先处理园里的公务呢。杨粒一脸惭愧地说。

难道攀岩墙是我的私人事务？行了，我已经想好了，立项以后，你最好到动物园来上班，我借你一间办公室，挂个牌子：业务拓展部，以后你就一心一意来办这事，首先你得拿出一张日程表来，一项一项往前推进。还有，我们得拟个场地租用协议。至于攀岩墙材料，我可以帮你推荐一家，他们是包安装的，你想现在过去看看吗？还说什么网上订购，你以为这是买件几十块钱的衣服呢。

杨粒惊诧她办事的效率，三言两语，原来还无影无踪不知从何下手的事情仿佛已经初具模型，呼之欲出，而且立刻就要去看攀岩墙了，他想说他还没准备好，资金，人员，包括今天出去的花费，他钱包里只有一点零用钱，路上要是吃个饭什么的……好吧，他可以说走得仓促，没带现金，唯一的希望就是路上有可以刷卡的店。不管怎样，今天可算是老天开眼，无论如何要抓住这个机会，让这事大大地朝前走一步。

咏丽说走就走，不等杨粒反应过来，两人已经在楼梯上了。咏丽在前面边走边嘀咕：

你还这么年轻，办事要有点锐气，攀岩墙这事，我等了几天，也不见你来汇报进度，是你想做这个项目，结果弄得像是我在做一样。

一个大男人，车也不会开，不会开车，至少要冲在前面帮我拉个车门吧，倒跟在我后面。

以后不要在下班时间打我手机，我不喜欢有人在下班后跟我谈公事。

一开始杨粒很紧张，唯唯诺诺地听，听着听着就放松起来，觉得不像是园长在跟他说话，倒像是个大姐姐在跟他发牢骚。

我的确做得不好，主要是旅行社那边我还得带着，时间分配上有点紧张。

那你得权衡一下，到底把重心放在哪边，还是干脆放弃一边。

我会尽快做出决定。

如果我是你，我就一门心思做攀岩墙，攀岩墙是没法兼职的，除非你另外招一个经理来。但那合算吗？

是，我知道了。

除了动物园，你不可能再租到这么便宜这么合适的场地了。

真的谢谢你。

不要总是附和，我要听到你的想法，弄得就像我在跟一堵墙说话一样。

杨粒笑起来：在你面前，我觉得自己又笨拙又幼稚，连怎么说话都不知道了。

从这以后，咏丽就再没说过话了，似乎在专心开车，又似乎在想心事，杨粒再三检讨，不知道自己刚才哪句话说错了。

户外运动器材工厂在郊外，快出城的时候，咏丽扔给他一个文件夹，里面全是工厂的产品介绍，杨粒翻到攀岩墙那一页，发现攀岩墙的种类比他想象的多得多，比较了一会儿，他谨慎地问：成人墙我们是选择仿真型还是竞技型？

咏丽笑了一下：你只需要选择大小即可。

杨粒迅速给自己普及了一下，有两种尺寸，一种 11.3 米高 9 米宽的，还有一种 9 米高 5.4 米宽的，更加谨慎地说：儿童墙没有选择，成人墙我们还是选择大一些的吧。

当然，五千多一平方米。他们只有一种仿真岩板。

哇，你把他们的情况掌握得这么清楚了？

他们来找我谈过了，但我有主营业务在身，无法分身，又一直找不到适合做攀岩墙的人。

不过，先给你打个预防针，搞攀岩不一定能赚很多钱，有些人甚至等不到赚钱就放弃了。你有这个思想准备吗？

杨粒心里一惊：为什么有人会赚不到钱？

同样是金店，还有人赚不到钱呢。不过你还担心不赚钱吗？你的场地费不会很贵，也不担心没有客人，来动物园的每个人都可能是你的客人，就看你会不会抓住他们。要是我来做，我只会考虑怎样限制客人，以免人太多，弄出事故。

那些人来找你的时候，谈过造价吗？

杨粒自己都能听出他声音里的紧张来，从她说五千多一平方米开始，他就已经在开始盘算了。

当然谈过，我们要做独立墙体，要做钢筋支架，这是大头，比较起来，攀岩墙体倒不算贵了。

钢筋！这是杨粒完全没想到的，他以为会像攀岩馆里一样，依附在动物园的某座小山或是某处墙壁上。

那样的支架得多少钱？杨粒再没有经验也知道钢材是很贵的东西。

二十万左右吧。

确定吗？

这是三年前的价格。

可以分期付款吗？他想想恨天黑答应的十万块，再去求他，可能性不大。

都是分期付款啊，现在哪有一次性付清的，不过，首期款要到位了人家才会动工，也就是支架款要先到位。

杨粒往后一靠，似乎看见恨天黑在摇头：我已经说了，我有十万，我只有这么多。

赚钱不是主要目的，关键是从此以后，你的攀岩状态会越来越好，你会成为这一行的高手，到那时你会发现你又进入了一个新领域，新的领域说不定又会带给你新的商机。

赚钱不是主要目的？这一行的高手？杨粒听了只想笑，又不敢笑，全身贴在靠背上，动弹不得。

咏丽望着前方，右手拿出杯子，弹开杯盖，喝了一大口，用湿润的声音说：我今天带你去跟他们见个面，以后就由你自己跟他们联系了。

杨粒慢慢回过神来。好好好，以后就不用麻烦你了。

她不来正好，这事就让它像气球一样自己慢慢瘪下去吧，他只有恨天黑的十万，连做个支架都不够，付个首期都不够。就让她笑话他是个有始无终的家伙好了，反正他不会再去找她，她笑话他他也听不见。

项目一旦立起来，你就不能干别的了，你得天天到动物园里来报到，不全心投入是做不好的。咏丽不知道他已在心里跟这事诀别。

是的，不过暂时……可能还做不到，我……旅行社那边还得兼着。

慢慢丢掉，不专心成不了事，天底下除了父亲母亲这个角色，其他都没法兼。

笑话也不能让他笑起来，他死死抵在靠背上，似乎这样就能让车减速，甚至往回开。可真敢想啊，现在看你怎么下台。他猜这回他要把自己彻底玩完了。

他的沉默终于给了她某种信号，回头盯了他一眼：你这是什么表情？我在绑架你吗？

也许该让她知道一些，她那么聪明，用不了多久就会发现。与其让她揭穿他，瞧不起他，不如事先坦白，大不了她立即停车，把他赶下去，从此再也不见他。

好吧我说实话，实在不好意思，我可能钱不够，我只有十万块，我以为……我从网上看到的价格……我可能没注意到，那应该是以前的行情，我……我……我财务不独立。

车身似乎震了一下，不像是在踩刹车，而是轧着了什么东西。从她的侧脸看不出她在想什么，她的眼睛本来就不大，脸上几乎没肉，又戴着墨镜，他看不清她的表情。不过，她没出声，这很能说明她对这个消息的态度。

算了，向她请求下车，向她道歉，浪费了她的时间。他坐起来，正要开口，她说话了。

家里是老婆管钱哈？为什么要瞒着她做这件事？

他飞快地分析了一下她的话，有误解，但不解释似乎更好。

她不喜欢看不到产出的实体，她可能更喜欢开餐馆之类的。

汽车下了高速，拐上了破烂的水泥路，咏丽把车停在路边，打开车门，下去活动手脚。

杨粒也怯怯地跟着下了车。

她没理身后的他，独自往一口池塘走，池塘边有柳，有石，有几株叫不出名字的树，她顺着石阶往下走，蹲下去看水里的什么东西，丢着石子观察，孩子一般。玩够了，她站起来，长长地伸了下腰肢，做了几个扩胸动作，重新回到车里。整个过程里，她不看杨粒，就像身边根本没有这个人。

她找了个地方，把车倒过来。

很快，他们上了回去的高速。

对不起！他的声音沮丧万分，连眉毛都倒挂了下来似的。

过了很久，她才出声：把后面那瓶水递给我。

杨粒拧开盖子，把水递到她手里。

别难过，你这个年纪，能有十万块已经不错了。

对不起，是我太鲁莽了。他依稀看到了一线希望。

不要婆婆妈妈的。我也有错，我以为你……赶紧去想别的办法吧，不要被区区十万块钱吓回去。

杨粒揉着脸作重新振奋状，心里却在惨笑：区区十万？十万还区区？不过她的反应的确出乎他的意料。

没走多远，咏丽的手在方向盘上拍了拍：你打乱了我的计划，现在多出两个小时的空当了，你要我拿这两个小时怎么办？

杨粒只能一再说对不起。要不，索性用这两个小时去趟攀岩馆？

咏丽不说好也不说不好，只是咧着嘴笑：有人说，爱运动的人，多少都有点自闭症倾向。你认为呢？

至少你没有这种倾向。

他没得到回应，跟她说话，原本不指望每句话都会有回应，这一点，她跟小美、跟袁圆都太不一样了。

快到攀岩馆时，咏丽瞄了一眼车窗外：这里有个不错的越南餐厅，待会儿我们在这里吃午餐吧。

好啊。杨粒赶紧打开手机，看了下自己的卡，上面只有八百多块钱，但愿今天的午餐不会让他出丑。

进了攀岩馆，换好衣服，挂到岩壁上时，咏丽突然转向他：一直都是我在说干什么干什么，今天你终于主动了一次，正好我很久没运动了。

杨粒在她的左下方，这时使劲抬起头，送出一个笑脸，心想，你给我主动的机会吗？你总是一副说一不二雷厉风行的架式，我想主动都抢不到机会。

知道吗？你那小性格让我想到一团凉掉的糍粑，黏糊糊，油腻腻，不干不脆，不阴不阳，小小心心，唯唯诺诺，就像我是杀人成性的女皇，一不小心就会一口吃了你。

他紧爬两步，向她靠近，她的脚出现在他眼睑下面。

拿出点男人的霸气来嘛，男人不带霸气，做运动就没有美感，跟做苦力没区别。

他盯着眼皮子底下那只脚，黑色的攀岩鞋扭结出她脚的形状，她穿的是中裤，整条小腿露在外面，既不是小美粗壮浑圆的类型，也不是袁圆修长流畅的类型，她的小腿是由隐隐约约的肌肉组成的，透过那层薄薄的皮肤，他能看到那些长长短短的肌肉群牢牢环抱着她的胫骨，外侧靠近脚踝的地方，有一颗棕色的痣，盯着它看了一会儿，就像有人在摁着他的头指使他一样，他的嘴唇印在那颗痣上。连他自己都吓了一跳，他听到脑子里闹哄哄的，他还听到了自己的怒喝声：小子，你他妈在干什么！

足足过了五秒，她才抽回自己的脚，继续向上爬去。他望着她强健的双腿和屁股，看不透她此刻有何感受。

后来他们再没说话，也没碰到一起，各自在不同的爬道上埋头奋战。

不安的感觉很快就被巨大的平静代替，他没做错，何况是她逼出来的，她斜着不屑的小眼神，咄咄逼人地骂他不够霸气，像一块凉掉的糍粑，那就让她看看他的真面目吧，他可不是凉糍粑，他很可能是个大冰块，足够把她惊得动弹不得。

后来，她突然隔着几条爬道厉声喊道：杨粒！

声音大到所有人都朝她转过脸去，杨粒更是心惊肉跳，她还要接着骂他吗？还是当众说点什么？他望着她，做好飞速下降落荒而逃的准备。

结果她只是说，她得回去了，没时间了。

当她神清气爽地从淋浴间出来时，他已经头发湿漉漉地等在门口了。

吃了饭再回去吧！这一次，他抢了先机。

她"嗯"了一声，乖乖地从他身边擦身而过，他感受到了她身上辐射出来的热力，一种陌生的愉悦感直冲喉咙。

他突然紧走几步，超过了她，再转过身来，望着她，倒退着边走边说：这个攀岩馆，我一定要搞起来。

越快越好。

服务员把他们领到了一张四人座前，他们没有坐在彼此的对面，而是坐在同一侧。

她双肘支在桌面上，两只纤瘦有力的手叠在一起，撑着自己的脸。她看着他，脸上多了点平时没有的柔和。

我们是攀岩的朋友，在这个环境里，你是土匪也好，是圣人也好，我都不会介意，明白？

明白。他知道她指的是刚才他在攀岩墙上的举动，松了一口气：我们在一起时，只能说跟攀岩有关的话，对吗？

她摇头：那倒不一定。

即使只是攀岩的朋友，也是你朋友队伍中的一员，对吗？

当然。她眨眨眼睛，像是被他古怪的发问惊吓到了。

袁圆的面孔在他脑子里闪了一下，如果是朋友，袁圆的事就好说出口了，但他觉得此时此刻最好专心一点，就伸出手，比在她的手旁：为什么你的手这么小，却这么有力？

有人说，手是心的外化，一个人有什么样的手，就有一颗什么样的心。她猛地抓住他的手：哦天，你的手似乎比我的还软！

第 4 章 Chapter 4

一

母亲不在车站路的家里。问小美，小美说她跟爸爸一起去废品回收站了。

他们一起，那怎么去？

恨天黑的三轮车每次都堆得像山，走在马路上，开汽车的见了都怕他，而且只有一个驾驶座，母亲跟他一起去，她坐哪里？垃圾山顶上？她不会有那个本事的。

我怎么知道？小美的语气有点不对头：你母亲真的有五十几了吗？五十几的人还这么疯疯癫癫？居然去小公园跟人家一起跳广场舞，真会寻快活。

杨粒暗暗吃了一惊，但还是站在母亲一边：跳个舞怎么啦？犯法？

也不看看那些跳舞的都是什么人？人家都是光荣退休，生活无忧，跳舞是为了延年益寿，我们跳累了只会多吃一碗饭。

她的饭钱我出了，随便她吃几碗。杨粒的脸黑了下来。

关键是，她还把我爸也拉去了，我爸傻乎乎站在旁边看她跳。

有个人照应，不是更安全吗？

你是真傻还是装傻？你不觉得他们俩不对劲吗？

一来二去扯了好一会儿杨粒才明白过来，小美认为两个老人在恋爱。

你无聊！你这样想就不对。

等他们回来你自己看呗。

不用看杨粒也明白，母亲只是在跟恨天黑套近乎，只是想让恨天黑给他的项目投资。待会儿母亲回来，他要告诉她可以收手了，反正那十万也不够。

要不，你送我回去吧，跟你妈一起回去。小美叠着晒干的衣服，背对着杨粒说。

索性过几天吧。杨粒想起来，母亲的生日快到了，不如让她在城里吃个生日蛋糕再回去，那肯定会是她平生第一个生日蛋糕。

小美的愤怒没有从杨粒那里得到响应，脸色越发不好看，手也更重了，晒干的衣服扔进无纺布衣柜后，拉链被拉出了呼哨一样的声音。

你一点都不像你妈，你妈都比你有野心。

她有什么野心？

你妈说她不想回去了，说她想去街边弄个煎饼摊。

那不是很好吗？我们再也不用操心吃饭的问题了。

都是她把你宠坏了，宠得你还没一个老女人有野心。

你怎么知道我没有野心？

你的野心就是找家里人要钱，没钱就寸步难行，你看看你妈，我敢说，他们俩从废品回收站一出来，就会去看锅。

真的要弄煎饼摊啊？

八点多，门外一阵磕磕碰碰的响声，小美踮起脚尖看了一眼：我说什么！真的把锅买回来了！

恨天黑抱着一只大纸箱，叉开两腿别别扭扭地往屋里挤，母亲手里还拎着几只小纸箱。

杨粒把母亲拉到外面来。

几天不在家，听小美说您想当老板了？

她取笑我呢。我看街上那些早点都好贵啊，那么贵还不好吃，就想，反正我们自己要吃的，顺便多做一点拿去卖，补贴一点是一点。

您就好好玩几天吧，等过了生日，我就送您回去。

看情况吧，如果我的煎饼做得顺，我就留下来做，不顺就马上回去。

不要操这个心了，您以为这是在家里做饭，把锅一支就行啦？没这么容易的，要办好多证，还要交钱，还要找地方，不然会被城管连锅拖走。

哎哟，亏你还是年轻人，我什么证都不要，我们已经跟一家餐馆讲好了，我就在家里做，做好了直接送到他们家，等于他们在我手上采购成品，虽然我少赚了一点，但省了不少事。

杨粒大吃一惊，没想到第一次进城的母亲竟能在几天之内想出这种好办法来。

你呀，真该向你的岳父多学习，这个点子是他想出来的。别总是对他不理不睬的，你不就是嫌他邋遢吗？他要是个仔细人，也挣不了这个钱。你也不想想，你的项目还要找他拿钱呢。

那个，正要跟您说这事呢，他那钱我不要了，反正也不够，得二十好几万呢。

怎么能说不做就不做了呢？又不是过家家。哪有把钱凑齐了再做生意的，做，想方设法都要做，既然看准了，就要做好上刀山下火海的准备。

这可不是卖煎饼，锅一支就能开张。总之您就不要管了，我会自己看着办。对了，您是真的不打算回去了？

回去也是白吃饭，留下来，多少能帮你挣一点。

那得去租房，卖饼的钱恐怕还不够付房租。

租什么房啊，不就是睡个觉吗？睡着了谁知道自己睡在哪里，绣花床榻是睡，稻草窝也是睡。

不方便嘛。听说您还去跳广场舞了？她爸也陪您去了？

当然得要他陪，我不嫌他灰头土脸的丢人，有熟人在身边心里才踏实。

跳广场舞我双手赞成，我只是觉得……妈，您肯定比我更清楚，亲家之间，还是保持一段距离比较好。

……是小美跟你说过什么了吧？

跟她无关，我是想，我已经掉进这个垃圾坑了，您没必要也跳到这个坑里来陪我，我以后还可以给您多寄点钱，您完全可以回家过得很滋润很舒服。

广场舞强劲的节奏隐约传来，母亲打断他说：开始了，今天就你陪我去吧，我们路上说话。

杨粒一眼一眼打量兴奋起来的母亲，没想到母亲到了城里，竟变了一个人，难道她以前的忧心忡忡焦虑不安都只是因他而起？

从煎饼这事来看，你岳父真是个有脑子的人，又实在，要帮人时无言无语，一声不吭就帮你做得好好的，还不表功。真的很少见到这种人。你爸爸以前帮我挑一缸水，还要念叨好几天，恨不得刻在功劳簿上。

我爸爸又不比他差！要是像他一样在城里待这么多年，我爸爸也能想出这样的办法来。

你爸爸？他肯定会说：这不合法，这是偷税漏税。你爸爸永远不会像他这样一不做二不休，永远都在前怕狼后怕虎，你爸爸唯一比他强的地方就是长得比他体面点。

母亲越走越快，眨眼间就扑进广场舞的人流，她在那支队伍里毫无违和感，就像她一直住在这一带，生活在这群人中间一样。

杨粒在广场边找了个座位，下一支舞是藏族舞，母亲的腿脚异常灵活，节奏丝毫不乱，俨然已是广场舞大军的资深一员。

一共跳了四支舞，母亲热气腾腾地从人群中退了出来，拍着杨粒的肩说：你等着，我也许会从恨天黑那里再帮你榨出一点钱来。

你到底是站在他那边还是站在我这边？

我站在哪一边都是向着你的。

二

母亲为杨粒带来某种程度的自由，小美不能当着婆婆的面把杨粒管得太死，所以这段时间，杨粒偶尔也在袁圆这边吃晚饭了。

这天他们喝起了啤酒，袁圆烧的饭菜模样虽不大好看，味道还不错。杨粒问她：这是你的家乡菜吗？袁圆说：母亲菜，童年菜。

讲讲你家里嘛。

以前杨粒也提过这样的要求，都被袁圆以忘掉前生为由加以拒绝，这次，也许是啤酒作怪，袁圆痛快地讲了起来。

我母亲小有姿色，在城里，一个女人长成那样不是做演员就是当二奶了，但在我老家那样的环境，母亲的漂亮一无是处。印象中她永远没有站直过，我总觉得她是生孩子太多把自己生残了，我们家是当地孩子最多的家庭，她一生的使命好像就是用尽全力把我们一个接一个生出来，生到枯竭。可笑的是，造出这么多孩子，却并非出于爱，她的漂亮也不能让她多得到一点爱，父亲经常骂她：你这头沙牛！在我们那边，沙牛就是母牛的意思，带有极深的贬义。他还打她，胳膊一抡，她就扁担一样倒在地上了。拿一碟菜油为母亲擦背上的伤口是我常做的事，那是她被父亲摁在地上打的时候，土坷垃划出来的。我一边哭一边说：等我长大了，帮你杀了他。我真的是那样打算的，我连用什么刀都想好了，结果在我刚刚长大的时候，我就成了他最得力的帮手，他见我还能挣点钱，立即把他的全部关注点都转移到我身上，只差给我颁发家族荣誉勋章了，他经常说：早知道那几个都没用，就应该只生你一个的。他说过这话后，我再去看他的那几个孩子，觉得他们随时都有被掐死的可能。

家庭的重视像一支粗大的针管，我的血汗给抽得涓滴不剩。母亲早就把父亲看透了，对我说，不要把钱都交给他，要为自己存点钱，给自己买两件像样的衣服。但她说晚了，父亲知道我有多少钱，突然少交的话，他会没完没了。

你靠什么挣钱？饲养员收入并不高呀。

做饲养员之前我还干过别的，我的第一份工作是保姆，那么小，能干什么呢？当然只有做保姆。话说回来，我从没后悔过把自己的血汗全都奉献给他们，因为这让我回想起来很骄傲，对他们来说，我是那么重要，他们依赖我活下去，这种感觉太好了。

最后还是后悔了，不然怎么会有我们相识的那个圣诞节呢？

不是后悔，是我意识到我无法继续满足他们越来越大的需求，因为已经习惯了我把一切输送给他们，一旦我输送不够，他们就有怨言。与其竭尽全力还要遭到怨恨，不如硬起心肠提前做个了断。

其实你完全可以用嫁人之类的办法，强迫他们从你这里断奶。

那是下一阶段的目标，现在这个阶段，我不配拥有爱情，更别说婚姻。

杨粒马上不高兴了：那我们算什么？

我说过了，我生命的一半是你的。

如果你都不成功，我就再也不相信奋斗了。和你相比，我生活得像个弱智，我这辈子从没动过脑子，除了以前做数学题的时候。

这是你的福气啊，你无须动太多脑筋就能安安逸逸地活着。但我不忌妒你，上天是公平的，它没有给我安逸的生活，就给了我好使的脑子。我现在动脑子活着，目的就是为了将来能不动脑子地活着。

其实我也有很多该动脑子的事，但我动不来，我天生是个简单的人，做不了复杂的事，这点你跟我不同，你的脑回路比我复杂。

你这是在骂我吧？我觉得我挺单纯的，把自己的欲望赤裸裸地表达出来，就是单纯，否则才是复杂。

我哪有资格骂你，我说真的，我发现我脑子特别简单。杨粒终于跟袁圆细细说起中途搁浅的攀岩墙。

自从那天中途折返以后，我一直不敢去见她，我猜她一定在心里鄙视我，这点钱都拿不出来！真是个没见过世面的穷鬼！

袁圆把杯子一顿：你为什么不早点告诉我？这事过去多久了？

杨粒屈指一算：两个多星期了。

你真是够笨的，两个星期不联系，黄花菜都要凉了。得赶紧想个办法出来。你说你有十万对不对？贷款你能接受吗？不能？为什么不能？好吧，再想想。咦，你考虑过跟动物园合作吗？等项目建成了，你可以跟动物园按投资分成。

杨粒一个劲地摇头：她的合同草稿早就出来了，动物园的投入只能是场地。

草稿算什么？随时能重打一份。你都没提，怎么知道她不会同意？就算她不同意，你也要以此为由跟她联系啊，建立联系才是去接近她的目的啊。

我还以为你会埋怨我不跟她提兽医的事，反而去搞什么攀岩墙呢。杨粒把手盖在她的手上。

你太低估我了，我怎么会不明白，这两件事现在已经合二为一，攀岩墙就是交情，墙做好了，交情也有了，兽医的事指日可待。

现在的问题就是钱，不能真的让母亲卖掉房子，就算卖了也不够。

袁圆从桌边站起来，走了一圈，又走一圈，桌上的碗筷被她拿起来又放下，放下又拿起来。

她突然一步冲到杨粒面前来。我有个办法，就看你愿不愿意了。你索性也不用家里那十万块了，你去跟马园长说，干脆由动物园独家出资，你只是把这个点子卖给她，收点策划费而已，她会给你策划费的，上次你献给她的"亲亲小老虎"不就给了你报酬吗？

杨粒心里一动，但马上又摇起了头，一心一意想要有个自己的项目，有点自己的事业，这才刚刚有了点眉目，又要拱手献出去，他不甘心。

　　袁圆似乎看透了杨粒的心思，安慰他说：以后这样的机会还多，咱自己的脑子，转个身就蹦出一个，不费多大力，牺牲一个不算什么。你先去说说看嘛，还不知道她是什么想法呢，万一她一感动，同意跟你共同投资呢？

　　拗不过袁圆的一催再催，杨粒决定明天一早就跟马园长联系。

　　明天联系就晚了，人家的行程都是头天晚上就决定好的，明天联系的话，得后天才有结果。

　　她非要杨粒当着她的面跟园长联系，杨粒看着她的眼睛，迟迟拿不出手机。

　　我还是回家再给她打吧。

　　现在打！不要再拖了，让我知道她是什么意思，我们才好赶紧研制新的对策。

　　回家打也一样啊，一有结果我马上打电话告诉你，不急这点时间。

　　你是怕我听到你们的隐私对吗？

　　没有隐私，哪来的隐私啊，我在她面前客气着呢，只差称她"您"了。

那还发展个屁交情啊，女人最瞧不起的就是唯唯诺诺百依百顺的男人，有点无礼有点侵略性的男人都比这种男人好。

杨粒望着袁圆，将信将疑掏出手机。

咏丽，是我。他尽量压低声音，直直地盯着袁圆，既然你铁了心要找不痛快，那就让你得逞好了。果然，他看到她的脸唰地白了。

我想跟你说说攀岩墙的事儿，这样好不好，索性我不出资了，我把这个点子卖给你如何？你也知道这个项目不错，我们早就预算过了。价格嘛，应该是可以找到参照的，如果你同意收购，我可以先提供一个参考价格。好的，那我明天过来，我们面谈。再见，晚安。

放下电话，两人直愣愣地瞪着对方，谁也不想先出声。

最后几句话杨粒是强逼着自己客客气气说出来的。她没有请他明天过去，更没有跟他道晚安的意思，他说完一大通，她只在里面冷冰冰说了一句话就把电话挂了。她说：有事到办公室去说。

你叫她咏丽？袁圆开始掉泪。

杨粒还在咏丽冷冰冰的语气里转不过弯来，又不得不应付袁圆：还不是为了完成你布置的任务。

你居然叫她咏丽！你怎么可以这样叫她的名字，你怎么可以叫得那么肉麻，那么恶心！

我说我回去再打嘛，你非要我当着你的面打，自找不痛快！要么你修改计划，我不去找她了，总拿热脸去凑她的冷屁股，你以为我乐意啊？

袁圆开始大声抽泣。

并不是我主动叫她名字的，是她不想在攀岩馆暴露她的园长身份，你想想，我在攀岩馆一口一个马园长地叫，像什么话？

袁圆抬起湿淋淋的眼睛：你们……会上床吗？还是已经上过了？

我们走在路上还保持一臂宽的距离呢。我很生气，我要走了。

你敢！走就说明你心虚。

杨粒退回来：来来来，我们好好讨论下这个问题，你干脆给我设置一个界限好了，比如我去接近讨好她的时候，我应该怎么称呼她，能不能有肢体接触，每次见面必须保持多大距离、多长时间，见面的频率是多少，我不希望你老是在这件事上反复无常。

行了，我不会再管这事了，你爱跟她怎么接触就怎么接触，我只要结果，如果你不能给我一个满意的结果，你就给我当心点。真的，我发誓，我不会再过问这事了。

话虽这样说，整个晚上，袁圆的眼睛再没干过。

三

第二天，杨粒吸取前次的教训，在上班时间赶到动物园，但一直到将近十点，才收到咏丽发来的信息：十二点半，攀岩馆见。

怒火在他心中腾地燃烧起来，捏着拳头原地转了两个圈。你当真以为自己是女皇啊？就不能早点给我发个信息？但无论如何，他还是一口一口咽下怒气，梗着脖子回了一条信息过去：我已在动物园。待会儿攀岩馆见。

她没再回他信息，他就知道会这样，多回他一个字，有损她的尊严似的。

他决定在动物园消磨这空出来的小半天，但要确保不被袁圆看到。他慢慢踱到火烈鸟的小园子，这些浑身粉红的群居怪鸟，两腿实在细长得不像话，让人担心它们随时会折断。当它们一起奔跑时，那些比筷子还要细的长腿在水中搅出磅礴无边的细碎声响，像水壶里的水即将沸腾，又像远处的大潮正在飞奔而来。杨粒拿出手机，把取景框对准它们的腿部，拍那堵移动的粉墙，太奇特了，太怪异了，根本无法分清哪条腿属于哪只鸟，也分不清哪条腿和哪条腿是一双。

磨蹭到十一点多，他看到咏丽的车开了过来，赶紧从路边跳出来。车上没别人，就咏丽一个人轻松地把着方向盘。他挥着手，以笑脸致意。

车几乎是擦着他的身子开过去的，稍稍减了下速，但并没有停，一路沙沙沙地走远了。

他们视线相接了一刹那，是他迎上去的，像小鸟一头撞上汽车的挡风玻璃，她的目光被他撞了一下，没转弯，越过他往前走去，像汽车碾着小鸟的尸体径直往前。

去你妈的！杨粒骂道：老子不去了！

几分钟后，电话响了，是咏丽打来的。

他按下电话，不吱声，气呼呼地等她说话。

她似乎没意识到他在生气，电话一通，就读布告似的念道：

出大门向右拐，第二个红绿灯前十米，我在那里等你。

杨粒不出一声挂了电话。迟了！你一个人玩去吧。身体接到指令，脚步真的慢了下来。

不紧不慢无知无觉走了几十米，突然改变了主意，飞奔起来：我倒要看看你怎么解释！

老远就看见咏丽的车静静地泊在那里，杨粒也不打招呼，径直拉开车门，一声不吭地坐了上去。

咏丽目视前方，平心静气，就像后面根本没他这个人一样。杨粒板着脸盯着窗外，他决计不先开口。

她打开了音响，一支欢快的小提琴曲，淙淙溪流般流淌过来，溢满整个车厢。

差点就掉头回去了！

他被自己的声音吓到了，这是那天从攀岩馆越南餐厅分别后他们的第一次见面，但他发现，一切已经不同，他莫名其妙从一个小心翼翼有求于她的人变成了一个爱生气的大孩子。

他从后视镜里看到她在笑。

那你怎么不回去呢？

明明看到我了，也不停下来捎上我？他直着脖子，两眼冒火地冲她嚷，他发现她笑得更厉害了。

你是哪年出生的？她突然这样问。

1900 年。他气鼓鼓地回答，又没好气地问：你呢？

2000 年。

很好，比你大一百岁。他在后背上一躺，凉凉的真皮座椅贴着衬衣，十分舒服。他突然不生气了。

倚小卖小也很可恶啊。说吧，那么晚打电话要跟我说什么？

对了，我是真的有急事跟你谈，如果我不干了，把攀岩墙的点子卖给你，你可以接收吗？本应分几次小心翼翼客客气气说的，不知怎么竟一口气扔了出来。

她似乎并不感到意外，依旧笑微微的：是因为钱的问题吗？你不是已经有十万块了吗？

我只有那么多，再多拿一百块都没有了。

你的长项不是点子多吗？继续想办法呀。

钱的办法想不出来。又不能去偷去抢。

可惜我不能买你的点子，因为买来了也不能用。

快到十字路口时，咏丽突然一踩油门，汽车往另一个方向驶去。杨粒大声提醒：你拐错了，应该向左。

我们今天换一家攀岩馆。

闷头坐了好一会儿，杨粒开始委婉地抱怨：我心脏快要受不了了，你总是让我想起以前那些考试，突如其来，说考就考，让人一点准备都没有，我已经快被你吓傻了。

咏丽笑出了声：好，我现在提前提醒你一下，今天晚上我们大概回不来，该给什么人打招呼赶紧的。

很远吗？杨粒第一反应是给小美打个电话，但他想过会儿悄悄打。

给你看一个真正的野外攀岩。居然抱怨我没给你打招呼！我亲自当车夫，带着你去考察你的项目，不是什么人都能从我这里得到这种待遇的。

是你的项目，我没钱搞，项目卖给你了。他再次半真半假地说出了自己的意图。

我不需要，我管好三万多只动物就行了。

那我只能卖到外面去了，过段时间，跟你去考察攀岩材料的可能就不是我，而是别人了。

她突然大声说：你后面有个保温盒，把它打开，我还没吃午饭呢。

杨粒只得照办，撕开三明治的一小块纸包装，递到她手里。

你得学会开车才行，让一个女人给你当车夫，于心何忍？何况这个女人还忙得吃饭都没时间。

杨粒递上一块纸巾，探出身子为她擦去嘴边一点残渣。要喝水吗？他旋开她的水杯盖。不知不觉间，他的气已经消光了。

一路急驶了个把小时，他们来到一处峭壁前。壁上有供攀岩使用的绳索和支点，但没有攀岩客，偌大一个山谷，就他们两个。

我已经在网上订好了民宿，看评价似乎不错。

这下无论如何得给小美打电话了。他走开几步，拨通了小美的电话。

我临时接到一个周边游的小团，要明天才能回来。

小美的声音听上去很愉快：好啊，早上出门看你还在睡懒觉，还以为你今天又没事干呢。加油哦，孩子他爸。

挂断电话，回头一看，咏丽已经准备动身了。

这里的攀岩比攀岩馆里的难度大多了，几乎没有人造支点，全靠岩壁上的天然石缝和小小凸起。两人调好绳索，打好八字结，咏丽说：我先上了。一伸手，人就像猴子似的荡了出去。

杨粒一直盯着她的背影看，这女人真是疯了，只要面对攀岩墙，她就一副津津乐道六亲不认的面孔。

一口气爬到七八米高处，回头一望，见杨粒还没出发，扬声喊道：你怎么啦？大姨妈来啦？

比较而言，杨粒反倒不适应这种野外攀岩，两只脚总也扎不进那些小石缝，因为找不到搭手处，手指无论如何也使不上劲，折腾了好一会儿，抬头一看，咏丽已经离他很远，几乎爬完一多半了。

再不追上来，我就扔下你一个人先回去了。

这死女人真的有可能做出这种伤天害理的事情来，只好不顾一切，咬紧牙关拼命往上爬去。有一阵子，他的大脚趾疼得钻心，后来竟慢慢不疼了，当他采用脚内侧发力的姿势时，明显感到脚心有凉凉湿湿的感觉，他相信他的大脚趾已经在流血。现在他根本不敢往下看，也不敢往上看，只能盯着眼前，一边拼命发力往上推送自己的身体，一边在心里骂：死女人，不要命的蠢女人。

一阵凉风吹来，抬头一看，咏丽就在自己斜上方。

加油，还有几步就到顶了。

不错，她头顶那块儿已经看得到石壁的边缘线了。再一细看，咏丽黑色速干运动衣里隐约鼓起两粒小圆球，他知道那是什么，不敢再看了。

他们坐在山顶上吹风，杨粒的双手一直哆哆嗦嗦，大脚趾疼得一跳一跳的,也不敢脱下鞋来看,他怕看了之后不敢下去了。他告诉咏丽,这是他第一次搞野外攀岩。

没关系,有了第一次,就不愁没有第二次、第三次。

告诉我,为什么你对攀岩这项运动这么投入?

我干什么都喜欢挑战难度最大的。

真没见过你这样的女人,原谅我是乡下来的,没见过世面,我一直以为你们女人只喜欢逛逛逛、买买买。

我也是乡下人,高考把我送进了城里。

哇,一点都没看出来。不过,你们那批人很幸运,因为你们是扛着国家的派遣证堂堂正正进入城市的,不像我们,我们是像老鼠一样偷偷溜进来的。

怎么进来的不重要,重要的是你能不能站稳脚跟,以及在哪个群里站稳脚跟。人在相处的时候会自然分群,能力强的不太愿意跟能力弱的在一起,而能力弱的也不想往强人堆里凑,里面的道理跟攀岩有点像,正常的攀岩者总是更愿意追着比自己略强的人爬。你想融入什么群体,取决于你有没有跟那个群体匹配的素质。

不管怎么说,你们这些凭着派遣证进城的就是跟我们不一样,派遣证后面隐含的内容多了,渠道啊,平台啊,人脉啊,等等。我们什么也没有。

我也许有派遣证,但我并没有你所说的渠道,那东西都要靠自己去挖通，很多人至今都没有挖通自己的渠道，他们至今还在不见天日的夹缝里。

能教教我怎样挖通自己的渠道吗？

很简单，什么都要比他们做得好，连玩都要玩得比他们好，比如攀岩，在我的熟人圈子里，没有人比得过我。其实你很聪明，上次的"亲亲小老虎"，这次的动物园攀岩墙，都证明了这一点。环境的确不一样了，你们现在面临的形势比我们当年严峻许多，但渠道也更多，路程也更短，往往一夜之间，你就冲出来了，就彻底翻身了。事情已经到了这一步，成功在望了，怎么能被区区十万块钱打回原地？

那么，我可以向你借钱吗？

永远不要找你的朋友借钱，除非你打算把这个朋友变成普通熟人，甚至是陌生人。

他们开始下行，杨粒的手抖得厉害，一度甚至想顺着绳子滑下来算了，但他看了一眼咏丽，打消了这个念头。咏丽蜻蜓点水一般贴着峭壁飞行的样子，实在帅得让人眼红，难道他还不如一个年长的女人？

四

民宿的房间很小，他们分住着相邻的两间，进门后第一件事就是洗澡，脱掉鞋袜才知道，大脚趾的指甲松掉了。也怪他长久没剪指甲，若不是瓦片似的呲出去一大截，也不会拉翻成这个样子，一滴水落到那里都痛得钻心。杨粒蹲在沐浴喷头下，皱着脸握着整个脚掌，疼得直抽冷气。

他听到了隔壁的水声，她也在洗澡。他想起了她黑色上衣里的两粒突起物，她为什么不穿胸罩？还是她那里特别大，胸罩也遮不住？想着想着，脚趾上的疼痛轻了点。

从淋浴间出来，路过洗面台，他在镜子里打量自己的身体，真的有腹肌了，以前也有，但没这么明显，肩也厚实了不少，像是腰腹间的肉给抽到肩胛那里去了。这样的身体让他感到吃惊，就像是另外一个人，脱离他的意志在自由生长。他想起袁圆在床上说过的话：你以为你的身体真的属于你？才不是呢，它会为自己寻找匹配的对象，找不到它就不开心，这就是你为什么会从你老婆那里逃到我这里来的原因。那次他被迫向袁圆描述小美身体一些不足之处，比如腰上有赘肉，腋下容易出味，头发也容易出味。他至今都为自己说过的话感到愧疚，实在不该这样说小美，虽然他说的是实话。

　　　　　贴 地 飞 行

他赤着脚在房间里走来走去，过道笔直，无拘无束，没有歪斜的无纺布衣柜，没有无穷无尽的杂物，没有垃圾的气味，只有简洁的一柜一桌一椅，如果他一直在这种直线条的环境里生活，估计思维也会变得更加清晰而流畅吧。可是，要怎样才能拥有这样的空间，要何时才能过上四肢松弛的日子呢？

那得有钱，得尽快把攀岩墙的项目搞起来，就为这个，振作起来吧，不然指甲盖就白白拉翻了。

他穿好衣服，去敲她房门，她在里面说进来，声音很小，刚够听见。

她已经换上宽松的衣裤，躺到床上了。她抬起一只胳膊，畏光似的遮着脸，只露出鼻子以下。

累死了。也许是被子太软，她陷了进去，平躺着的身子看上去只有薄薄一层，十足累趴了的样子。

原来你也会累？看你挂在石壁上的样子，还以为你是钢筋做的呢。我两只脚的大脚趾指甲算是报废了。

她疲倦地说：当年我也一样。

她踢踢一条腿：帮我捏捏腿脚吧。

他很为难，长这么大，他从没为任何人捏过腿脚，实在不知道该怎么捏。他动动手指，心里响起一个声音：你得捏，为了你的攀岩墙，你一定得捏。

只能凭直觉了。隔着裤子，他双手握着她的小腿，一紧一松地捏，同时注意观察她的反应。

用点力！

他加大力度，两只裤管都被他揉皱了。

我脚不臭。

这是让他捏脚呢。

他尴尬地笑了声：脚要怎么捏？

她也笑了，胳膊仍然盖在脸上，角度的原因，他看到了她的恒牙，有一颗似乎是不锈钢的。

小时候没捏过泥巴？

哦。

他咬咬牙，抓住一只脚。她脚上无肉，脚骨很硬，跟泥巴的手感截然不同。他闭上眼睛，用力捏起来。他听到咝的一声，也许他用力过猛，但她并没反对，只得闭着眼睛继续捏下去。

正要换另一条腿，感觉她身体动了一下，猛地睁开眼，发现她不知什么时候已经坐起来了，正静静地看着他。

他有点难为情，为自己闭着的眼睛找理由：困死了，差点睡过去了。

她在他背上打了一下：躺下，让你知道什么叫按摩。

他像是被她一掌打倒似的趴在床上，脑袋紧张地支棱着。

放松！啪的一声，后脑勺又挨了一下，他脸面朝下扎进被子里。

上衣被掀开了，微温的手指有节奏地在脊背上划过，有捏，有掐，有捶，有摁，他舒服得魂飞魄散，很快，飞散的魂魄慢慢收了回来，他开始惭愧，看来自己真是想多了，无非是帮对方解乏，他刚才干吗五味杂陈的样子。

她似乎看透了他：想竖起你的攀岩墙，就要好好跟我合作，想跟我合作，就得身心放松，跟我做朋友。你以为我不知道你个浑小子在想什么吗？

没有，我只是比较笨而已，在你面前，我就像头大笨猪，其实我平常没这么笨的。

那就对了，如果你游刃有余，说明我比你笨，如果你觉得笨，你就会在我这里收获进步。

他坐起来，坚持要为她按摩另一条腿。我学会了，我知道怎么按摩了。

行了，吃饭去。

他紧跟在她身后，替她拿着房卡。有了刚才这场接触，他觉得两人间的距离一下子拉近了好多。

住宿的人不多，除了两个背包客模样的人坐在廊下，偌大一个餐厅就只有他们俩，他们点了一个土鸡火锅，一个泡菜，坐在窗边，抱着各自的酒瓶喝起了啤酒。夜色像一把黑伞，不由分说收拢下来，窗外虫声叽叽，偶尔传来几声鸟叫。杨粒说：安静得让人想谈心。

你完全可以不打招呼就跟我谈起来，想谈什么都可以，我这个人百无禁忌。

为什么你要独自一人玩攀岩，据我所知，很多人在运动的时候都是呼朋引伴，运动只是聚会的名头。

我有那种朋友，在另一些场合。

你有很多种朋友吧？杨粒抱着啤酒瓶喝了一大口。

每个人都是这样啊。

他猜自己创造了她朋友种类中的新品种，与此同时，又一个问题冒了出来：你的丈夫呢？他也跟你一样喜欢运动吗？

不，他讨厌把自己弄得浑身臭汗。

好吧，我还有最后一个问题，为什么你看上去那么酷？你身上完全没有你这个年纪的女人应该有的家常气、烟火气，也没有一个领导应该有的架子，你有点像……像个游侠。

她盯着他，却不给他回答，他意识到自己也许太过直接了，歉疚地收回视线：我很笨，根本不会聊天，尤其是跟你这样的人，别看我坐在这里，端着酒杯，一句接一句地说，其实我心理压力大得要命。

不，你问了一个我自己都没意识到的问题，我正在想着该怎样回答你。

他放下心来：不用想啦，我也就是随便问问。他拿起长柄勺，挑了两块成色较好的鸡肉，再沁进一点鸡汤，放进她的碗里。

你得多吃一点，运动量那么大，却很少看到你吃东西，这样不好。

她冲他举了举酒瓶。

现在可以回答你了，我的酷既是故意的，又是天然的，一个酷酷的人，她做出什么怪异的举动别人都能理解，但你能想象一个像你所说的家常气、烟火气十足的女人一有机会就趴在岩壁上像猿一样爬上爬下吗？你能想象一个衣冠楚楚装模作样的领导在胯间绑上八字结勒出屁股和肚皮张开四肢挥洒汗水吗？为了不给人造成更大的冲击，我一直行走在某种边界上，我是唯一一个敢穿着宽松帆布裤子并把裤脚扎进靴子里去政府会议室开会的人，刚开始他们会瞠目结舌，大眼瞪小眼，时间一长，渐渐也就默认了我的风格，反过来也固定了我的风格，若有一天，我想改变，他们反而看不惯了。我的风格也为我找到了一条相称的道路，很多人从团委这个码头直接走上了红地毯，只有我例外，博物馆，植物园，动物园，这些地方跟我的风格还真匹配。

你不感到遗憾吗？

为什么要遗憾？落到你头上的毫无疑问都是最合适的。

突然起风了，风像刀片一样插进来，掀起纱帘，带翻了那个插着一枝野菊的小花瓶，花瓶滚落到桌上，被杨粒按住，那枝野菊却好端端落进咏丽的怀里。

咏丽乘势把菊花插进卡其色棉布上衣的扣眼里，杨粒盯着那块地方发呆：太相称了！

他们回房，杨粒送她到她房间。我可以在这里坐会儿吗？现在他觉得问这话很自然了。

别开灯。她说着，径直走向窗边。

他跟过去，两人并肩站在暗处打量夜色下的村落，零零落落农舍里的灯，深深地镶嵌在浪漫神秘的山体上，似朦胧星辰，又像秉烛夜谈的小窗口。杨粒的老家也算群山绵延的丘陵地带，应该不乏这样的景致，可他却觉得自己是第一次见到。

不管在哪里，夜晚的景致总是胜过白天，知道为什么吗？她扶着窗台，轻声问他。

我觉得是光线的原因，白天是平面的，我们只能看到表面，而夜晚却是立体的，能看到许多白天看不到的东西。

我觉得是角度问题，白天我们用眼睛在看，夜晚我们用心在看，仅从光线这个角度来说，夜晚跟我们的内心是一样的，大白天，人很难打开心扉。

说得真好。他发自内心地赞叹。

人活得越久，就越需要找个自我疗愈的地方，因为人有两个身体，一个身体生病了，可以去医院，另一个身体生病了，只能找个地方躲起来，像猫一样舔自己的身体。

她究竟在说什么？他拼命支起耳朵，费力接收她发过来的信号。

人生很乏味，你还年轻，想做什么就径直去做，不要有太多顾虑，很多波澜壮阔的人生，主人公年轻时往往被视为痴心妄想者。

是啊。他把肘部架上窗台，沉思着望向窗外，假装已经透彻理解了她适才所说的。

我曾经有过一个很特别的机会，如果我当时大胆一点，多一点不知天高地厚的傻劲儿，我的人生不会是现在这个样子。

会是什么样？在我看来，你现在已经很好啦。他扭过头问她。

那是因为你不知道以前的我。但我是这样一个人，就算我讨厌自己的岗位，也会把分内的事尽可能做到最好，这是个道德问题。

他明明无言以对，还是穷尽全部的才能选了一句自认为得体的回复：这样会不会对自己太苛刻了？

如果你不对自己苛刻，人家就会很苛刻地对你，你不也一样吗？你想想，如果你满足于做一名导游，你的生活会是什么样的？

杨粒眼前晃过车站路，车站路上的老鼠洞，小美又大又硬的肚子，还有袁圆永不停止抱怨的嘴。

我跟你不一样。他感到自己的嗓子突然哑了，他的人生在她面前不值一提。他决计不去想自己，他只想在这黑暗的小世界里跟她说些不接地气的话。

你很像我一个朋友。当你为老虎那个项目去找我的时候，我吓了一跳，太像了，跟我的初恋男友简直一模一样。

他在哪里？做什么的？他马上想起她第一眼见到他时眼里那些转瞬即逝的亮晶晶的东西。

他已不在人世。我们是大学同学，毕业前夕分的手，我得到了这个城市的派遣证，他没有得到，回了老家的小城，我那时完全陶醉在成功的喜悦里，除了那张派遣证，一切在我眼里都变得不值一提，包括他，我的初恋。

现在还非常怀念他？

不止是怀念。我们毕业后没多久，他就确定了奋斗目标，他说他要通过自己的努力，一步步前进，最终占领我所在的地方。我知道他不一定是为了我，但我一定是他制定这个计划的动因。为了一步步调进省城，那些年里，他放弃了当地很多很不错的机会，结果，目的没达到，人却得了癌症，他是西瓜没捡着，芝麻也丢光了。

你没必要感到内疚，他的遭遇不一定跟你有关。

临终前，他在医院里专门托人联系上我，说他从未忘记过毕业的那个夏天，他把追到我身边跟我取得平等作为自己的奋斗目标，但他没想到从小城到我这里区区六百里，他走了一辈子还是走不到。

站在我一个男人的角度，不禁要想，他到底是爱你多一些，还是自我奋斗追求成功的成分更多一些。

不管怎么说，一切因我而起，毕业那个夏天，我对他说，与其今后两地分居疲惫不堪，不如现在果断分手。他看了我一会儿，扭头就走，连毕业聚餐都没看到他的身影。

然后一直没见过面？

有一年他来找我，他说他这辈子，也许一开始就定错了目标，他应该像其他人一样，脚踏实地，做好手边的事，做好自己地盘上的事，而不是痴心妄想着一件可望而不可即的东西。我没想太多，随口应道：是啊，理性选择目标很重要。后来，也就是在医院里那次，他说你打击了我，你明白无误地告诉我，我是一只癞蛤蟆，却一辈子都在打那只天鹅的主意。直到现在，我耳边还常常想起他说的这句话，我觉得自己真卑鄙，我不应该那样回答他的。

你为什么不这样想？最终是他赢了，他用最后一招，为你的心灵套上了枷锁。总之，你并不欠他的。

她摇头：我那时太年轻太狂妄了，我肯定表现得很无情，就像一个小孩子面临两个选择，要么抓起糖果，要么抓起一本书，我像大多数小孩子一样，凭着本能毫不犹豫地选择了糖果，对一旁的书看都没看一眼。那时的我真够讨厌的。

因为没开灯，她的脸呈灰白色，悲伤地晃来晃去，他都能闻到她的鼻息了，他只要一抬手，就能碰到那张因为内疚而脆弱无比的脸。

你有他照片吗？他克制着碰一碰那团灰白的冲动。

没有。所以说，并不是你的项目好到世上绝无仅有，而是你的样子勾起了我心中的疼惜，我好久都没有过这种感觉了。

你这样说我一点都不高兴，我也不喜欢疼惜两个字。你说我的项目并不是最好，为什么小老虎那个项目能赚那么多钱？为什么之前你们从没想起来去做这种项目？

那团灰白色发出轻轻的嗤笑声：你知道吗？我的本职工作里面完全可以没有小老虎，没有攀岩墙，不做这些事，完全不影响我这个园长的成绩和声誉。

他稍稍离开窗台，直直地站在她面前。

这么说，我应该感谢我的长相？

如果我是你，我就愉快地接受这一事实，如果不是这个原因，我跟你大概还是两个不相干的陌生人。

借着黑暗的掩护，他狠狠地瞪着她。

我要回房间了，我的脚疼得要命。

关键时刻，他控制住了自己的情绪。

那团灰白色一晃，一只微温的手摸上了他的脸。

生气了？不可以生气，不许生我的气。那只手滑过他的脸颊，在脖弯处停留了一会儿，滑进他的衣领，揉他的脖子，揉他的后脑勺，他有点眩晕，有点想撒娇，还有点生气。

小老虎也罢，攀岩墙也罢，难道它们本身没有价值吗？难道它们不值得嘉奖吗？难道大街上每个脑袋里都能冒出那样的项目来吗？

当然有价值，当然要嘉奖。一股陌生的香脂味袭来，她在他脸上猝不及防地亲了一下。

他再笨也知道，此时他应该有所回应，但他有点不相信，黑暗中的独处反而令他紧张，不像那天在攀岩壁上，他反倒有种主动进攻的优越感。

再奖励一次！他听见自己的声音睡意蒙眬。

她的嘴唇刚一碰到他，他就开始反扑，他捧着她的脑袋，拿出对待袁圆的劲头，他能感觉到她在抵抗，但他不相信她能抵抗到底，几秒钟以后，她就会乖乖地驯服下来。他相信这一点。

电话响了，是她的，荧光伴随着铃声，终止了一切。

她清了清嗓子，在黑暗中接了电话。

噢，武部长！没事没事，您说。她疾步走向卫生间，轻轻地锁上门。他跟过去，趴在门边听，她说得很急，一串串，一堆堆，全是他从没听说过的人名和事情，听了一阵，觉得无趣，又回到窗前，酝酿情绪准备继续刚才被打断的事情。

过了很久，门开了，她站在卫生间泼出来的亮光里，她好像洗过脸了，头发齐齐拢向脑后，光光的脸上有种精致的清醒。

她啪地打开灯，转身走向镜前小桌。

你没事吧？

她没吱声，凑近镜子打量自己的脸，像刚刚长大的女孩对镜分析自己的青春痘一样。

他走到她身边，抬起的手刚要落到她肩上，她不经意地躲了一下。

你的脚还疼吗？赶紧回去躺下吧，今天都累了，早点睡。

他一惊，看了看表：还九点都不到呢。

但是我要休息了，我一直早睡早起。她开始奋力揉搓手指，好像是某种睡前准备动作。

是因为那个电话，对吧？有什么坏消息吗？

不是不是，我能有什么坏消息啊。她看向地面，那表情告诉他，他再啰唆，她就要不高兴了。

辗转难眠。肯定跟那个电话有关，接完那个什么武部长的电话，她立即判若两人。她跟他是那种关系吗？好像不是，她称他为您呢。总之，一切都怪那个电话，如果没有那个电话，他们现在会是什么情景？他从床上惊坐起来：难道你想把她也拿下？他断然回答自己：怎么可能！他颓然倒下，他还记得她的推拒，不是推他的身体，而是抵住他的脖子，她不会不知道，那个动作会令他不舒服。对什么人才会使出这个动作呢？既然如此，为什么还要主动亲他？他在脑子里一次次回放他们在黑

　　　　贴 地 飞 行

暗中的动作，她先是亲了他，然后摸他的脸，脖子，最后停留在后脑勺那里摩挲，他突然想起杨庄家里的猫，每次抚摸猫的脑袋和脖子时，那只猫就舒服地眯上眼睛，一动不动。天哪！他掀起被头，蒙住脑袋。

他做了个梦，一觉醒来，咏丽不见了，他到处找，后来发现她的车也不见了，她抛下他走了。他急得大骂，把他一个人扔在这个鬼地方，他连东南西北都分不清，可怎么回去呢？

窗外的鸟把他叫醒了，睁眼一看，外面炊烟袅袅，人畜都已出洞。他想了想昨晚的梦，打电话到她房间，却无人接听。

出去转了转，又问了前台的人，都说没有见过她，客栈周围的小路上也都不见她的人影，难道她真的像他梦里一样，一声不吭抽身走人了？以他对她有限的了解，觉得她是做得出来这种事的。

一个多小时后，她终于露面了，远远地看着她走过来，他竟然心里暖暖的，有种失而复得的感觉。

她头发湿漉漉的，他以为是露水，但她说那是汗水，她又去大石壁那里爬过一回了。

为什么不叫我？

除非你完全不想要你的大脚趾了。昨晚的事在她脸上看不出丝毫影响。

吃过饭，退了房，上车时，他径直拉开副驾驶的门。经历过昨晚，他觉得他有了这个权利，甚至是义务。

你还是坐后面吧。她正在往后备厢里放行李。

好吧，正好我想睡觉，昨晚没睡好。他装出欢快的语气，再说什么倒显得没脸了。

有什么变化发生了，一定有，但他不知道那是什么，像一台手摇式发动机，他在卖力地摇，但发动机里面，有什么东西掉了，他摇得再卖力也无济于事，只会显得可笑。他闭上眼睛，突然觉得小美也好，袁圆也好，都是单纯可爱的好姑娘，有什么就说什么，想什么都写在脸上，不像咏丽，一方面撩着他，一方面又挡着他。

想什么呢？

唔，我在想，跟室内攀岩比，我好像更喜欢野外攀岩。

他想趁机再说说攀岩墙的事，又怕招她反感，正如他反感在袁圆那里，五句话之内，袁圆必定会提到她的兽医战略一样，反感小美不管说到什么，总要扯到自己的困境一样，明明他们的情况并不像她说到的那么不堪，还是要不住地唠叨：干吗要休息？干吗要发呆？我们不能跟人家比，我们一天不干就一天没饭吃。

我会安排下一次。

汽车上了高速，她打开音响，他不知道那是什么曲子，他对音乐一窍不通，但感觉他是有的，那曲子让他从车子里飞出来，飞入云端，又从这朵云钻进那朵云，他能在云端看到地上的车，别人的车，咏丽的车，他看到自己坐在咏丽的车里，一脸恍惚，既像藏着哀伤，又像陷入想象，咏丽在前面面无表情，专心开车。他对车里这两张脸看来看去，它们是那么不同，看上去根本无法沟通。

前面不远有个地铁站，你在那里下。她望着前方说。

他嗯了一声，尽管她语气异常柔软，他还是觉得自己被人从云端掼了下来，摔在硬硬的地面上。

地铁站很快到了，他拉开车门，一只脚站到地上时，她很随意地递过来一句话：攀岩墙的事不要急，我来帮你想想办法。

不等他做出反应，车就滑了出去。他呆呆地看着车屁股，直到它淹没在车河里。

不要急，我来帮你想想办法。没错，她刚才就是这么说的，他没听错，难怪他说要卖点子给她时，她一点都不急，还笑微微的，原来她心里早有打算。他抓了抓头发，原地转了两个圈，天哪，杨粒你的运气太好啦！

喂！你能不能站开点？你挡着我啦。

原来他一直在一个卖伞的地摊边转悠，他不好意思地冲那人点了下头，哧溜一声，滑进了地下通道。

已经到了入口处，他又退了回来，不行，不能就这样回去，一定得找个人说说话，他实在太激动，而这激动又太隐秘。

只能跟伍杰说说了，幸亏世上有伍杰。

这回电话响了很长时间，伍杰的声音才呼哧呼哧地响起。

你很忙吗？要不我过会儿再打？

不用，我刚忙完。

嗬，又搞完了一个项目，真有你的。

不是，我睡了个懒觉，和某人一起，明白了吧？

杨粒想起他刚才的呼哧声。妈的！你确定你结束了吗？

当然，你怎么样？跟上次那个农学院的女的。

唉！杨粒叹了口气，同时冷静下来，没想到伍杰还记得袁圆，如果他这次又说出咏丽的事，伍杰会不会认为他太荒唐了。当即改变主意，变成了抱怨：哪有你快活，我妈来了，跟那父女俩相处得可好了，她现在还在家里给某餐馆做煎饼呢。

那不正好吗？家里太平无事，热火朝天，没时间关注你在外面的花花草草，形势这么好，为什么还要唉声叹气？不过我劝你还是别学我，你没那个本事搞平衡。

为什么我就不能？

你不是那块料，你搞不定那个农学院的姑娘，虽然我没见过她，但我能想象得出来，她那种人欲望太多，工作，家庭，钱财，什么都想抓在手里，她会把自己搞得像一艘超载的船，我更喜欢年纪大一点的女人，她们什么都经历过了，现在只想回头找点快乐，这不正跟我们的想法合拍吗？这也算门当户对是不是？

瞎搞还搞出理论来了！

伍杰在那边哈哈大笑：理论来自于实践，不瞒你说，我对城市的了解全是通过女人得来的，我前后交过七个女朋友，做网店的，做餐饮的，开花店的，做房产中介的，是她们一点一点把我从一个乡下小伙子变成了伪城里人。最近我还交了个学生妹，就我旁边这个，很懂事的妹妹，一边读书还一边打工，这么懂事的妹妹，我当然要帮她一把，我说你就专心读书吧，缺的那点钱哥补贴给你。小丫头片子感动得直掉眼泪。

一阵稀里哗啦的响声，那是伍杰找烟点烟的声音，他饱吸一口，整个人听上去精神了不少。

跟你说件事，你一定得听我他妈说说这件事。我问你杨粒，你承不承认我们这样的人赶上了好时代？你承不承认你现在拥有最大限度的他妈的自由？在你能力许可的范围内，你想去哪里就可以去哪里，想干什么活就可以干什么活，想赚多少钱就可以赚多少钱，然后你又摸着良心想一想，说到底我们他妈的付出过什么？你还读过高三，我只不过读了个高二，我们赚啦！赚大啦！杨粒渐渐被他的语气感染起来，眼前晃过他干过的工作，快餐公司外送员，导游，以及正在筹备的攀岩墙，虽然没有赚到什么钱，但也从没指望一夜暴富，他知道这样一天一天过下去，最终会越来越好，起码不会一天不如一天。

接下来我告诉你的事，你一定要他妈竖起耳朵听好。前不

久我碰上了一个中学同学的哥哥，我的个娘哎，我真的是心潮
澎湃久久难以平静啊，那家伙，当年有名的尖子生，高考状元，
录取通知下来后，当地政府部门敲锣打鼓给他家送喜报，一家
人说起他来都是脸泛油光，你猜他现在怎么样？失业了！真的，
他失——业——啦！哈哈哈，他他妈的没工作了，没活干了，
什么都没有了，满脸青黄，有气无力，从菜场出来，拎一袋子
青菜萝卜。据说他所在的公司倒闭了，他再出去求职，年纪又
大了，而且他现在也不一定干得过年轻人，所以至今还没有找
到合适的工作，那天他他妈的竟然问我，能不能去我们装修队
打零工，说实话，我一听真他妈想哭啊，我当年的偶像啊，谁
希望见到自己的偶像变成那副狗屁样子？但刚一离开他，我就
开心起来，我他妈真的是无比开心，无比幸福，无比激动，原
来我并没有掉队，至少没有掉很远，当年把我这种人甩得连影
子都望不到的人，今天身无分文，看老婆的脸色吃饭，而我呢，
月薪一万五是我他妈的底线，我一不想在城里买房子，二不想
把孩子弄到城里读书，我的孩子在家门口就可以坐上校车，上
着整个县城最好的双语幼儿园，我把他弄到城里来干啥？找罪
受啊？然后你再想想，我有钱，有自由，我不趁着这大好时光
出去找找快活我他妈还算个人吗？再过几年就老了，那些老醒
醒，什么他妈奸淫幼女啊，偷窥啊，都是年轻时过得太苦逼造
成的，年轻时的子弹没打光，老了就他妈不得安宁，就要生事，

我不想那样，我要趁年轻把自己搞得油干水尽，老了老子就心安理得地回去，老老实实当他妈个糟老头子。真的，我就是这么安排自己的生活的。跟你说这些，就是想告诉你我的体会，尽管搞去吧，不要内疚，不要纠结，能搞到谁就搞谁，想怎么搞就怎么搞，人生太他妈苦短了。

深受启发啊！杨粒反倒有点沮丧：不过，我还是先朝月薪一万五奋斗吧。

这么说就没劲了，我也有过月薪三千的时候，三千有三千的活法，三千我也没亏待过自己。三千时代的女朋友现在还偶尔跟我联系一下呢。有时想想，这么大个城市一个亲人也没有，如果没有这些女朋友，我他妈真不知孤独、卑微成啥样儿了。

理解理解，对了。杨粒陡地想起那天伍杰在医院的情景，问他：那个打你的小男孩，还有他妈妈，彻底断啦？

唉！说起来这事恐怕会成为我的一块心病，前段时间，他学校的老师居然把电话打到了我手机上，你猜怎么回事？他妈妈给他学校留了两个应急电话，一个是她自己的，一个就是我的，他在学校发病，打她电话，她说她在外地，叫人家打第二个应急电话，就是我，我能怎么办？当然要火速赶过去，否则我就他妈不是人，你说对不对？

做得好，可你不也在外地吗？

我比她离得近啊。

她总是在外地吗？她在外地时孩子谁带？

孩子自己管自己，他有门钥匙，有固定的小餐馆吃饭，他妈妈定期去结账。

这样啊。这孩子还真是让人佩服呢。

没办法，他一定会是个早熟的孩子。

你也让人佩服，都移情别恋了还回去照顾那孩子。

那不一样嘛，孩子是孩子，大人是大人。

杨粒觉得伍杰这么精明的人，其实也算了一笔糊涂账，大人跟孩子怎么可能分开呢？不过这不关他的事，就不再聊起这件事了。

五

跟伍杰的通话像个炮仗，砰地一下把他的事情全都炸得飞了起来，攀岩墙，旅游公司，小美和孩子，袁圆的兽医梦，母亲的煎饼事业，还有小美到底在哪里生孩子，在哪里养孩子，事情太多了，他不得不给它们排个顺序。袁圆的事似乎得靠后一点，正如她期望的那样，现在他跟咏丽的交情算是有了一点，可他暂时还说不出口，他不能像有些餐厅服务员似的，人家还没吃完，他就催她买单，何况他眼下还有更当紧的事情要处理，他是打着攀岩墙的旗帜去找她的，攀岩墙还没搞成，倒去提什么兽医，逻辑上说不过去。也许可以在攀岩墙搞起来以后，或者在搞攀岩墙的过程当中巧妙地跟她提一提兽医的事。这样一来，就不得不尽量减少去袁圆那里，免得她抱怨进度不够快。

与此同时，咏丽最后说的那句话，像背景音乐一样一直在他心头回响：攀岩墙的事不要急，我来帮你想想办法。

把这件虚无缥缈的事排在第一，才是最当紧的。

母亲还在起劲地做着她的煎饼，弄得一地的葱花和面屑。杨粒总是一进门就拿起刚起锅的那只，大口大口吃。

比原来在家里做的还好吃！杨粒胡乱表扬她。

那当然，不然怎么卖得出去？母亲关小火苗：告诉你个好消息，那个店的老板看我做的煎饼销路不错，决定把我请到店里去，让我坐在那个玻璃房里现煎现卖，听说什么网上也在卖我煎的饼呢。我原来是打算进城玩几天就回去的，没想到还走不脱了，真是的，老了老了还要走一把老运。

哇，看来我们真的要时来运转了，你看看我们家，每个人都有工作，每个人都能挣钱，这样吧，我们去租个房子，不能光是挣钱，也要享受生活嘛。

开始我也这样想，可等到一张一张的毛票子进了我的荷包，才觉得我们的钱太少了，五只煎饼挣的钱，一斤苹果都买不到。再说租房子，你租了房子就会有水电费、煤气费、管理费，房东还会不断地涨房租，有了房子就会忍不住添置各种用品，开支比现在不知要多多少倍。

妈您真是应了那句老古话：越穷越大方，越有越小气。

不要打断我嘛，我还有第二个好消息呢，老板是真的看上我了，不光要我进店去做煎饼，还说我晚上可以在店里住，交换条件就是每天晚上给他店里彻底做个清洁，里里外外，大厅和厨房，全都做一遍。

工作量蛮大的，你吃得消吗？

你妈什么苦没吃过。

这下好了，计划全被煎饼打乱了，我们本来是打算回去生孩子，生完了把孩子托付给您的。

那你就是在害你的孩子！农村有啥好？奶粉有毒，水也不干净，水里的鱼也不能吃，稍微有点条件的都出来了。母亲重新开大火苗，舀起一坨面糊铺在平底锅上：留在城里肯定对孩子更好。跟我一起来的两家，都是带着孙子来的，你看那些什么人贩子啦，杀人犯啦，骗子啦，多半都是在农村搞的事，农村现在蛮危险，比城里还危险。我留在这里也不会吃闲饭，我的煎饼要是能一直这样做下去，完全能养活自己，我还能帮你们带孩子。你小时候我就是把你背在身上下田的，现在我一样可以背着孙子做煎饼。

小美怎么说？

她同意了，就看你了。说起小美，没想到她还喜欢说梦话，昨晚一直在说梦话，还发脾气，好像还哭了。她爸爸说她是小时候受过惊吓，留下了后遗症，一睡着就说胡话。

把她叫醒呗，蹬她一脚她就醒了，醒了就没事了。我也被她吵醒过几次，醒了就踹她一脚，她就安稳了。

好像在跟谁扯皮，跟钱有关，说什么你只知道钱钱钱，你就是个无底洞，还喊：你为什么不死？

杨粒说：类似的梦话我好像也听到过。

难道她跟谁有什么经济上的过节？

不可能吧，她把钱看得才紧！谁都别想轻易从她手里挖到一块钱。

这样的人好！这样的人守得住财。

杨粒拖了个小板凳过来，帮母亲和面饼，母亲问他旅行社那边怎样，他想了想说：不想在那里干了，我还是想自己创业。

还是要搞那个什么墙？那东西生意会好吗？实在不行，你跟我一起做煎饼算了。

杨粒哧哧地笑：到时候，您就去我的攀岩墙旁边卖煎饼去吧，保证客人多得您忙都忙不过来。他看了看外面，突然换了个表情,压低声音说:妈,我可能遇到贵人了。别跟小美他们说。

当然不会说。啥贵人?男的女的?

那个背景音乐又响了起来,但他没法向母亲说出它的内容。

总之,我的攀岩墙有希望了。

那就好,让我有生之年也看看我儿子当老板是啥模样。

母亲看看外面晒得晃眼的太阳,吩咐杨粒把衣柜里的冬衣都拿出来晒一晒。前阵子一直下雨,再不拿出去晒晒怕都要长出绿毛来了。

杨粒不愿意干这些事情,说这是小美该干的事,他不懂,也干不来。

她一早出门,晚上才得回来,肚子那么大,说实话也蛮辛苦的,你有时间就帮帮她呗。

杨粒只好依了母亲,先出门去搭好晾衣架,再回来一件件抱着往外挂。冬衣的确有了股不太好闻的味道。母亲提醒他:一件件抻直呀,那些袖口怎么还卷着?放下来呀,抻平呀。

杨粒索性耐下心来,一件件整理。大多数都是小美的羽绒服和棉袄,穿在身上不觉得,挂出来晾在一起才发现,那情景真叫一个寒酸,走远一点,再回头一看,盛况已远非寒酸可以形容,十足就是一个垃圾场。杨粒呆在原地,这不正是他的生活吗?老鼠洞,废品,垃圾,再想想他跟咏丽,跟袁圆……阳光下,他的眼睛睁不开了。我在干什么呀?我是在逃避这种生活吗？哪里又是我的接纳地？袁圆不可能，她已经说过，在当上兽医前，她不想考虑感情的事，很显然，她必须用兽医两个字让自己增值，然后站上天平，去赢得跟兽医相匹配的配偶。咏丽更不可能，她只会把他带往郊外，野外，在黑暗中说些跟生活无关的话，跟现实无关的话，唯一无条件接纳他的，也就只有小美而已。

他决定帮小美淘汰掉几件旧衣服，今年冬天来临之前，他再帮她买新的。

他把该扔的衣服挑出来，咒骂着扔到地上，没必要征得小美的同意，没有哪个女人不喜欢新衣服。

母亲在屋里喊：摸摸衣服口袋，别把她有用的东西扔掉了。

杨粒果然在一件衣服口袋里摸出了一张二十元的纸币，接下来又摸出了几枚硬币，一把钥匙，几块口香糖。他决定把所有的衣服口袋都摸一遍。

他的手碰到了一个小布袋，比香囊大不了多少，里面装着些差不多大小的小纸片，他脑子里闪过一个念头，如果是纸片，有文字，他是不能看的，毕竟它们装在小美的衣兜里，是小美的私人物品。站立片刻，他看到他的手撇开他的脑子，自作主张掀开了小布袋上的按钮。

是一沓银行自动柜员机上打出来的凭条，他往母亲的银行卡上转钱一直就是用这种方式，只不过，他没有打印凭条，他不爱保管那些零零碎碎的小纸片。女人到底不同。收款方不清楚，只有一个卡号，以及转账时间，一张张看下来，发现小美一直在往同一个账号里打钱，时间是每个月月底，不是29号，就是30号，最迟也没有超过过31号，钱不多，每次三百元。他想了又想，没听小美说过家里还有老人，她母亲很早就去世了，爷爷奶奶去世得更早，难道是外公外婆？从没听她说起过。要不就是她还有姐妹兄弟，但她明明说过她是独生女，她说她爸爸一直都在后悔，骂自己不如那些超生父母有胆有识，不敢耍尽手段再生一个。会是谁呢？想来想去，杨粒觉得好像也轮不到自己去追究这笔钱，虽然他的钱都交给小美统一管理，但小美挣得并不比他少，何况还有恨天黑，对了，这钱肯定是恨天黑转给某人的，他自己不会操作，就把这事儿委托给小美。一定是这样。

他把那个小布袋，连同那些零钱一起重新塞回衣服口袋里。

现在他想去旅行社那边看看了，已经快两个星期没带团了，再闲待下去，他都不好意思上饭桌了。

老远就见一楼门店搭着脚手架，难道在装修门店？也没见有多破旧啊。

店面柜台已经没有了，连墙上的宣传画都拆了。干什么？下大力气建设新形象？

办公室在三楼，爬上去一看，好像走错地方了，正要回头，他看见了一个熟悉的前台同事,同事也看见了他,冲他点了点头。

总觉得有什么地方不一样了。

你知道了?

知道什么?他被同事问得莫名其妙。

同事扯扯衣服左胸口的徽标,他看出来了,同事穿了一件新的制服。

我们公司被别人收购了。同事倾了倾身子,低声对他说。

杨粒有点反应不过来,只不过一个多星期没来公司,公司就不存在了?怎么也没人通知他,这么大的事,至少要开个会宣布一下吧?不声不响就什么都不存在了。

他想起来,他还有一个月工资没拿呢,直奔财务室而去。

他敲门,里面传出一个陌生的声音,果然已经不是原来那班人了,他报上自己的名字,说明事由,戴眼镜的姑娘愣了一下,从什么地方拽出一个文件夹,看了几个来回说:抱歉,我没在未尽事宜里看到你的名字。

不可能!

姑娘递给他一张表格,名叫《未尽事宜移交清单》,共十二张,姑娘递给他的那一张主要是人员工资,杨粒用手指头比着上上下下画了两个来回,的确没有找到他的名字。他问原来的财务人员在哪里,姑娘的目光移回电脑,边敲键盘边告诉他,关于他以前的公司,她的了解仅限于这张表格。

杨粒又来到前台，前台的同事像是知道他遭遇了什么情况，轻轻对他招了招手。

人家收购我们公司，并没有接受我们的人，我是特殊情况，像我这样的，总共只有三个。

我还有大半个月工资呢，找谁拿？

你没拿？没人通知你？同事的眼睛在他脸上来回扫：我想起来了，你可能是最后一批招进来的，你们这批人还没来得及上册。

没上册？什么意思？

你说你的工资里扣了几项？

扣？为什么要扣？说好的底薪加提成……

哦哦哦，我知道了，这就是没上册的那批人。

杨粒还是一脸的不明白。

怎么给你解释呢？同事突然笑了：打个比方，能上移交清单的，都是小老婆，三姨太四姨太五姨太，没上移交清单的，就是外面的相好，现在老板不在了，人家接手这个大宅子，小老婆尚且管得不情不愿呢，哪会管外面那些相好呢？你想想，是不是这个道理？

杨粒闷头站了一会儿，问同事，这事是从什么时候开始动的。

就我而言，两个月前我就知道了，别人什么时候听说的我就不知道了。

　　杨粒感到脸上一热，这么久了，竟没有一个人告诉他，说明什么？是他没有存在感吗？可他每次见了认识的人都会笑容满面地打招呼，他认识的人也越来越多，还常常有人跟他交换资源呢，比如哪条线上照顾哪个餐饮店老板，哪个城市找哪个地接，那些人为什么个个都对他封锁消息？他妨碍他们了还是得罪他们了？上天可鉴，他一直都在小心翼翼地讨好他们，抓住一切机会拍他们的马屁，因为他知道自己是个外来者，是个新来者，他甘愿用自己的热脸去凑他们的冷屁股。

　　他不想说太多，也没人听他说，那些人视他如空气，唯一愿意接待他的前同事，又一直在压低声音跟他讲话，令他格外压抑。

　　出了门，他就走不动了，恨恨地站在门外，看装修工人站在简易脚手架上拿着钉枪咻咻地钉一根木条，脚手架倒了会怎样呢？工人掉下来摔死了会怎么样呢？应该够他们麻烦一阵的吧，他想象自己走过去，猛地一推，脚手架翻了，工人掉下来，砸在坚硬的水泥地上，脑浆迸裂，楼上办公室的人飞扑下来，警车，救护车，家属的哭闹，场面乱得像受到攻击的蜂窝。

　　事实上，脚手架结实得很，那个工人钉好木条后，又上上下下好几个来回，脚手架纹丝不动，杨粒更不敢过去推它，除了那个钉木条的工人，旁边还有几个搅拌水泥的，他们手上拿着锄头和铁锹，杨粒要是过去做点什么的话，他们能像拍死一只苍蝇一样把他拍倒在地。

回去吧，现在只有一条路了，攀岩墙非搞不可，非搞好不可。

他的情况跟伍杰还是不一样的，难怪伍杰会那么快活，月薪一万五，还稳定，不担心一觉醒来无事可干，难怪他会觉得这是最好的时代。

六

等候的滋味真难熬，还不能催她，她说叫他等她消息，他就只能乖乖地等。她说话不多，声音不高，句子也不长，可他从不敢漏听一个字，不仅如此，背地里不知要把她那几句金贵无比的话重复多少遍。这哪是女人，分明是女皇。

丢了工作的事他没敢告诉小美，免得吓掉她肚子里的孩子。幸好他后来在另一家旅行社签了约，关键时刻等来了一单业务，他真希望这个团能走得更远一点，再远一点，最好十天半月都不回来，好让他尽量推迟公布真相的日子。

倒是袁圆那里，他毫无顾忌，丢了工作的事他当天就让她知道了。袁圆说：你手上还有多少钱？他凄惨地说：两三百块吧。

她说：晚上到我这里来拿点吧。

感动，感谢，但同时，他也明白，袁圆的爽快是有代价的，晚上他去拿钱，少不得两人又要审定一番兽医战略。

他给袁圆带了几张母亲做的煎饼，对母亲说是给同事尝尝。

见面没说几句话，袁圆就一脸不耐烦地冲他扯起了头发：看到没有，我的头发又长长了，记不记得上次我说过什么？不能让我的头发再次白剪了，结果还是白剪了。

慢慢来嘛，起码你还有一份工作在做，你看看我！就不能暂时体谅一下失业者的心情？

得了吧，你家那么多人，人人都唰唰地挣钱，你失业几天有什么大不了的？

不光是钱的问题，自尊心受不了啊。

是啊，你在他们面前有自尊心，在我这里就可以不要自尊心，在我这里就可以随心所欲，因为我没有分量，无足轻重。我说怎么一直都没有进展呢，换成是你老婆，恐怕早就办好了。老婆的事才是自己的事，才是正经事，才会上心。

这么说就太冤枉我了，我又不是没努力，毕竟不是买盐。

到底没底气，杨粒一边说着，一边心虚地走向房间唯一的窗户，刚一靠上窗台，他立即想起那天晚上，那个黑暗的房间，窗外浮在黑暗里的农舍里的灯光，像一粒粒琥珀镶嵌在煤堆里，他们在黑暗中说话，她亲了他，却不许他亲她。也许他是急了点，对他们俩来说，他应该尽量被动一些，先让她有种掌控一切的错觉。但不管怎么说，他的心情有点变坏了，如果天空中有一双眼睛，它会怎么看待这一切。

你到底跟她提了没有？袁圆大声问他。

他捋了把头发，把自己拉回袁圆身边：你知道吗？时机很重要，说早了，只能适得其反。

你跟她到什么程度了？

他抬起一只手，两根手指放在山根那里，夹着鼻梁上下滑动，等他停止这个动作时，整管鼻子通红一片。

我们直说吧，你想要我跟她睡觉是吗？你一开始就是这么计划的是吗？他一边说一边想抽自己耳光，你说这个干啥？

她的脸渐渐红了起来，鼻翼一张一张的，然后她说：如果你觉得非这样不能达到目标，我不会怪你。

果然你一开始就是这样想的，所以那次，我们去春州之前，你意识到计划中的事情即将发生，想来想去受不了，爆发了一次，后来又想通了，觉得还是当上兽医更重要，所以又来催我进度了。你何必如此委屈自己！

好吧。她一脸谈判的神色：就算我这样想过，你也不委屈，你长得这么帅，天天跟那个捡破烂老头的女儿睡在自行车棚里，不觉得暴殄天物吗？园长各方面可比她高级多了。

你在跟踪我？

他的自尊轰地一下全垮了，她全看到了，她看到他从那个老鼠洞里爬出来，看到他跟除了孕肚只见头与脚的小美打招呼，看到他们一大家子像蚂蚁一样从那个老鼠洞里爬进爬出。

我有这个权利！必要的时候，天下每个女人都会这样做。你那个圆滚滚的老婆，值得你对她忠心不二吗？我又没叫你逃离那个家庭，只是借用一下而已。我还希望你后方稳定纹丝不动呢，这样你在前方才有自由。

明白，因为你需要一个为你而战的自由战士。杨粒突然有点厌恶她的腔调了。

你并没有为我而战，至少到目前为止还没有，而你还没有为我做任何事的时候，我已经为你做了很多事了。

什么？杨粒想不出来她为他做过什么了不起的事情。

爱你呀。如果你愿意，我甚至可以为你生个孩子，不要任何名分。

你这是想要我的命！

吓坏了吧？袁圆咯咯咯笑起来：放心，我没那么冲动。说到孩子我又想起来了，你家那巴掌大点地方，你老婆怎么生孩子呀？生下来又怎么安顿呀？不看到也就罢了，看过了真的很难忘记。

是啊，那就是我的生活。杨粒的声音突然低沉萎靡了很多：既然你都看到了，就该明白，我真的没办法去帮你做成那件事，我这个工具太低端，人家太高端，我揽不起你的大活。这时他已决计不掺和她的兽医梦了。

我话还没说完呢。我可没看错人，你看上去跟你家里人格格不入，你根本就不像他们中的一员，你自己不知道而已，就算没有我的怂恿，你迟早也会从那个家庭里走出来的。需要我在旁边给你搭把手吗？

你想干什么？他下意识地往后靠了一下。

我想帮你们设计一次特别的见面，你不是迟迟没有进展吗？我来帮你们促成一下。不要这样看我，为了生存，做什么都不丢人。

你要是乱来，我就甩手不干了。他目光坚定起来，他们之间，已不能容忍袁圆插手了。

你到底是怕她，还是已经爱上她了？

她眼睛发直，他担心不当的回答会让她瞬间狂乱。但纸终究包不住火，是不是应该慢慢给她一些提醒。他拿起留在这里的专用水杯，盯着杯子一字一句地说：你有没有想过，如果我真的跟她上了床，难保我不会爱上她，因为我没法跟一个令人恶心的、讨厌的女人上床，就像你也没法跟这样的男人上床一样。我要是真的爱上她，你怎么办？

她坐得像一尊木雕，大大的眼睛又空又干。

我就知道会这样。答应我一件事，不管你跟她怎样，别忘了我的事，好吗？别忘了你掌管着我一半的生命，如果你在她那里很快乐，我也会有一半跟着你一起快乐，但我会紧紧掐住我的血管，不把我的悲伤的另一半流到你那边去，我不会去打扰你的快乐，我只求你，不要忘了我的事。

我能问你一个问题吗？假设，注意是假设，假设我是你丈夫，你也会给我布置这个任务吗？

她偏着脑袋想了一下，认真地说：会。

果然不是一般人，就像你给我的第一印象一样，一般人没你敢想，更没你敢干。

没有什么东西是真正属于我的，从小到现在，我的人生只有两个词：分享、奉献，与家人分享，为家人无私奉献，尽管现在我让自己获得了重生，仍然不改一无所有的现实，一个一无所有的卑微的女人不配拥有爱情，不配拥有英俊的男人，这些东西都很昂贵，既然我没有相匹配的珠宝盒，不如把稀世珍宝转让给有那种珠宝盒的人。我只有一个愿望，你去了好地方，不要忘了发掘出你的人，不要忘了你带着我的半条命，不要让我白死一次。

真是荒唐，大白天的，我们在商量些什么呀，别让天老爷听到了。

没有天老爷，只有地上那些老爷，是他们逼得我们这样做的，人人都在铆足了劲要花招，我们没有花招可耍，只能舍身上阵。

我最后问你一句，你对我真的没有动过一点真心吗？从一开始，你就只是把我当作一块肉骨头来培养的吗？

他看到她的眼泪缓缓爬了下来，一直流到嘴角边，滴到胸前的衣襟上，又被绵密的纤维吸得只剩一块印子。

我说过了，我要不起，我没这个福气。

好吧，我走了。一股巨大的伤感淹没了他，他在门口停下，回过头来，声音古怪地说：需要我向你汇报我跟她的进度和细节吗？

她望着自己的手说：不必，你只要告诉我跟兽医有关的事就好了。

虽然一切都在意料之中，内心还是很震撼。出来后，他受一股莫名力量的挟持，一路走得飞快。内心却异常清醒：

好了，惊掉下巴的事终于发生了，估计天底下从没发生过这等怪事，你一下子有了三个女人，她们分别是 A、B、C，B 说，你去跟 C 睡觉吧，顺便帮我要个东西回来。我说：你要想好，我有可能因此爱上 C。B 说，爱上 C 也可以，只要别忘了把我需要的东西带给我。而这一切，A 全不知情，A 的肚子里还怀着我的孩子。

他脚步慢了下来：等等，其实这里面最卑鄙的人可能是我。他想起以前在课堂上为孩子们做的名词解释，卑鄙分古今两层含义，古意指身份低微，见识短浅，今意才有了贬义，指语言、品行恶劣，不道德，人格低下，举止不端。他想他怎么就品行恶劣了？他从不欠人钱，也从未行过骗，他还见义勇为救过袁圆一命，他人格也不低下，更没有过举止不端的时候，他的旅行社领导还给过他诚恳加勤恳的双恳评价呢。看来我更接近古意的卑鄙。他对自己说。

电话响了，是咏丽。一定是好消息。

明天到我办公室，我们可以谈谈攀岩墙的事了。

杨粒一阵跳跃，差点把手机甩了出去。去他的Ａ、Ｂ、Ｃ，去他的卑鄙，现在，障碍打通，前面一片敞亮，他的好日子就要到来了。

七

杨粒推开门的时候，咏丽一身黑衣斜靠在椅子上，似乎在为桌上那份文件动脑筋。

我打算在园里设计个运动休息区，把现有的两块餐饮区整合到一起，旁边再加上攀岩区。

杨粒一激动，反而说不出话来，只能站在那里感激地看着她。

你对你的攀岩区有什么打算？她坐坐正，合上那份文件之前，飞快地扫了他一眼。她的秘密就在这一扫之间暴露了，他仿佛看见了那天晚上在客栈的某个瞬间。

他现在已经知道有时候不必说实话，就挺直胸膛，尽量保持镇静：正在想办法，很快有结果。

什么样的办法呢？她拿起桌上的水杯，喝了一口，并不放下来，一手抱胸，一手举杯，霸气地盯着他。他喜欢她这个姿势。

他举起手指比画了一下：很好的一张照片。

她拿出自己的手机：那就帮我拍一张。

他真的拍了几张她端着水杯的照片。她望着照片笑了。

有人在敲虚掩着的门，咏丽放下手机，重新拿起桌上那份文件，这才说了声：请进。

敲门的居然是袁圆，杨粒吓了一跳，低下头去，不敢正眼看她。袁圆穿着草绿色的工作服，拿着刚刚摘下来的长袖手套，径直走到咏丽办公桌前。她是来汇报工作的。

马园长，那只孟加拉虎有点不对头，昨天我就发现了，我判断只是消化不良，所以才没有急着来向您汇报。

现在情况怎么样？赶紧去办公室请兽医呀。

我已经给它治好了，它现在大便好些了，也肯吃东西了。

你？你怎么治的？

这不难，我学过兽医。

不是有专门的兽医吗？出了事你能负责？

保证没问题。

咏丽突然提高声音：谁要你的保证？你的保证管什么用？还不赶紧去找兽医？

是。袁圆回过身来，冲杨粒眨了下眼睛，正要往外走，又被咏丽叫住了。

你以前也给老虎治过病吗？

这已经是第五次了。我养的老虎健康得很，很少生病。

你听好，第一，你不要随便给老虎用药，它们都是有档案的，是重要研究对象，不能有任何闪失。第二，你用过的药要记录下来，用的什么，用了多少，一点一滴都要记录好，供兽医参考。好了，去请兽医吧。

知道了。袁圆转过身，再次盯了杨粒一眼，用嘴形对杨粒说了几句什么，他吓坏了，赶紧把视线移到咏丽身上来。真是个擅长跟踪的女人，居然跟踪到这里来提醒他，太疯狂了。

袁圆刚一离开，咏丽就开始嘀咕：就她喜欢自作聪明自作主张，有这样的饲养员真是让人担心……

你们的饲养员都是兽医？真是一支高素质的队伍啊。杨粒总算抓住了机会，虽然不一定管用，他想他总得试探一下，总得安慰一下自己的良心，也算把答应过的事情给办了。

她只是饲养员。

看得出来，她懂点兽医。你们的兽医是从饲养员中提拔的吗？像她这样的饲养员，肯定是你们下一个提拔的对象吧？

我们的兽医早配齐了，除非他们中有人退休或者辞职。

也不是提拔起来就能上任的吧？还得有一段实习期，对吗？

咏丽看了他一眼，又看了他一眼：你跟她很熟？

不熟，只是在做小老虎那个项目的时候有过几次接触。

那你这么起劲地帮她说话？

没有没有。杨粒心里一惊，提醒自己该打住了。你刚刚不是说攀岩墙可能设在猛兽区那边吗？那样的话我跟她倒真有可能变成熟人。

好了，我们继续说攀岩墙的事，我重新帮你找了一家提供材料的公司，他们可以分期付款，售后服务也很正规。另外，如果你钱不够，可以出卖股份啊，我出五万，做你第一个股东，你觉得如何？

说声谢谢远远不够表达他此时的心情，他想冲过去狠狠地抱一下她，亲一下她，但这里的一切都像看家狗似的阻止着他，他冲不过那张冷冰冰的黑色真皮沙发，冲不过那张闪着深棕色光芒的办公桌，也冲不过那近似透明的大玻璃窗投进来的清冷的光线，就连他身边那个小小花架都像看出了他内心的蠢蠢欲动似的，鄙夷地瞪着他。

你救了我！他望着她轻轻说了这么一句。

让人开心，自己也开心嘛。她说。

气氛越来越黏稠了。什么时候我们再去攀岩？他声音软软地问。

等我们去看材料的时候吧，听说那里有各种难度的攀岩墙，因为是产品试用，全免费。

她桌上的电话响了，她接起来听了一会儿，就开始穿外套，拿文件夹。

我要去个地方。回去吧，等我电话。

她又离他很远了，关键时刻，总有电话来叫走她，同时提醒他，他们之间是有距离的。她走在前面，他尽量稳住自己，落后一步，紧跟着她。刚一出门，他就看到了正从楼梯口冲出去的袁圆，他相信她也看到了。

她刚才应该就在门外。是在等你吗？

怎么可能……她不是去找兽医了吗？

难道是在等我？她嘲讽地看着他。

一阵潮热袭来，他感到自己在出汗，这个死女人，她刚才肯定在偷听。

咏丽走在他前面，步履平稳地下楼，在二楼楼梯口，她扔下他，拐了个弯，径直走了。

刹那间的较量，他感到他已经输了，她一定认为，他认识袁圆，且关系深厚。这样的话，他怎么好再为袁圆说什么？一个字都不能说了，再说下去，他的攀岩墙都玄了。

他知道袁圆会在猛兽区那边等着他。天空晴朗高远，但总有一双眼睛，在某个地方冷冷地看着他，开始是袁圆，现在又加进了咏丽。他决定看也不要往猛兽区那边看，除了直着脖子往外走，往动物园出口方向走，他不能有任何不当的举止。

是你自己搞砸的！他在心里说：咏丽说得没错，你就是自作聪明，果然是聪明反被聪明误。

八

终于跟家里人摊牌了，辞了旅行社，专心一意搞攀岩馆。

是在饭桌上提出来的。母亲第一个表态：我觉得可以。恨天黑筷子在嘴边停了一下：要搞就快点搞，任何事情都不宜拖。只有小美迟迟不吭声，快吃完了，才筷子一拍说：如果是我，新工作不铺开，旧的我就不得放，万一新的搞不成呢？你不要看到我们都有事做，就感觉不到压力，我们做的都是低收入工作，随时随地可以被辞，随时随地都能断顿。

可杨粒没法告诉小美他的攀岩馆几时动工，几时开业。

小美站起来，俯视他的头顶：不是钱不钱的问题，不上班你肯定要睡懒觉，懒觉睡习惯了就是懒骨头，人一旦变成懒骨头还有什么指望？

恨天黑低声吼了女儿一句：你就不能少说两句？他又不是小孩子。

杨粒突然一阵烦躁：我不能保证我一定不会睡懒觉，如果你看不惯，我可以出去睡。

一时间大家都不再说话了。

小美开始流泪。

杨粒递给她一张餐巾纸：我问你，偶尔睡个懒觉犯法？你不就是担心钱的问题吗？我向你保证，我一定会把攀岩墙搞起来，不说挣大钱，至少比当导游挣得多。实在不行，我也可以找一家旅行社登个记，叫他们需要导游时叫我一声，很多人都是这么干的，这叫兼职导游。

小美终于不再哭了。

第二天，果然不出小美所料，杨粒听到恨天黑起床，小美起床，也想跟着动起来，但起床后去哪里呢？想来想去无处可去，倒不如就躺在床上呢。不一会儿就进入回笼觉状态。

最近他的睡眠总是不大好，小美肚子越来越大，睡觉时总爱搁条腿在他身上，除此以外，她还爱说梦话。杨粒抱怨道：你最好睡觉前在嘴上贴张胶布。

她很小心地问他她到底在梦里说了些什么。

他学着她的声音，夸张地嚷道：我没有钱，我又不是摇钱树。你为什么不死？为什么还不死？

小美的脸白得像抹了石灰：你瞎编的吧？天哪，我情愿以后不睡觉了。

你在骂谁呀？

我哪知道？我什么都不记得。

正在酣睡的时候，门外一阵响动，小美气呼呼地冲了进来，带翻了一只塑料桶，索性一脚踹翻了小椅子。

杨粒跳下床，正要认错，小美哇哇大哭起来。

要你这种男人有什么用？外面的人欺负我，你却在家里睡大觉。

到底怎么了吗？就算叫我出去砍人也要有个目标吧。

我哪知道是谁，我又不认识他。小美哭得鼻涕都鼓着泡掉出来了：我在那里记账，传菜，干得好好的，突然有个人大声嚷起来：我不要吃她端来的东西，她是个收垃圾的，我在小区里天天都见到她，他们一家都是靠收垃圾为生的。老板，这家店的老板呢？你们怎么把拾垃圾的人弄到这里来上班呀？太恶心了，这饭我没法吃了，你得退我钱。那个人一嚷，其他人也跟着放下筷子，还有人假装想吐。后来老板来了，问我那个人说的是不是真的，我能怎么说呢？那个人什么都知道，连你都知道，还知道我们一大家子住在自行车棚里，老板当时就扒下了我的工作服，叫我走人，还换了那些人的饭菜，答应给他们重做。我去跟那个人讲道理，我说你老婆在家里不做卫生吗？不清理垃圾吗？那你老婆做的饭你是不是也吃不下去？他就说我侮辱他的老婆，要对我不客气。我骂他，老板就把我往外推，叫我不要影响营业。杨粒我告诉你，我长这么大，从来没有被人欺负成这样，你得给我出气，不出这口气我死不罢休。

你怎么又跑到餐馆去啦？你不是没在餐馆做了吗？

本来是没做了，那天老板碰到我，说他店里有个员工请假了，问我愿不愿回去顶几天，我想着以后孩子生下来了，说不定还是要回到餐馆去的，就答应了，谁知就碰上了那个老不死的。

看来那个人是这个小区里的。

肯定是这个小区里的，他说他见过我，但我对他没印象，小区里这么多人，谁像他那么得闲，一天到晚盯着别人看。

你一定得把目标给我指出来。

找到他也容易，我待会儿就去小区门口守着，今天守不到明天接着守，我就不信我守不到他。此仇不报誓不为人。

就你这个样子，还报仇！还是让我来吧，叫你爸爸把他那把小刀给我。

瞎说八道！你给我滚一边儿去。我一个孕妇，就算伤了他，也没人敢叫我坐牢。

没想到小美还有这点脑子，杨粒心里一暖，放低了声音：你以为我傻呀，又不会来真的，吓唬吓唬他而已。

你给我死开！我一个女人冷不丁跳出来对他动刀子，吓都能把他吓个半死，换成是你，他能罢休？到头来受伤的还不定是谁呢。

小美又哭了起来：他以为他自己有多干净？餐馆里的碗筷，不都是用擦桌子的抹布擦的吗？传菜的时候挖块鼻屎扔进碗里也不会事先跟他打个招呼。也不看看他自己什么样子，说话直往外喷唾沫星子，还嫌别人脏！

其实杨粒能理解那个人的感受，刚开始进入这个家的时候，看着老头子随便洗洗手，端起饭碗就吃，个个指甲盖里一圈漆黑的东西，他也有点吃不下饭。时间长了，或者说相处久了，多少习惯了彼此，才慢慢忽略了那双手。

杨粒飞快地刷牙洗脸，两人一起来到小区门口的水果摊，小区就那一个出入口，肯定能守到那个家伙。

水果摊主是熟人，小美撒谎说在等人，跟摊主有一搭没一搭地聊天，杨粒不好插嘴，就到附近警惕地闲逛，好一阵子没动静，索性去旁边超市逛了一圈，这时他心里的怒火已经消下去不少，回来看见小美还在那里干坐着，突然觉得这样做很无聊，当时没本事给自己出气，事后再来找补，就成挑衅了。又不好跟小美说算了，她的确需要安慰。想想两站路外有家旅行社，不如去那里谈谈兼职导游的事，顺便登个记，对小美也是个交代。就在两站路之外，顺利的话，来回不会超过一个小时。

回来跟小美一说，小美也觉得可行。

杨粒盯着她的肚子说：如果我还没回来，你一个人千万不要跟他冲突，一切等我回来再说。

万一你没回来，我就跟在他后面，摸清他的门牌号，等你回来了，我们再登门找他算账。小美很听话地说。

杨粒运气好，门店的人联系了一下，负责人正好有空，只是要请他等一等。杨粒坐在那里想，是不是回去看一看再过来呢？又一想，如果人家来了他却不在，会觉得他没诚意，只好把自己摁在客席上等。这一等就是个把小时，负责人终于过来了，问了些杨粒的工作经历，表示很满意，拿出一份协议来，对杨粒来说，没什么新内容，只是报酬不一样，原来是基本工资加带团补助，现在没了工资，只有补助一项。跟他打听来的情况差不多，这家店肯定不止招了他这一个兼职，因为负责人表示，一旦他这边缺人手，他第一个就找杨粒。也许只是客套话，但至少说明备用导游不止杨粒一个。

协议反而把杨粒的心情弄得沉重起来，他觉得奇怪，表面上看，现在旅游的人似乎越来越多，可导游的工作却越来越难做。要么改行，要么真的像他跟袁圆吹牛的那样，赶紧去考个国际导游。他要不要一边经营攀岩墙一边去考国际导游呢？英文到底有多难？就算学好了英文，还得学做领队，那跟国内导游可不一样，长这么大，他连国外是什么样都还没见过，想一想都头疼。

慢腾腾走到车站路，还没到小区门口，就看见有人在朝小区门口跑。杨粒预感到什么，风一般跑了过去。

小美披头散发坐在地上哭，手里死死拽着一个老头子的裤腿。旁边的水果摊有几箱水果被掀翻了，地上好多果肉和果汁。杨粒本能地往后退了两步，马上又觉得不对，壮起胆子从人缝里挤了进去。

怎么啦这是？怎么啦？他扯开嗓子朝那老头子走过去：欺负女人算什么本事？来，冲我来！其实他紧张得双腿抽筋，但不得不做出张牙舞爪的样子来给自己打气。

老头子回过头来，几根长长的寿眉猫须一样支棱着，看见杨粒，先是一惊，马上就强硬起来：你怎么管你老婆的？我一进来，她就扑上来又打又抓，这么多人可以给我做证，我一个指头都没碰她，我不跟女人计较。就算我在餐馆里说过那个话，我说错了吗？你自己说，她是不是捡垃圾的？一个捡垃圾的去做餐饮，是不是不太合适？不知道也就罢了，知道了又怎么能没反应？

小美坐在地上噼里啪啦反击道：你老婆在家不打扫卫生不收垃圾吗？你自己不打扫卫生不收垃圾吗？你还擦屁股呢，你这么爱干净，你收完垃圾擦完屁股是不是就不用吃饭啦，你收完垃圾擦完屁股的手是不是就剁下来扔啦？

你看你看，这种不讲道理的人，跟她有什么可说的。

是你不讲道理还是我不讲道理，你平白无故砸人家的饭碗，我跟你有什么仇什么冤你要这样害我？我要是没饭吃，就天天上你家吃去。

你上我家去？你去呀，只要你敢去，我马上报警。

你报警啊，你现在就报，不报你是我孙子。

你们看你们看，就这种素质，也跑到城里来混。

杨粒本来还有点不知所措，老头子一说这话，他立即火了，一把搡过去：你素质有多高啊你，你起码也是个男人，欺负一个孕妇，把一个孕妇踢翻在地，这就是你的素质？

老头子赶紧后退一步，支棱着的寿眉跟着耷拉下来：你这个年轻人，你可得把话说清楚，我没有把她踢翻在地，是她坐在地上抱着我的腿不让我走，我没动她一根手指头，这么多人可以为我做证，是她先上来惹我的，我躲还来不及呢，哪敢踢她。

你就踢我了，你踢我肚子了，你有胆子做没胆子承认吗？

你一把年纪撒这种谎不怕死了进十八层地狱吗？

你诬陷我也没有用，这么多人都看着哪，我踢你？那是我要拔出自己的脚，我从头至尾都在躲你，这些人都能为我做证。

杨粒你不要听他狡辩，你这个当爹的要为你儿子说话。老不死的我告诉你，我儿子要是有个三长两短，我们一家人都不会放过你的。

孕妇就能借着肚子讹人呀，张嘴就讹人，你不怕遭到报应吗？

杨粒蹲下来观察小美：你还好吧？肚子疼不疼？

趁小美分神，老头子提脚就往外溜。小美反应够快，但也只扯住了他一点点裤脚，使不上力，给他跑了。

杨粒你快追呀你个死人！你还奈何不了一个糟老头子。

杨粒起身去追，没跑几步，就见一个白头发的老奶奶拖着擀面杖从门洞里跑出来增援老头子来了。

谁？谁要打你？叫他先来打死我。

皱纹堆里的那双老眼迸发出可怕的光芒，声音也异常奇怪，像被勒住的老母羊，杨粒不由得收住脚步，难道可以上去把这两个老人揍一顿？说出去也太丢人了，搞不好还要坐牢、罚款，不划算。

老奶奶怒视着已经泄气的杨粒，两手护崽似的护着自己的老头子，哆哆嗦嗦地、一步一步地退回门洞，关上了单元门。

与此同时，他听到小美在那边发出一阵长号：我要你这种男人有什么用？我的孩子要你这种爸爸有什么用？越过小区的女贞树带，他看到了一幕小时候见过的农妇吵架的场景：一个妇女趴在地上，张开双手，上身一起一伏，似唱歌，又似数落，每个句子都极尽恶毒，如同最绝顶的女巫，正在疯狂地喷吐毒汁，那些旁观的人渐渐离她远了，生怕小美喷出来的毒汁溅到他们身上，水果店主拿着一只塑料袋，装几只水果，朝她看一眼，又装几只。

　　杨粒烦闷地看了一阵，突然很想转身逃走。

　　一个小区保安似乎看透了他的心思，几步走过来，低声对杨粒说：还不赶紧把她弄走！再闹下去，这家人的孩子回来了，事情只会闹得更大。

　　杨粒只好强令自己往小美那边走。他从小美眼里看到了真正的仇恨。

　　你还算男人吗？你只不过空披了一张男人的皮！我真是瞎了眼了，随便找条公狗都比你强，公狗都知道帮我咬住那个老家伙的腿。

　　他听到有人在哧哧发笑，心里的烦闷膨大了一倍。

　　你说你到底哪里有用？哪里像个男人？

　　他真担心她会随口说出老鼠洞里那些屏息静气中的黑暗的窘迫。还好，她说到别处去了。

要不是我和我爸，你早就饿死了。

杨粒冷笑一声，扭头就走，他实在不想与泼妇般的小美再多说一句话。

但这只是他的想象，实际上，他不仅没有扭头就走，反而像呵护小孩一般双手插到小美腋下，将她扶了起来，一边安慰她，一边将她带回家里。

九

当天晚上，小美的呻吟声把杨粒从梦中吵醒了。

他决定再听两声，他怀疑这声音不过是她这个多梦之人的另一种梦话。

声音时长时短，时轻时重，弱时更像是无意识的叹息，应该来自她那永不止歇的梦境。

杨粒没动，继续睡去。

小美一条腿不老实地伸了过来，压在杨粒的小腹上，他感到尿囊憋得难受，就去卸她的腿，结果手一滑。他摸到了湿漉漉的东西。

他从枕边摸到手机，摁开一看，手上是红的。

他推了推小美：喂，这是怎么回事？你怎么在流……啊？你流血啦？他这才意识到，刚才看到的红色，是小美流出来的血。

小美也被他流血两个字吓醒了，开灯，坐起来一看，床上已红了一大摊，小美半个身子都躺在血泊里，杨粒身上也蹭了好多。

我去叫我妈来！杨粒起身穿鞋，要去把住在店里的母亲叫出来。

叫她有什么用？她又不是医生。恨天黑也醒了，披着衣服往里瞄了一眼，丢下一句我去找出租车，就跑了。

小美忽地倒下。杨粒说，你怎么又躺下了，得赶紧起来收拾一下，这肯定要住院。小美说：我不能坐，我一坐，下面就流得好凶。

杨粒刚刚收拾了两个大包，恨天黑就进来了，说出租车就在门外等。杨粒去抱小美，恨天黑看到湿漉漉的半张红床，拎在手上的两只大包啪地掉到地上。

进了医院，直奔妇产科，杨粒正要说话，医生看见了大肚子小美的裆部，把笔一丢：快躺下，躺着说。杨粒这时才意识到，那个一直在他意识中存在的小孩，可能正像细细的溪流一样在小美的胯间一点一点消失。

第二天一早，医生上班后，小美成为第一个收诊的病人。

反复检查，又照 B 超，结果是卧床保胎，直至足月。小美急了：那怎么行？我还要上班呢。

医生看都没看她，唰唰唰往病历上写：保不保得下来还是问题呢。

刚开好住院单，就有担架在门外等着，小美只好躺上去，任他们把她往住院部抬。等杨粒气喘吁吁捏着一沓交好钱的单子进来时，小美已经哭得稀里哗啦了：你这个傻瓜，我们俩都是傻瓜，你以为这是我的错？不是的，是那个千刀万剐的老头子，他踢到我的肚子了，都怪他。你马上给我报警，叫警察把他抓起来。

小美一提醒，杨粒也觉得似乎是这么回事，可事情已经过去一天了，那老头子应该死也不会承认了吧？他肯定会说，谁知道你们两口子做了些啥？

小美还在嚷嚷着叫他报警，他不耐烦地啧了一声：你有什么证据？他踢的伤还在不在？不在呀，当时拍照了吗？有证人吗？你啥都没有。

都怪你，你当时就不该让他跑了，你就该死死拽住他。

拽住他又有什么用？你当时又没流血，肚子也没痛。

你要是拽住他了，我自然会喊肚子痛。对了，你赶紧去找医生，你跟医生讲一讲当时的情况，看看医生能不能替我们出个证明，证明我的先兆流产是因为他踢了我。

杨粒直觉找医生没用，但他拗不过小美的催促，只好来到医生办公室。

医生还没听完，就从杨粒脸上移开视线：我们不出这种证明。

那，我想咨询一下，你觉得她的情况跟那人踢她有关系吗？

也可能有，也可能没有。

但她身体一直很好，妊娠反应也很轻，同时打着两份工。

是吗？医生看了他一眼：两份什么样的工作？

都不重，很轻的活。

干完活回到家呢？还干家务吗？

基本不干，就做做饭，洗洗衣服。

医生一巴掌拍在桌子上：两份工作，回家还要给你做饭洗衣服，你把你老婆当驴使呢，使坏了还想赖别人。

杨粒万万没想到会有这种医生，一时找不到反驳之词，只好忍气吞声退出来，一个人在外面走，越走越窝火，这医生究竟有什么权利这样抢白他！她根本不知道人家在怎样活着，却理直气壮随心所欲地指责别人，还不敢生她的气，小美和孩子现在就捏在她手里。邪火渐生，一咬牙，拨通了小美的电话：有事打我电话，我去找那个死老头子算账去了。

去吧，别把他打死了就行。

一出医院大门，杨粒就心虚起来，从没跟人扯过皮的他，有点不知从何下手。

　　好吧，问问伍杰，这狗东西心眼儿多。

　　电话刚一通，伍杰就在那头哈哈大笑：杨粒你他妈是狗鼻子吗？昨天晚上我刚赢了钱，你就打电话来了，什么？你不是借钱的？

　　等杨粒把小美的情况大致说了，伍杰那边就没声儿了，杨粒一连喂了几声，伍杰才像从泥坑里爬出来似的，无比沮丧地说：我说你们怎么这么倒霉呢？

　　闲话少说，帮我想想，我该怎么样去吓唬吓唬那个老头子。

　　那个有血的床单还在吗？留着，给他看，或者挂到他门口去，这是第一。第二，把他拖到医院去看看你老婆。如果这两招都没用，就威胁他，要拿他孙儿开刀，他应该当爷爷了吧？这两招保证管用。

　　果然还是伍杰有办法。

　　杨粒奔回家，还好，床上还来不及收拾，一把揭下床单，团在手里。他记得那天那个老奶奶出来的门洞，也听人说过他们住在四楼。

　　也是巧了，刚一拐过去，就看见老两口拎着个环保袋慢悠悠走了出来。

　　你做的好事！杨粒推搡了一把老头子，把手里的床单哗地抖开，难闻的血腥味扑散开来。你踢我老婆那一脚可值钱了，昨天半夜她被抬进了医院，你自己说，你打算怎么办？现在他们娘儿俩都有生命危险。

老两口果然猝不及防，老头子结结巴巴：我已经说过了，我没有踢到她，我只是拔脚出来时，蹭了她一下。

杨粒一脚踢在他腿上：是这样蹭的吗？

杨粒被自己的举动吓坏了，他根本没想动手，但从现在的情形来看，动手的效果不错，老头子不仅承认他蹭了小美一下，还一副被吓傻了的样子。

正准备踢第二脚，老奶奶挺身而出抱住老头子：求你别打他，他有高血压。

他踢打孕妇的时候就没有高血压？

有，怎么没有？当天下午就不对了，就去医院了。当时有人跟我们说，去找那个年轻人算账，至少让他给你们出医药费，我说算了，他们看起来也不像专门找麻烦的人，大家互相体谅一下，只要不出大事就算了。年轻人，你眼界开阔，前途远大，别跟我们这些老人计较，啊？不信？我把医院的收据给你看。

杨粒差点就被花白头发的小老太几句话给治住了，最后一刻，他看见了老太太包里的金维他，他从旅行团的客人口中多次听到这个名字，不错，老太太是他客人那个族群，是他服务的那个阶层中的一员，是他的上帝，他哪有资格体谅上帝呢？

他想起伍杰的话，咬着牙硬邦邦地说：

我已经知道你们的孙子在哪里上学了，我不是卑鄙的人，我不搞突然袭击，不过我事先警告你们一下，如果我的孩子没了，你们的孙子肯定不会好过。你们最好赶紧去菩萨面前磕头，保佑我老婆孩子平安无事。

老奶奶突然扑到杨粒面前，双手捉住他的手急切切地说：年轻人你听我说，我家老头子是有错，我已经在家修理过他好多次了，你现在就算把他打残了，打死了，对你的老婆孩子也没任何帮助，反倒会给你自己带来麻烦，不如这样你看好不好，我去医院看看你老婆孩子，她妈妈不在身边，我来代她妈妈做些母亲该做的事，一直做到她孩子平平安安生下来，孩子生下来了，只要她愿意，我还可以继续帮她，我就把她当成自己的女儿好了，正好我也没有女儿。

伍杰的主意真管用啊，杨粒难为情地移开了眼睛。

他几乎是被老两口架到医院来的，他想推脱，假称还有别的事要办，老奶奶说：天大的事，先把医院的病人安顿好再说。半路上，老头子去买了一大袋水果，又买了一大瓶牛奶，干这些事的时候，他使了个眼色，让老伴牢牢拽着杨粒，生怕一松手他给跑掉了。

推开病房门，老太就直扑小美床边，隔着床单抚摸小美的肚子。

你还好吧我的儿？千万不要动，厕所都不要去，就在床上用便槽，我儿媳妇也保过胎的，真的是一动都不能动，要像贴膏药一样贴在床上。你为你的孩子受点苦，我们来为你受点苦，告诉我你想吃什么，我每天来给你做。第一，孕妇要吃猪腰子，吃了猪腰子长力气，有了力气才好生孩子，生了孩子也不至于失了元气。

小美先还板着脸，渐渐地就绷不住了：我才不要吃猪腰子，一股子骚味儿。

谁说的？那是没烧好，你看我待会儿给你烧个猪腰子过来，保证你吃了还想吃。

老头子说：那我先去买猪腰子咯？说完就闪了。

老奶奶继续坐在床边，揉小美的腿，搓她的手：对不起哦，我代我家老头子向你道歉，看在孩子面上不要跟那个老混账计较，我已经臭骂他无数遍了，他也很担心你，他说他真的不知道你怀孕了，我说人家怀没怀孕你都不能这样对人家，找份工作多不容易啊。再说，我们住在同一个小区，那就跟一个大家庭一样，出了门，这一家人要互相关照互相帮助才行啊。

也不知哪句话触动了她，小美开始抽抽搭搭哭了起来，老奶奶不停地给她拭泪，喂她喝水。

小美哭完，老人则开始讲她怀孕吃猪腰子的好处：我那时每个星期都要吃掉一个猪腰子，买来收拾干净，刮掉上面那些筋筋蔓蔓，多放点姜葱蒜烧来吃。你看看我，六十多了，除了眼睛有点老花，颈椎稍稍有点问题，其他什么毛病都没有，就是那些猪腰子给我打下的基础，生孩子多伤元气啊，你不在这个时候补一补，将来一身的病，还早衰。另外就是，你千万千万不要过于劳累，劳累也是最伤元气的，还降低免疫力，现在尽管懒一点，打好基础，等孩子生下来以后再出去工作，你这么年轻，还怕没时间挣钱吗？

杨粒悄悄来到外面，一个人闷闷地生气，小美到底还是太单纯太简单了，几只水果，一条三寸不烂之舌，几下就哄住了她，看这架势，恐怕两人很快就要结成忘年交了。

老头子很快就拎着一只猪腰子过来了，老奶奶站起来告辞，说午饭就不要在医院订了，她马上回去烧，十二点准时送过来。

老两口一走，杨粒就开始挖苦小美：这糖衣炮弹打得准哪，没几分钟，就把你变成了另外一个人。

你懂什么！这些话有谁对我说过？我妈自然是早就化成泥巴了，你妈倒还在，可她根本就不懂这些，你和爸爸更不用说。

我倒要看看她会不会送饭来。

十一点五十，老头子拎着保温桶施施然过来了，也不敢正眼看小美，就冲杨粒支吾了几句，告诉他保温桶就留在这里，明天他送饭时再来取，就匆匆走了。

看来真的要长期供应猪腰子饭了，这倒是杨粒没有想到的。

小美靠床斜坐着，才吃了两口，就大呼好吃：天哪，长这么大，我从来没吃过这么好吃的饭，和人家一比，我妈以前做的简直就是猪狗食。

那，扯皮的事就算了？

认倒霉吧，我问过这些病友，她们都没人碰她们一指头，也到这里来了。

十

住院第二天，杨粒提出让母亲来医院陪她，小美一听就摇头。她哪能丢开她的煎饼？再说她年纪大了，跑来跑去体力也跟不上，不如让她安安心心做煎饼，我的事就由你和送猪腰子饭的人包了吧。

杨粒只好按下一切，天天在医院里耗着。

来电话时，杨粒正坐在病床边给小美削苹果。小美躺在床上抱怨：就不能轻点？这么大个苹果，被你削得只剩个核了。我看你就是不耐烦。

杨粒急着在口袋里找电话，随口说：真心疼就连皮吃。

不耐烦你走啊，我不要你陪。

杨粒摸出手机，一眼看到咏丽的名字，放下削了一多半的苹果：那我真走咯。

只用三步就走完了病床到门口的距离。

一个小时以后，在文化广场南门口等我。

几乎不等杨粒回话，就挂断了，像暗号，更像圣旨。杨粒恨恨地停在病房门口：多说几个字会死？与此同时，心口却怦怦跳了起来，她会有好消息告诉我的！

他听见小美在里面直着嗓子叫：杨粒！你个狗东西你给我回来！

原本是想回去告个别的，小美这一叫，他反而没兴趣了，同病房的还有三个大肚子女人，女人在一起超过一小时，气氛就会慢慢变得古怪起来，比着赛似的支使老公。小美原来吃苹果是没有要求的，见那三个女人每天都吃上好的红富士，就要求杨粒也给她买红富士，买了又心疼，嫌他削皮削得太厚。两餐之间，不到四个小时，还要来一顿点心，支使杨粒去哪里哪里买某种坚果，哪里哪里买某种面包，都是好东西，全有机，无添加，适合孕妇和婴儿。总之都是小美以前听都没听说过的好东西，小美以前不是个爱吃零食的人，进这个病房没多久，俨然成了个资深吃货。

此时回去吵架，不如回来时给她带个她指定的面包回来，那时她一定觉得特别有面子。那两个女人就是这样，只要老公带吃食进来，女人笨重的身子上面那张因为营养过剩而显得蠢笨的脸上，就会浮现出肤浅的幸福。

一个小时够长，杨粒决定省掉打车费，坐公交慢慢晃过去。

结果还是提前到了，还差十几分钟。等人最无聊，自觉过了好一会儿了，一看时间才过了四分钟。没奈何拨通了伍杰的电话。可以跟他聊聊战果了。

你的主意不错啊老兄，那老两口现在每天中午都给小美送饭。

伍杰今天不像往常那般情绪激昂，斯文低调了许多：虽然如此，我并不赞成保胎，保什么保啊，能生就生，不能生就说明那孩子不该是你的孩子。

进了医院就得听医生的，我说了不算。

你说了是不算，但腿在你身上啊，你要出院，人家也不会叫警察来抓你。

你去跟你的亲戚小美说吧。

我才不去遭骂呢，她爱生不生。咦？你站在大街上干吗？我听到汽车的声音了。

与此同时，一辆黑色小汽车向这边缓缓驶来，杨粒看到一身卡其色着装的咏丽戴着墨镜坐在驾驶室里，立即挂断电话迎了上去。

还没坐稳，汽车就加速了。杨粒说：我刚从医院出来。

咏丽没吱声。

杨粒又说：她差点流产了，要保胎。

一口气穿过两个红绿灯，咏丽才说：你打她了，还是吵架了？

都不是，可能是她太辛苦了。杨粒觉得这样说最省事。

正要跟你说这事呢，要不，让她来我的动物园当饲养员吧，那个活不算重。

你们缺饲养员？

没有哪个地方缺人，看怎么安排。

杨粒飞快地盘算了一下，觉得这个提议不好，难道跟他有关的人都要集中到动物园里来？那只会把自己置于动弹不得的尴尬境地。

还没开口，咏丽又说：我准备让袁圆走人。

杨粒嗖地坐直了：为什么？她不是干得很好吗？

她太喜欢自作主张了，动不动就给动物配药。

也许她真的有当兽医的理想。杨粒提心吊胆地说。

那就更不值得留了。不能让她的理想毁了我的动物。

扑扑的心跳声越来越大，这下完蛋了，该怎么向袁圆反馈这个新情况？

最终，杨粒选了个自认为最得体的回答：不管怎样，我不希望看到因为我的原因让袁圆下岗，这不公平。

跟你没有关系，你不想让你老婆来，我也会换别人。最讨厌有人逼我！

杨粒紧张地问怎么回事，咏丽没好气地说：都不想告诉你。

杨粒心跳开始加快，难道袁圆说了什么跟他有关的事？

还好，咏丽很快就改变了主意。

告诉你也没什么，她这个人哪，不光脑子活，胆子也大，居然跑去做我弟弟的工作，要我把她调到兽医组去。知道我弟弟现在什么情况吗？他居然要跟结婚二十年的妻子离婚，就为了这个袁圆。

杨粒一只手死死地拽着安全带，想把自己从飞速下坠中拉回来。他听见自己的声音像被戳破的蛛网一样飘荡着。你弟弟……跟你长得像吗？

不像，我弟弟像我妈，老老实实，方方正正，我小时候叫他方苫，因为他人有点憨憨的，长大了还是不太机灵，所以才会被袁圆利用。

可能就是那天在袁圆家里碰见的那个家伙，她到底还是撒了谎，还说只是请那人办事，跟那人确认进度！她到底撒过多少谎？还有多少事瞒着他？她跟他说过的那一切，包括她大家庭的困窘，还有她自己的反抗，究竟有多少是真实的？

汽车像河流一样从身边漫过去，形貌各异的楼房在太阳下闪着坚硬的光泽。杨粒心里闷得像要爆炸，同时感到口渴，问车上有没有水，咏丽说只有她的水杯。借我喝点行不行？我渴死了。真是好笑！咏丽说：前面不远有个超市，我在那里停下，你赶紧下去买。

　　杨粒捂着一颗受辱的心，愤愤地下了车，妈的，不是说要放松要做朋友吗？喝朋友一口水会死人？还在超市，就听见咏丽在按喇叭，但他故意不着急，排队付钱，边走边拧瓶盖，中途还停下来喝了一大口。他以为劈面会有一顿疾风骤雨，奇怪，不仅没有，还一派艳阳高照的架势。大概人就是这么贱，不是你看人家的脸色，就是人家看你的脸色。

　　老婆住院让你情绪失调吗？

　　我没有情绪失调。

　　你自己反正看不见。

　　真没有。我在想些事情……有人说，其实保胎不好，不如顺其自然。

　　你最好给我摘掉这张苦瓜脸！她终于加粗了声音：我可不想拖着一个心事重重不情不愿的家伙跑来跑去。

　　杨粒心里一惊：你这是干什么？你不要攀岩墙了？你想自我毁灭？立即挺身坐起：这几天都没睡好。他迅速为自己找了个由头。

还好她不再追究，并且换了个话题。

昨天还向一个热爱户外运动的人讲到你，我说我认识一个年轻的很有想法的旅游设计师，有机会你们可以见个面，聊一聊，说不定能碰撞出火花来。

杨粒又惊讶又激动，语无伦次地说了些什么自己都不知道。

我们今天去另一个攀岩墙供应基地看看。

有多远？需要多长时间？不知怎么，杨粒第一次对突如其来的行程丧失了兴趣。

单程五个小时。

那，要明天才能回来咯？杨粒眼前闪过小美被泪水打湿过的仇恨的面孔，她大概以为他就在医院附近转悠呢。

你想今天赶回来？

无所谓啦。

杨粒仰脖喝下一口水。小美肯定要骂他了，骂就骂吧，如果要她不骂，就得挨咏丽的骂，反正都是挨骂。

这家公司是一个朋友介绍给我的，他们在当地有一个挺大的攀岩俱乐部，我已告诉他们今天我要带一个旅游设计师过来，你去看看，如果能给他们出些好点子，没准他们能对你的攀岩墙提供最大的优惠。

杨粒坐立不安起来，她这是要考验他吗？她对他的实力已经有所怀疑了吗？

出了城，路过大片农田，又穿过了一个小镇，接下来又在高速公路上行驶了近一个小时，车速终于慢了下来，幸亏车上一直放着音乐，否则，杨粒担心他忐忑不安的心思会顺着头发丝爬出来，给咏丽听到。

一些棕色的肌肉男女巨型海报跃入眼帘，他们的皮肤让杨粒想起刚出卤水的猪头。咏丽说：到了。

汽车拐下高速，驶入一条空荡的水泥路，沿路都可以看到户外运动器材的字样，但沿途所见的人看上去与户外运动无关，甚至恰恰相反，他们从头到脚都显露出不健康的疲惫。

咏丽锁好车门，把墨镜架到头顶上，因为上衣扎进了裤腰，她的臀部显得有点宽阔，虽然她的小腹并不算大。

有人从那栋白房子里迎出来，热情地朝咏丽伸出双手。轮到那些人跟杨粒握手的时候，咏丽向他们介绍：这就是我跟你们说过的旅游设计师杨粒老师。

尽管"杨粒老师"像他从书里看到的那样，眼睛直视对方微倾着上身很认真地跟他们一一握手，他还是能感觉到，他们对他不如对她恭敬。

一群人脚步杂沓地进了一间会议室，坐茶馆似的坐在那张巨大的椭圆形会议桌前。

刺耳的电钻声传来。为首的中年男人不高兴地说：去叫他们把声音搞小一点。又转脸抱歉地对咏丽说：我们这段时间有点小施工，有个装修队在这里。

一个年轻些的开始介绍他们的攀岩产品，也许之前一直是咏丽跟他们联系，所以现在他们介绍产品时只是针对她，偶尔有人碰上杨粒的视线，会立即改错般收回去。杨粒觉得奇怪，明明是自己的攀岩墙，现在的情形却像是咏丽的，他只是个陪同前来的车夫。他们殷勤地向她介绍产品的结构性能和运动方式，居然还有探洞和爬树。咏丽觉察到了杨粒的不自在，有那么一两次，她转过头来，望望杨粒，不动声色地点点头，杨粒也回以点头，其实他根本不知道她是什么意思。

谈论得最多的是安全系数问题，那个年轻的小伙每解释完一道疑问，都要加上一句：即使摔下来，也不会有致命危险。

产品介绍完，一行人又带着他们俩去车间看实物。

路上，杨粒问咏丽觉得怎样，咏丽轻声说：今天只是看看。

杨粒就不明白这一趟的意义了，如果只是看看，到网上就能找到全套的产品介绍，还有今天所讲的视频，他还以为今天就要签合同交定金什么的。

电钻声越来越大，射钉枪的声音夹杂其间，杨粒想到伍杰，好几次他们通话，他都能在电话里听到类似的声音。

进入装修地带了，一抬头，杨粒的身子猛地摇晃了一下，他看到伍杰的魂魄了，他刚一想到伍杰，伍杰的魂魄就出现在他眼前，他的魂魄还会咧嘴冲自己笑呢，还会向他做继续往前走的手势呢，意思是叫他不要掉队，跟着这支小队伍走。

杨粒看看周围，捋了把脸，再一凝神，伍杰还站在那里，这才发现，站在一丛木架子旁边的不是伍杰的魂魄，而是活溜溜的真人。

伍杰！

伍杰赶紧在嘴边竖起一根手指，他用手势告诉杨粒：我们待会儿见。

十一

做梦也没想到会在这个鬼地方碰到你！

伍杰不住地拍打杨粒的后背，不一会儿，杨粒就被他拍打出一个嗝来。

杨粒是趁他们吃饭的工夫跑出来的，那些人和咏丽并不是第一次打交道，他们之间有很多谈资，杨粒坐在那里就像个透明人。实在坐不住时，就找了个借口溜了出来。

说！你什么时候钓到的这个女强人？眼光不错嘛，说实话，我遇到的女人不少，唯独没遇到她这一款的。大你多少？

不是你想的那样！

得了吧，你可以骗别人，但你骗不了我。我一看你们对视的眼神就知道。

真的只是兴趣相投的朋友，她喜欢攀岩……

别跟我解释，我才不关心你们是因为什么才走在一起的。话又说回来，你以为你能说得清你们在一起的真正原因吗？说得清的话，恐怕在一起也没什么意思了。

杨粒从伍杰的烟盒里掏出一根烟来，不点燃叼在嘴上。

凭良心说，我从没想过要对小美不忠诚，走到这一步，也是身不由己，幸好我从没损害过小美的利益，一个丈夫该做的，我都做了。

这是初级阶段，刚开始我也是你这种心态，时不时就内疚一下。现在我想清楚了，这就是我们这种人的命，你想过没有你的档案在哪里？我告诉你，我们这些没有参加高考的人没有档案，档案都是进了大学之后才慢慢建立起来的，我们只有户口，而且是没有户口本的户口，我结婚的时候，人家要户口本，我拿不出，跑了好多地方，才开到户籍证明。别看在家里你是你爸你妈的全部，出来了你什么都不是，没有单位，没有组织，没有人替你说话，也没有人看你一眼。有一回我在路上碰到以前一个女同学，她后来大概进了大学什么的，我叫住她，说我是某某，哪年哪月在哪里跟你做过同学，我那时已经像现在一样潇洒，随便在街上找个姑娘问路，人家都非常热心告诉我，恨不得跟我这个帅哥并肩走一截。那个同学也一样，乍一见我，眼里亮着两簇闪闪的小火苗，可我一说出我的来历后，那点小火苗就熄了，哦了两声，不尴不尬地丢下我径自走了。那时我就想，我要想尽一切办法，睡遍我能睡到的所有城里女人，包括所有在高二那年撇下我继续往前走了的女同学，但我有一条原则，我不来硬的，不用强的，那没意思，我要她们自觉自愿。到目前为止，拜倒在我牛仔裤下的女孩基本都是主动投怀送抱来的。每当我想到她们，总是情不自禁升起一股豪迈感：上天待我真不薄，我没读大学，一样在城里有吃有穿，有情有爱。记住，这还只是初级阶段，接下来，你会体会到极大的自由，你不想在这里买房，不想在这里成家，不想在这里养老，你只想在这里玩玩，顺便挣点钱，你既没有管束，也没有责任，更谈不上义务，你完全可以像一条鱼一样，自由自在地在城市这个巨大的海洋里游泳。

说得轻松，你以为每个人都像你一样，有自己的绝活，走到哪里都有钱赚？

天哪，木工最简单了，你以为木工还像以前一样，要车要砍要刨？现在我们拿到手的材料都是半成品，光滑得像玻璃，钉钉子也不用榔头，射钉枪嗖嗖几下就搞定，轻易不用锯子，用起来就像小孩子过家家，不信你来试试看，包你十天就出一手呱呱叫的活。别扯远了，还是说说你是怎么跟那个女强人认识的。

杨粒把嘴上的香烟还给伍杰。不能说，没法说，一说就要提到袁圆，不能让伍杰知道中间还有个袁圆，否则他怕把伍杰逼成小美的表舅，那就麻烦了。

也没什么，我是导游嘛，导游最大的好处就是每天都在接触不同的人。

是啊，果然比我多读一年书还是管用的，我能接触到的女人多半都是业主，那些进进出出拎着真皮包包的女人，指指点点，说一不二，起初根本不把我们这些人放在眼里，要接触几回后，才注意到本帅哥是真正的实力派，比跟工头搞好关系还顶用，工头又不干活，具体的事情还得由我这样的人来做，我手上随便使点小坏，就够她受的，所以她们先是不得不对我好，接下来就知道，对我好真的是大有好处。

你是说，你一直在跟你的女业主鬼混？

怎么能叫鬼混呢？吃下去的饭，不管什么原因吃下去的，都会变成营养。他突然凑近杨粒：提醒你要小心一点，这个女人可不是一般的家庭主妇，要是得罪了她，你是搞不赢她的。

我为什么要得罪她？

不好说。最终不是你得罪她，就是她得罪你，否则你俩岂不是要永远好下去了？那不可能。永远好下去这事儿比登天还难，除非你们不是因为男女吸引在一起，而是另有原因。

杨粒不得不说出了亲亲小老虎、攀岩墙那些项目，以证明他们不仅仅是因为男女吸引才在一起的，但他知道必须用残存的理智挡住袁圆这个名字。

伍杰听得眉毛一跳一跳的：哥们儿，看来你天生是这一行的高手啊，你是怎么想出那些点子的？难道你真的学过旅游设计？

我到哪里去学啊？还不是被逼出来的，你想想我的处境，一家人睡在垃圾堆里，还有一个小家伙马上要出生在垃圾堆里，我不出去拼命谁去拼命？难道派小美出去？凭她那个模样也拼不出啥名堂。

小美对你应该是含在嘴里怕化了吧？

没觉得，倒是三天两头听到她在抱怨，她恨不得每天晚上回到家，每个人都能从身上掏出一小块金子来交到她手上，然后她每人一碗猪狗食就打发了。

这个世界就是这样，到最后，每个男人都在为女人打工。伍杰看了一眼餐厅那边：她出来了！找你来了。对了，你们是开车来的吗？

杨粒站起来向咏丽示意他的位置：当然，这么远，不开车怎么来？他听见自己语调里竟有了一丝连自己都讨厌的扬扬自得。

你他妈的！正好，今天带我回城，我最近天天晚上都打车往城里跑，相当于我每天都白干了。不干又不行，签了合同的。

不等杨粒问清怎么回事，咏丽已走到他们面前来了。杨粒介绍说：碰上了我一个高中同学，正在跟他聊装修的事呢，想顺便了解一下攀岩墙的安装。杨粒看了伍杰一眼：可惜他们只做装修，不做安装。他替伍杰挡了，他怕真的聊起安装来伍杰会露馅。

哦？咏丽看看伍杰，又看看杨粒。

我们在给他们装修那个展示中心。伍杰两手撑在胯上，随随便便地望着咏丽，杨粒真担心下一秒他嘴里会滚出几个他妈的。

咏丽打量着他：你在装修队里是干什么的？

主管助理。

杨粒飞快地扫了伍杰一眼，他不知道伍杰是在撒谎，还是真的升成了主管助理。

你们聊完了吗？这帮人非要让我看一个幻灯片，一个多小时，看得我头晕，出来透透气的。片子看完我们就走。

伍杰突然插进来：我可以蹭你们的车回城吗？

你住在城里？咏丽上下打量着伍杰：我还以为你们会住在工地附近呢。

平时是这样的，但最近我有点特殊情况，孩子身体不太好，我不回去他睡不着觉。伍杰瞟了杨粒一眼，杨粒明白，这是叫他不要插嘴。

行啊，过会儿一起走。

咏丽刚走，杨粒就迫不及待地揪住伍杰的衣袖吼起来：老实交代！什么叫孩子身体不太好，什么叫你不回去他睡不着觉？哪个孩子？你又搞出什么情况来了？

这回倒霉了。伍杰的样子不像是在开玩笑：我一向认为自己还算聪明，总能赶在问题到来之前及时抽身，真的，不骗你，我出来这么多年，一次麻烦都没遇到过，连一般人遇到的让人家意外怀孕之类的事我都没遇到过，别看我马里马虎，在这方面我真的谨慎得很。但这次不一样，他妈的聪明一世的我，一而再再而三地失算。上次那个打过我的孩子，你还记得吗？我算是栽到他身上了。

哈哈，你不是栽在他身上，是栽在他妈身上了吧？到底怎么回事？

伍杰一反常态，从鼻子叹出两股气，一向滔滔不绝的嘴像茶壶盖上了盖子。

难道你们已经秘密结婚了？重婚罪可犯不得老兄。

能结婚就好了，她他妈的不见了，把孩子一个人撂在家里，美其名曰培养孩子的独立生活能力。孩子给我打电话时，已经饿得奄奄一息，我赶过去一看，敢情她把我的电话作为紧急求助电话写在墙上，叫他遇到麻烦就打这个电话。

她人呢？她不是有工作的人吗？怎么可能随便跑掉？

跑掉？我前不久才知道她得了淋巴癌！所以我说我倒霉嘛，那孩子到现在还不知道，还以为她只是像以前一样去出差，去培训。她一直都很好强，觉得求人不如求己，一定要在自己死之前把孩子的独立生活能力锻炼出来。

我倒觉得她做得很好，只是你这一脚插进去，不是妨碍人家的独立计划吗？

能独立到哪里去呢？毕竟还不到十岁，不会做饭，天天吃泡面，要不就去外面买包子，买茶叶蛋，晚上也不洗澡，说是卫生间里有虫子。唯一让人欣赏的是，作业每天都不折不扣地做完了，而且基本上都对，一手字也写得很漂亮。

我看你已经陷进去了，有真感情了。

其实我跟她的关系后来没那么深了，你不是听到过我跟她吵架吗？那以后我们之间就不像以前了。

我不是说她，我是说孩子，你对孩子有真感情了，你没看见你刚才说那些话时的表情，满脸的父爱。

瞎说！我脸上怎么可能有父爱？伍杰一脸愤愤然：我恋爱都还没谈够，我宁可听到你说我满脸情欲，也不要听到满脸父爱几个字。

以后怎么办？癌症总是会死人的。难道你要收养他？

没想过，哪想得了那么多呀，先把眼前的事应付过去再说，我一直以为我没心没肺。伍杰突然拍起了自己的胸：现在才知道，我的心和肺都还在，都还好好地装在这个腔子里面。

难道他们家没亲戚？非要你一个外人相帮？

亲戚管什么用？亲戚首先盯的就是他们家的房子，孩子可以管，但孩子要去亲戚家，房子租出去，增加收入。

那不是很好吗？一举多得。

但他们家好多书，满满两大柜子，那些人房子可以接受，书是不要的，这可能就是未来的矛盾根源，所以他妈说，不如让他一个人慢慢长大。她还联系了志愿者协会，据说那个组织还比较靠谱。她准备让孩子就以这种方式慢慢长大。

杨粒越听越觉得那个女人了不起，一眼就看穿了事情的本质，而且替孩子想得远，想得周全，虽然现阶段孩子可能会遭点罪。

他们是天黑之后才动身往回走的，杨粒因为沉浸在对伍杰仗义之举的钦佩中，忍不住一路都在讲伍杰，拿他过去的事取笑他。

伍杰读书的时候可没有现在这么美的心灵，那时他让语文老师五岁多的儿子一天到晚都喊着要洗澡，因为他告诉那孩子，他耳朵旁边多余的两个小肉块（当地叫仔耳朵），是每天少洗了一次澡的原因。他还给女生写情书，人家没回，他就模仿人家的笔迹给自己回信，然后故意让那信掉在某个一定能被人捡起来的地方，害得人家差点退学。伍杰你后来见过那女孩吗？见过？真的见过？她恨你吗？什么？你们还在一起愉快地吃了顿晚饭？我怀疑她其实挺喜欢你的，但你回信的事情做得太蠢了，让她不得不跟你保持距离。谁能想到荒唐的伍杰原来是个这么温暖的男人！

他哪里荒唐啦？一直专心开车的咏丽突然发话了：那不是荒唐，是真实，成长期的孩子如果没有几件类似的事，就是个虚伪的孩子。

天哪，如果你是我同学该有多好！

杨粒吓了一跳，伍杰可真敢乱说话。

但眼前这事，你觉得你做得对吗？咏丽不紧不慢地问。

嗯？

杨粒也不解地看向咏丽，他还以为她会认同他对伍杰的赞美呢。

如果我是那孩子的妈，我就不会允许你这样做，志愿者协会不管怎么说是一个机构，是接受社会监督的，你算什么？今天这里明天那里，谁来监督你？谁来制约你？

但他们彼此都是有感情的，也互相接受，伍杰甚至提到过可以考虑收养那孩子呢。

感情是最靠不住的，一觉醒来，今天就可能跟昨天不一样，至于收养，更不现实，孩子现在已经在试着独立了，何况他也不一定具备收养的条件，还有，他的家庭也同意收养吗？他家里不会只有他一个人吧？

两个小伙子谁都不说话了，伍杰交叉双手抱着后脑勺，身子伸得长长地躺在靠背上。

下了高速，就快进城了，伍杰突然一挺身坐起来，要求下车。

还没到呢。杨粒说，他大致知道伍杰要去的地方。

就在这里下吧！伍杰大声说。

车停了，伍杰并不下车，直直地坐着，盯着自己的膝头。

喂！杨粒提醒他。

我有话说！伍杰伸出一只手掌，制止杨粒发声。

那只手掌落下来，重重地拍在咏丽的座椅靠背上：园长，我有句话想问你，你凭什么认为我就一定需要有人来监督我制约我？没人监督我制约我我会杀人放火烧杀掳掠吗？我长着一副危害社会的脸吗？我的样子像个坐牢的坯子吗？今天这里明天那里的人就一定不可靠吗？你倒是有人监督有人制约，可你现在在干吗？是带着部下出差还是在干什么？

伍杰！杨粒大声喝了几遍，才让他停下来，意犹未尽地盯着咏丽的后脑勺。

也许是太意外了，咏丽竟怔怔地没有反应。车内一片寂静，杨粒尴尬地望着窗外路灯，一副听凭发落的样子。

伍杰在他们右前方大踏步往前走，杨粒第一次发现伍杰的步态有点奇怪，落点非常短，像踩在弹簧上，又像被风托着在飘。

咏丽突然轻声笑了起来，越笑越响。

你同学说得对，小伙子不错，回头把他电话留给我，以后我有事情找他做。

杨粒没应声，咏丽也没追究，要不了多久就到地铁站了。这是杨粒第一次盼望着快点从她车上下来。

像上次一样，咏丽把杨粒扔在地铁站口，绝尘而去。

杨粒开始疯狂地找面包店。一声不吭，扭头就走，电话也不打一个，小美肯定气极了。她生气有个特征，就是咬牙扛着不给他打电话，就像没他这个人一样，不像有些女人，电话打得人根本放不下手机。但她好得也快，给她带些好吃的回去，再花言巧语几句，也就过去了。从这点来看，小美其实是个不错的女人。

门一推开，就见小美恶狠狠地瞪着他，像他不是出去了一整天，而是一分钟前刚刚惹恼了她。

杨粒递上他精心挑选的零食包，小美接过去，看也不看狠狠朝他砸来，面包甜点散了一地。

十二

在小美床前娓娓细说了大半夜，千哄万哄，好不容易把她安抚停当，一看时间，已是凌晨一点，杨粒只觉得疲惫不堪，连呼吸的力气都快要没有了。

趁护士不注意，他偷了小美床上的被单裹着，来到走廊的长椅上躺下。

却睡不着，像掉了一样东西，又想不起来掉了什么。

他开始慢慢回放这焦头烂额千头万绪的一天，攀岩墙像一块吊在眼前的骨头，驱使他像条狗似的跑来跑去，居然无意中撞上了伍杰，那已经不是以前的伍杰了，谁能想到浪荡子伍杰会突然困在一个孩子手里，他不是一心只想品尝各色城市女人的吗？再也别想在伍杰面前提起咏丽，或是在咏丽面前提起伍杰了，从最后的情形来看，他们俩似乎一言不合闹翻了。到达那个基地之前，路上他和咏丽说了些什么，啊！袁圆！他忽地坐起，怎么把那么重要的事给忘了？袁圆的兽医梦看来要破在咏丽手里了，袁圆啊袁圆，你为什么就不肯忍耐着点？为什么要急着去找人帮自己说话？为什么找的人偏偏又是咏丽的弟弟？你可真是倒霉透顶，十万分之一的不幸率都被你抢到了。

得马上告诉袁圆这个消息。他几步跨到卫生间，摸出手机。

袁圆关机了，他才知道，她居然是关了手机睡觉的。

第二天天刚亮，杨粒就编造了个理由跑出医院，直奔袁圆那边。无论如何，这应该是她最急需的消息。

屋里堆着几个蛇皮袋，似乎在打包。袁圆看他的眼神很冷漠，她看上去一夜没睡。

这是干吗？又要搬家？杨粒问。

袁圆没吱声，把一包衣服重重地砸进蛇皮袋里。

我听到了一个消息，特意赶过来告诉你的。

什么消息？兽医成真的消息吗？如果不是，你就给我闭嘴。

那个……她说的都是真的吗？你真的……我那次看到的那个男的，是她弟弟？

你什么意思？你是来兴师问罪的吗？你有这个资格吗？我托你办事，为你出谋划策，从里到外满足你，结果倒变成我千方百计为你铺了一条路。我不恨你，我只恨我自己不是个男人，我要是个男人，就用不着你了，我也可以直接约她去攀岩，说不定也能攀到她床上去。

我可没上她的床。杨粒觉得那声音简直不是自己发出来的，又干又涩，还打着抖。事情眼看就要成功了……

别他妈狡辩了，识相点的就别吭声，惹急了我一刀把你砍了又能怎样！

杨粒只好住嘴，看她气呼呼地收拾东西，一只大纸箱，因为里面塞满了冬衣，有点收不拢口，杨粒过去搭了一把，她倏地跳开，一脚踢在他腿上：滚你妈的蛋！少在我面前装好人！我总算明白了，答应帮我忙只不过是幌子，拿着它在我这里占便宜，你还不如那个人呢，至少人家立即就有行动，就算不成功也比你这个靠忽悠我在我这里占便宜的王八蛋强。算我没眼力，居然把那么重要的计划托付给你，托付给什么人都比托付给你强，你算什么？你除了一根鸡巴还有什么？当初叫你去找她的时候，你一听就高兴得邦硬了吧？是我的错，我的眼睛叫癞蛤蟆尿了。不过你给我记好了，我没那么好打垮，因为我脑子够用，我倒是有点担心你，凭你一个人，能在她面前周旋几天？不是我给你一部梯子，你连给她舔脚都够不上呢。

杨粒顾不得她的谩骂，急吼吼地问她到底要去哪里。

你管得着吗？今生今世，我们再也不会见面了。

不管怎样，请你告诉我你要去哪里。

我没法告诉你，因为我自己也不知道，我唯一可以告诉你的是，我会好好活着，我还有好多计划。

这些行李，你要搬到哪里？我来帮你。

话音刚落，有人敲门，一个穿蓝色工装的男人走进来，轻松地拽过两只，一只扛在肩头，一只挟在腋下，下楼去了。

一阵窸窸窣窣的响声，不一会儿，袁圆又从卫生间拖出一只小蛇皮袋来。

蓝色工装又上来了，这一回，他带上了全部行李。

袁圆突然伸手搭在蓝色工装的肩上，面无表情地说：在下面等我。

这是什么意思？他是什么人？

看不懂吗？袁圆拎起自己的小包：总得有人帮我拿行李对不对？那么重，我一个人怎么行？

杨粒还想说什么，但他被袁圆冷冰冰的眼神击退了，那不是生气，也不是愤怒，而是令人脊背直冒冷气的陌生，经历了那么多之后，他们之间像突然被格式化了，一切重新回到一片空白。

电话响了，是咏丽。

你老婆还要多久才能出院？那个饲养员的空缺，我可以给她保留三天。你们商量商量，给我回话。

天哪！居然把这件事情给忘了。杨粒给钉在那里，动弹不得。

袁圆站在门边嘲讽地看着他：是她吗？她又在唤你了吗？去吧，别让她等急了。

十三

要不要告诉小美这个消息呢？从哪里说起呢？杨粒一点都不振奋，这个消息来得太不是时候了，好像还有点不仁不义，虽然辞掉袁圆的决定与他无关。

杨粒在楼梯口停了下来，得把整件事捋清楚了再进病房。

一个病友家属过来对他说：你老婆叫你进去！

他忘了门边有道玻璃隔断，小美躺在床上刚好可以看见他的脑袋。

昨天说走就走，今天又不敢见我，你到底在搞什么鬼名堂？

……有件事，我不知道该不该说。小美一问，他反倒不得不说了，支支吾吾说了一大堆，才说出了自己真正的担忧：我不知道这算不算个机会。

小美一动不动看着他，像在检验消息的真假，突然一掀被子：这还用想吗你个傻瓜？当然要去，这么好的机会。

你要想清楚，只是个饲养员而已，工资也不会太高。

开什么玩笑！那是正规单位呀，环境那么好，将来我天天带着孩子去动物园，连门票都不用买。

你别忘了你还在卧床保胎，人家是叫你三天内报到，三天内你能下床吗？

让我想想。小美闭上眼睛，拉过被子蒙住头。

杨粒就坐在旁边看着她想，平躺下来时，她的肚子圆圆地鼓得像座山，小美说一定是男孩，杨粒却希望是个女孩，一般来说，女孩只要长得好一点，可以嫁个比自己混得好的，男孩最多也就只能娶个跟自己差不多的，不利于提高生活水平。

趁小美思考的工夫，杨粒来护士办公室，他想听听医生怎么说。

绝对不能出院，你老婆是典型的胎盘前置，随时随地都有大出血的危险，叫你们在医院保胎，就是因为在医院抢救起来很方便，如果在家里或是外面什么地方发生大出血，往往来不及送到医院，大人小孩都有生命危险。

杨粒听了，立即坚定起来，这个机会，不要也罢。

刚一回到病房，小美就大声冲他嚷道：我想好了。她的脸色微微有些发红，不知道是因为激动还是刚刚被被子憋出来的。

这个孩子我不要了，工作搞好了还怕没机会生孩子？我们可以明年再生，也可以后年再生，现在高龄产妇多的是，我们这么年轻，完全可以等一等。你去跟医生说，就说我们商量好了，决定引产。

你疯了？就为了一个饲养员？说到底，跟在农村喂猪没什么区别。

你还是当过老师的人呢，这点区别都看不出来，动物园饲养员那是有劳动合同的，还有很多福利待遇，我打工这么多年，从来没签过一次合同，都是老板从口袋里直接掏现金给我，干几天拿几天的钱，连我的名字都叫不出来，我一直都没跟你说，我最大的愿望就是有一天能跟什么单位签一份合同，能有一张像模像样的工资表，工资表上写明好多个细目，还有扣除项，最后来个总计。别以为我不知道，扣除项越多，老了越受益。对我来说，这样的机会不会多，难得碰上一个，我拼上命也要抓住。你不要拦我，我一定会给你生个大胖小子的，我妈以前找人给我算过命，我命里有三个孩子，两男一女。

要是饲养员做不好，人家一样可以跟你解除劳动合同。

怎么可能干不好？就像你说的，不就跟喂猪差不多吗？我就是喂着猪长大的。我又不笨，也不懒，到了那里，我一定会不惜一切代价把工作做得好好的，谁都挑不出来我的毛病。

孩子都会踢人了。

你听我说，医生也说过，不排除最终还是要做引产的可能，万一流得太多，孩子生下来缺胳膊少腿呢？脑子受损呢？那才是一辈子的大麻烦。

你要想好，遭罪的是你。

我也怕遭罪，但我们现在没有十足的把握呀，万一运气不好呢？

再想想，不过是个饲养员而已。

我不用再想了。事情没发生在你身上，你理解不了，你别忘了我是怎么住到医院来的，去了动物园，不会再有人歧视我是个捡垃圾的，再说那里全是动物，动物不会像人那样看眼色。你去呀，去找医生……

小美主意已定，医生也没办法，立即申请，很快得到批准，马上进入术前准备。中间小美叮嘱杨粒，叫他抽空跟动物园那边联系，问明她三天后去哪里报到，找谁报到。杨粒慌忙中拿起电话，刚刚调出咏丽的号码，手指头在空中僵住了，那几个阿拉伯数字，那几个汉字，像某种密码，正静静地向他传递一个威严的声音：又在上班时间打我电话！谁给你这个权利的？

护士惊奇地问小美：三天内你就要开始工作了吗？不说休息一个月，至少也要休息半个月吧？

我们可没有那个福气。

什么你们我们，不都是劳动的女人吗？引产跟生产一样，也要坐月子的，不休息好会降低体质的。

没有办法，我没那么好的命……

护士做完她的分内事，走掉了。

小美开始默默流泪，眼角扫到一旁呆立的杨粒，悲伤马上有了转移对象：杨粒你真是没用，为什么不早点告诉我那个消息？为什么不早不晚偏偏在这个时候，我这次要是落下什么毛病，这辈子我都不会放过你。

杨粒打起精神跟她开玩笑：要是没落下毛病呢？你准备怎

样放过我，跟我离婚？

小美一听，嗷的一声大哭起来。

一切就绪，小美也折腾够了，闭上眼睛睡了过去，也许是在装睡。杨粒来到外面，大肚子们一律扶着后腰慢慢踱步，男人们百无聊赖地跟在后面。马上就会有个小肉团抱在他们手上了吧？他们会给那小肉团买纸尿裤，买奶粉，买小被子，小推车，五颜六色丁零作响的小玩具，他们的家里会飘起给产妇下奶的肉汤的味道，奶水的味道，婴儿尿布的味道，杨粒曾经那么担心老鼠洞根本装不下那一切。会不会是自己的担心所致，因为他日夜忧虑，忧虑就慢慢变成了恶毒的咒怨，孩子在娘肚子里感觉到了，就说，好，你不欢迎我来，那我不来就是了，我不认你这个爸爸，也不认你这个妈妈，我去死好了。

他快步回到病房，小美还在睡，他把手轻轻搭在小美肚子上，等了好久，也没一点动静，他仿佛看到那孩子绝望地缩在阴暗子宫的一角，隔着厚厚的肚皮阴沉沉地看着他。他低下头去，久久不敢抬起头来。

小美醒了，看看杨粒的手，明白他心里在想什么，叹了口气：别放不下了，今天一直没动过，也许我们做了个正确的选择，你看看这些天我流了多少血，都是大块大块，像猪腰子，说不定已经不行了。

医生可没这样说。

医生怎么会说？他们只知道叫你去做 B 超、做 B 超，B 超有时候也骗人，好多人都被 B 超骗过，有说孩子脑袋小的，有说孩子没有胳膊的，劝人家引产，结果出来一看，啥都不缺，啥都是好好的。

你都这么说了，我还有什么放不下的。

我们这么做，也是对孩子负责，我没有别的想法，只想为他的出生尽量创造一个体面点的环境，你看我们现在住的，他要是在那个窝里爬进爬出，人家会怎样看他？想一想都受不了。

饲养员又有多体面呢？

不是饲养员有多体面，是饲养员给了我勇气，有了这份工作，我就可以理直气壮去租个房子。我一直没告诉你，不是我舍不得钱去租房，是没人愿意把房子租给一个捡废品的，人家以为我们会把废品带到他家里去。

好吧，别再说了，你想吃什么，我去给你买。

可以随便选？你掏钱？那我要吃牛排，我想尝尝牛排到底有多好吃。

杨粒刚刚拿出钱包来，小美又说：算了，跟你开玩笑的，就来个肉夹馍吧。

不就是一份牛排吗？又不是吃不起。

不是，明天肯定会出很多血，牛排不是白吃了？要吃留着明天完事了再吃。

夜幕降临，病区渐渐安静下来，杨粒把凳子放倒，坐着凳子腿，正好可以趴在小美枕边说话。

小美一脸憧憬地叹气：我还从来没去过动物园呢。

那里绿化很好，将来有了孩子，你可以带他去上班，让他成天在草地上、树林子里跑来跑去。

那不跟我们小时候一样啦？

我的攀岩墙如果真的设在猛兽区，那我们就能在一块儿上班了。

对了，猛兽区那些老虎狮子，真的不会跑出来吗？投食真的不会有危险吗？

当然不会，否则这活还有人干吗？

你说是因为有个人刚刚离开才空出一个缺口，那个人为什么要离开？

别瞎操心了！

十四

流产后第三天，小美就出院了。

杨粒走几步就看她一眼：你没事吧？爸爸妈妈等我们回去吃午饭呢。

小美看了他一眼：应该是我爸爸、你妈妈。

小美在短袖T恤外搭一条长丝巾，神气活现地说：你看我像有事吗？听说人家国外的女人根本没有坐月子这一说，人家在医院生完孩子，脐带一剪，一家人抱在一起亲一阵，再吃一桶冰激凌，就带着孩子回家了。

冰激凌你就别想了，毕竟人种不一样。

小美心里同意，嘴上还是说：生怕我找你要个冰激凌。

走出医院大门的时候，小美若有所失地停下脚步，摸着肚子说：是个男孩，拿出来时他一双小手还在一抓一抓的。

杨粒赶紧岔开话题：你要洗头了，有点味。

正好，我们去找个理发店，把头发剪一剪，用新形象迎接新工作。

杨粒提醒她，两个老人还在家里等他回去吃饭，小美很是不屑：他们又不是傻瓜，实在饿了会自己先吃的。杨粒觉得这样不好，但也不想太违拗小美，经过了流产这事，小美似乎比以前更懂得如何驾驭他了。

新发型让小美身上的孕味少了一层。她去了趟卫生间，再出来时，怀孕穿过的宽松裤子已经换成了皮肤一样紧绷的牛仔裤。她似乎很高兴：你看，以前的衣服勉强还能穿。

到家时，恨天黑和杨粒的母亲正在吃锅贴。杨粒是顺着小美的眼睛才发现不对劲的，他们竟然在一只盘子里吃锅贴，用的是同一只蘸酱碟。

母亲赶紧站起来：等你们老半天，总也不回来，你爸爸饿了，我们就先吃了。快说你们要吃什么馅的，我马上给你们煎。

小美扭头就走：我不吃！胳膊碰了碰杨粒，杨粒也只好跟着她一起往外走。

你看到了吧？他们这是老昏头了还是发神经了？小美一副要去跟谁拼命的架势。

杨粒也感到惊讶，他了解的母亲好像不是这样的人呀。

两亲家变成了老两口，传出去人家还不笑死？叫你妈赶紧回去，明天就回去。

我怎么好开口。你去跟你爸爸说吧，我妈一个女人，这事儿肯定是你爸爸挑起来的。

那不见得，看看你妈那双眼睛，那叫一个活泛。

别乱说，她可是你婆婆。从法律上讲，这事我们没资格干涉，这是他们的权利。

屁权利，不要脸！

我警告过你啦！

我爸那种木头，一般功夫动摇得了他？

你觉得他是木头，我可不觉得。我妈来之前，我每天夜里都听见他在外面辗转难眠，不是叹气就是翻身。

那是他太累了。

你知道个屁。

肯定是我住院这几天发生的事，我们都不在家，就他们两个。

是不是我们太敏感啦？也许人家就是图方便，想少洗一只碗而已。

你不好开口我来说，现在孩子也没有啦，不需要她帮忙了，她可以回去了。

那你向我保证，不要得罪她，更不要冒犯她。

两人一前一后回来，小美还没开口，杨粒母亲倒先说了。

小美呀，我跟你爸讨论过了，我们还是要去租个房子，你看看这里，没桌子没椅子，吃饭的碗都不知道该往哪里摆，也没一张像样的床，一两天可以混过去，时间长了怎么受得了？休息不好怎么工作？

条件是差了点，要不，您先回去吧，等我们混得好一点了您再来。

我不能回去，我的煎饼生意那么好，回去多可惜呀。我这样想，这里呢，就住我们两个老的，我可以看自行车棚，顺便做煎饼，你爸爸继续干他的老行当，你们年轻人就出去住吧，隔三岔五过来看看我们就行。我看城里人也都是这么安排的。

妈，这不合适吧。

我知道你们在想什么。这里不是我们的地盘，我们那套规矩在这里没用。到了夏天，你还穿着冬天的外套不脱，是不是很滑稽呢？

那也不能就把冬天的衣服扔了呀。

没说扔，扔了干吗呀？又不是不再穿了，到了冬天还是要穿的。只是先放到一边。

您是说，等回了老家，还是……小美很夸张地做了个分开的动作：我的妈呀！您的想法可真……真开放。

我要是能年轻二十岁，一定要换个活法。我发现在城里太好活人了，难怪连麻雀都喜欢往城里跑呢，这小区里麻雀跟人一样多，一点都不怕人，你爸爸的三轮车都要碰上它的腿了，它才不紧不慢地飞走。

您还是去跟杨粒讲讲您的打算吧。

你爸爸会去跟杨粒讲的。

小美一回头，爸爸果然与杨粒并肩站在车库门边，一副正在深谈的架势。

小美噔噔噔地走过去，不客气地嚷起来：爸你怎么回事？老糊涂了，还是得了老年痴呆？

恨天黑脸上破天荒露出一个不好意思的笑：我也没想到，我一直以为我会一个人慢慢熬到死。

这就叫晚节不保。

这话一说，三个人都沉默了，就像小美已经把话说到了尽头，再无须任何言语。

杨粒最先清醒过来，对小美说：你赶紧去躺一躺，一会儿我们就过去，说不定下午就得留在那里干活呢。

恨天黑说：还是两个人好啊，一个说句好话，另一个可以当顿饱饭。

大家再次沉默。

母亲向杨粒招手，叫他帮她往店里送煎饼。为了迎接小美出院，母亲特地向店里请了一天假，但煎饼供应不能停。杨粒刚一走近，母亲就把他悄悄拉到一角，凑到他耳边说：他同意了，再拿五万出来给你做攀岩墙的项目。

杨粒惊讶地望着母亲，难道这才是母亲跟恨天黑在一只盘子里吃锅贴的真正意图？

母亲做了个噤声的手势，边包煎饼边说：管他娘！这世上我就你一个亲人。

杨粒接过煎饼包，想说什么，母亲挥挥手，把他赶走了。

下午，杨粒带着小美来到人事处，人家只叫了小美一个人的名字，杨粒自觉留在门外。

没多久，小美就出来了，圆脸激动得绯红一片。我签合同了。

什么合同？

忘了是什么合同，反正是合同，我在好几个地方都签了名字。

一个矮个儿男人拿着一串钥匙走出来，果然，小美现在就要去上岗。

那里还有一个做了上十年的饲养员，她会教你一些注意事项，然后把工作逐步逐步分摊给你。

一切都太熟悉了，那条路，那些草木，草木旁边的工作间，工作间里的摆设他都记得清清楚楚，袁圆的气息似乎都还留在那里。杨粒小心地控制住自己的步伐，不让自己走到他们前面去。他必须装出是第一次来这里的样子。

杨粒站在路边跟小美挥手，他不敢去工作间，他怕袁圆的前同事认出他来。虽然认出来是迟早的事，但至少今天，他不想被她认出来。

他去了咏丽的办公室。虽是擅闯，但他有理由，为小美的事，他得上门致谢。

咏丽捧着水杯在发呆，杨粒进来后，她仍然没从出神的状态中醒过来。

最近有没有什么新点子？她望着某个地方悠悠地问。

最近，呃，最近一直都在想攀岩墙的事情。

正要跟你说呢，攀岩墙的事，有了点曲折。

搞不成了吗？杨粒感到自己腾地一下飘了起来。

也不是搞不成了，是可能会延迟一阵子，没有什么事情是一帆风顺的。怕什么，反正你还有导游的工作，不会耽误你什么。

其实我刚刚又搞定了一笔钱，马上安装都没问题了。他故作镇静地问：我能知道是什么原因导致项目要延迟吗？

咏丽望着他轻轻地摇头。

两人之间出现大段空白。杨粒闷头坐在客座上，望着自己的脚尖，他能感到有什么东西在他们之间慢慢流走，而他根本没法拦住它，最让他无力的是，他根本不知道那正在流走的到底是什么东西，以及它为什么会汩汩流走？

想攀岩吗？他奋力抛出一根藤条，想要拉住什么。

最近事情好多，等我忙完这阵吧。

藤条落空了。他不甘心，又抛出一条：我老婆非要来面谢你，我说你好忙……

做得好，替我转告，叫她不必挂心，好好工作，饲养员还是蛮需要责任心的一份工作。

责任心没问题，加班加点吃苦受累都没问题，这都是她的长项。

她的表情让他说不下去了，她望着他，眯着似笑非笑的眼睛，嘴角挂着一抹意味深长的微笑，这表情让他感觉他似乎说错了话。

我可以请你吃个饭吗？他再次发出求救似的呼告。

最近都好忙。她说：等下我还有个会，得准备一下发言。攀岩墙的事不要太着急，急不来的，回去等我电话吧。

他出来的时候两腿发抖，有什么问题，一定出了什么问题，但他就是不知道问题到底出在哪里，也没办法打听，他像一个绑在车座上的驾驶员，明知汽车出了故障，却又没法下车检修。

信步来到一片小丘，这里可以看到猛兽区一角，但他看不到小美，也许她的同事正在向她宣读工作细则。比较起来，还是小美简单可爱，他从来不用费力揣测她的内心，她的一切都在她的眼里，手上，脚上，他不用看她，只要听到她呼吸和走路，就知道她心情如何，在想些啥，想要说啥。就这一点来说，跟小美在一起是最轻松最舒服的。

十五

伍杰突然在电话里火急火燎地说：哥们儿，快过来，有急事找你，十万火急。他说了个地址，居然是某某派出所旁边。

杨粒心想，你可别犯什么事儿啊，打了个车就往那边赶。

隔着老远，就见伍杰站在街边，一手拿着杯饮料一手插在裤子口袋里，不禁松了口气，骂道：就你这屌样儿，还十万火急！

怕我没事儿干是吧？

近了，才见伍杰跟以往表情两样。

那孩子不见了，昨天晚上我们睡前还聊了几句，今天早上一觉醒来，孩子床上是空的，打他电话，无法接通，他妈妈电话也是无人接听。真他妈是个疯女人！从早上找到现在，我连水都没喝一口，刚刚才买了杯饮料。什么他妈的独立生活能力测试，弄得就像他妈真死了一样，她不是还没死吗？万一她三年、五年、八年、十年都死不了呢？不是把孩子害惨了？

报警的话，好像也要失踪 24 小时以上吧？

谁他妈定的规矩，24 小时早就不知道跑哪去了。

学校里找了吗？

找了，人家说他根本没进校门。

其他的亲戚……我猜你也不知道。不过，无缘无故的，应该不会连学都不上却跑到亲戚家去吧。

我就怀疑是有人把他掳去了，因为他曾经把门钥匙插在门上睡过觉，昨天虽然拔了钥匙，但会不会以前有人拿下钥匙悄悄复制过一把呢？

你的意思是，他家的邻居最值得怀疑，因为邻居最容易发现插在门上的钥匙。

那也不一定，万一正好被小偷之类的家伙碰上了呢？

你叫我来干吗？去抓那个小偷，还是找孩子？

我要你去帮我报警，我不能去，我在这里有过不良记录。

在杨粒的一再追问之下，伍杰才告诉他，孩子的家就在这附近，有一次他来找孩子妈，孩子不高兴，就跑到这家派出所来报警，说有坏人闯进他们家欺负他妈妈，警察竟然跟着他到家里来了，不巧的是两人当时正在为一件小事争执，警察不分青红皂白就把伍杰摁在地上录了口供，还好他妈妈努力帮他证明，才没把他拘留起来。

这孩子跟我是真他妈没缘分哪。伍杰一把扔掉饮料，悲愤地喊：你说没缘分吧，我跟他还又怎么都分不开，你看，他妈妈给他的紧急求助电话就是我的。

就算我去报警，现在也早了，人家不会受理。

那怎么办？真要被人弄走了，24 小时以后到了哪个国家都不知道了。

按说不可能呀，你也不能确定他一定是在晚上离开家的对不对？如果是早上才离开的，这会儿应该走不出很远，你检查过他的东西吗？掳走与自己走应该看得出来。

反正书包是带走了。

两人决定一起回家再看看。

不算大的两室一厅，有些荒芜零乱，大房间里已经有了伍杰的痕迹，衣服和香烟包，串在一起的钥匙，皱巴巴的床单，歪七扭八的枕头，小房间的墙上贴满了卡通图片，以及孩子的画作，书包的确不在了，打开衣柜，看了好一会儿，伍杰挠着头皮说：讲实话我没大留意他的衣服，不过，最近几天换洗的衣服好像不在了，其他的，我真说不出来，毛巾牙刷我都看过了，都还在。

别找了，坐下来理理思路，好好想想。我总觉得他好像是离家出走了。

杨粒在小客厅的沙发上躺下来，好久没启用这种坐姿了，不禁捶了伍杰一拳：不管怎么说，你生活得比我舒服。

所以我说，只有进入女人们的生活，才算发生深刻交往，否则你还是你她还是她。你那个女强人，她的生活是什么样子？你进去过了吗？

我只跟她一起玩过攀岩，这算吗？

算，也不算。

杨粒有点沮丧，但马上清醒过来：那不是我的志向所在，我不在乎那些。

反正我的志向就是这样，我不想做一阵风，吹过了就吹过了，一点痕迹都不留，我想做一粒水珠，一滴滚油，落到她们身上，吓她们一跳，在她们身上留下印子，让她们记住我，当我不在的时候偶尔想一下我：某一年，有那样一个小子，我跟他有过一小段故事。我的志向真的就是这样，只有进入了别人的记忆，才能证明你在这里生活过。

是啊，你已经证明过啦，你都成了人家的继父了。杨粒扭扭身子，把脑袋挪到沙发扶手上来，躺平了比坐着更舒服。

他的视线无意中落到石膏吊顶的凹槽处，埋藏灯带的地方，有个黑黑的小东西趴在那里，就指着那东西说：你还是搞装修的人，怎么把灯带的开关给人家装在那里？得多高的个头才够得着呀。

伍杰顺着他的手指头看了一会儿，猛地跳起来：他妈的，是摄像头！这个家里装了监控摄像头！

杨粒开始没明白是怎么回事，待他终于回过神来，爬起来就往外跑。

会是她装的吗？

不是她还有谁？他妈的既然不信任老子干吗在紧急求助电话里写老子的电话？

也许不是针对你，只是想知道孩子的情况。

两人的脑子这才开始醒转过来，是啊，既然是培训孩子的独立生活能力，当妈的当然要躲起来观察孩子是否经得起这场考验。如此说来，孩子的不见肯定跟这个监控有关。

你昨天有没有对孩子做过什么？仔细想想，没准她是因为看到你不可信才匆匆把孩子弄走的。

昨天？昨天没有啊，昨天我跟他相处得挺好，我上楼前买了个西瓜，他吃了西瓜，就开始写作业，写了一会儿我就出去买吃的回来，然后我们一起吃饭，吃了饭他又写作业，然后就催他洗澡，催了好几遍他才去洗，然后就睡了，然后……老天，她不会是看到那个了吧？

哪个？

等他睡着以后，我……打了个服务电话……也就半个小时的事情。

什么是服务电话？

你他妈真不懂啊？我打电话叫了个女人过来，不到半小时就让她走了。

你完了，别说你们是那种关系，换成是我，也怕你带坏我儿子。

伍杰第一次在杨粒面前失去了口若悬河的本领，垂着眼皮，嘟囔道：其实我们的关系一直都是断断续续，因为隔得远嘛，更多的联系是在手机上。她生病以后，几乎就没再见面了。

你是在别人家里老兄，你就这么忍不住？宁在人家屋里停丧，不在人家屋里成双，这可是我们那边的老规矩。快跟她联系吧，看看我们的推断对不对？

如果是这样，她肯定不会理我的，要不，你用你的手机代我给她打个电话吧。

杨粒有点不敢，他猜那个女人刚才已经在监控里面看见他了，就催伍杰：你赶紧向她道歉吧，如果真是你的错导致的，你应该第一时间向她报告她儿子的情况。

伍杰想了想，在手机上点了一下。

伍杰只问了句儿子在没在你那边，杨粒就听见电话里一阵噼里啪啦的尖声叫嚷，伍杰只是听着，偶尔紧紧闭一会儿眼睛抵挡一下，过了好久，才心平气和地说：就是说，你已经抛弃我了，我还要忠贞不贰地为你守节，你是这个意思吗？

大概那边断然挂掉了，伍杰握着手机呆了一会儿，怏怏地转过脸来：算了，人家现在已经上学去了。

两人往楼上望了一眼，都不想再上去了，伍杰提议找个火锅店，一起去喝杯啤酒。

伍杰一路都没话，耸着肩塌着腰走得很萎靡。

没意思这个鬼地方，我又想走了。伍杰独自咕哝起来：我现在有个机会，在西北，远是远了点儿，但那边风光不错，你不是一直都想跟我混吗？一起去吧？就当是旅游了。

杨粒心里装着攀岩墙的事，想都没想就拒绝了：敢情你这些年跑了这么多地方，原来都是被女人逼着跑的？那下回要是西北的女人又跟你搞翻了呢？

到时候再说嘛，反正不是她们惹我不高兴，就是我惹她们不高兴，生活就是这样一天一天被推着往前走的。

杨粒望一眼街边的一家三口，戴眼镜的男人抱着一岁多的孩子，矮小圆润的女人紧贴在一旁，微笑着边走边说。杨粒用下巴指了指他们：我觉得生活应该是他们那样的。

十六

小美在动物园的第一天过得相当满意，笑呵呵地回家，进门就滔滔不绝地讲那些了不得的大家伙们。

我们都小看饲养员这个工作了，农业大学里都有这个专业，叫特种动物养殖。我还得一边工作一边学习，学什么遗传育种啊，特种动物营养学啊，好多呢，每到年底还有一次业务考试。

恨天黑问：你学得来？

有什么学不来的？边干边学，一下午我就学到不少。你们猜，老虎一天吃几顿一顿吃多少？

杨粒的母亲说：肉禁饿，听说它吃一顿可以管好几天。

错，每天下午四点喂一顿，一只老虎一天吃五到七公斤。

恨天黑一脸痛苦：五到七公斤？一天得多少钱服侍它呀。

小美不屑地说：把你急得！人家动物园一张门票就可以养活好多动物。

注意安全。杨粒母亲提醒她。

杨粒却只想找机会把她支走。

你别站着了，快回床上躺着去，还在月子里呢。

杨粒跟着小美进了里间。

那个老饲养员有没有对你说她见过我？我为攀岩墙的事到猛兽区去过几次，她应该对我有印象。

我们一直都在讲工作上的事情，哪有时间说别的呀。

很好，工作以外的话少说。

过了一会儿，又问：她有没有跟你谈到之前那个饲养员为什么离开？

我都说了我们根本没时间讲别的。

也对，别去议论人事方面的事情，弄不好就得罪人。

我一个新人，才不会去多嘴多舌呢。

杨粒觉得自己伏笔总算都埋好了，稍稍放了点心。

因为猛兽区饲养员的工作主要集中在下午，第二天，小美舒舒服服睡了个懒觉，才哼叽着伸了个懒腰起床，刷牙时还对杨粒感叹：终于不用像打仗一样，在两份工作之间跑来跑去了，虽然少了几百块钱，但毕竟活得有点人样了。

杨粒突然有个预感，用不了多久，小美就会主动要求去租房了，人生来就会得寸进尺，下一步，说不定她还会提出想买车呢。他感到头顶上隐隐约约罩着一层乌云，后来登记的旅行社那边一直没有动静，攀岩墙也好像遇到阻碍了，问题是他不知道阻碍在何处，也不知道咏丽为什么不把实情告诉他。看起来是他的攀岩墙，实际上倒像是咏丽的，他一点主动权都没有。最最愚蠢的是，他竟然不知道事情是怎样一步一步走到这个局面的。

杨粒来到街上漫无目的地闲逛，他已经闲了快两个星期了，人人都有自己的工作，人人都有自己的目的，只有他无所事事，可有可无，这种感觉让他陡生犯罪感，光吃饭，不干活，你吃的谁的？恨天黑的，母亲的，小美的，他们三个老弱和妇女在养活你一个壮年男子。要不，重新去干外送员怎么样？外送员不至于没活干，又想，那天不该拒绝伍杰的，如果攀岩墙实在不行，跟着伍杰混也不失为一个办法。

正在街头打量那些招聘启事时，小美突然打来电话，在里面大哭大叫：

你快点给我过来！现在！马上！

除了那次在小区里与敲掉她饭碗的老头子扯皮，这是杨粒第二次听到小美哭叫，他一听那声音就心烦意乱，不过这只是一刹那间的心情，很快他就紧张起来，那边可是雷区，既有能吃人的老虎，还有比老虎更可怕的小美暂时还不知道的真相。

猛兽区静悄悄的，没什么游客，也见不到园内工作人员，以及扎堆看热闹的人，杨粒稍稍放了点心，往饲养员工作间那边跑去。

拐过弯，一抬头，就见袁圆两手叉腰满腔怒火地瞪着屋里的小美，饲料和工具像遭了地震一样撒得满地都是。

杨粒有点挪不动步，袁圆却冲他嫣然一笑：这么快就赶过来了？快过来呀，好好给我们聊聊你是如何给你的爱妻找工作的。

杨粒硬着头皮往那边走，边走边想着第一句话该怎么说，喉咙干得要命，又干又窄，几句零零碎碎的话一起卡在那里，无论如何也出不来。他想清清嗓子，还没出声，袁圆一股风似的扑了过来，没等他看清楚，啪啪两个巴掌清脆地在他脸上炸响。

你干的好事！我那么信任你，你却在背后捣鬼，把我挤走了，安排你老婆进来。你想怎么疼她不关我的事，但你不该牺牲我的利益，我怎么得罪你了你要这么害我？给你吃给你喝给你睡，结果你就是这样报答我的！

袁圆抄起一把砍肉刀，就朝杨粒冲过来，杨粒躲闪及时，砍肉刀扎进桌子里，见拔不出来，袁圆转手抄起旁边那把椅子，这时杨粒已经冷静下来，绕到袁圆背后一把将她死死抱住。

袁圆丢下椅子，低头去咬他的手，却被他就势一把拽住披散下来的头发，动弹不得。

杨粒压低声音吼：你不是很聪明吗？为什么不开动你的猪脑子想想，我哪敢出这样的主意，都怪你自己，如果不是你去找她的弟弟，不企图破坏她弟弟的家庭，不会弄出今天这种糟糕的局面。又提高声音大声骂给别人听：有本事你去找园长啊！是园长的安排，与我们有什么关系！又在她耳边轻声说：我正在策划离家出走，你搬到哪去了？我到处找你找不到。

他听到另一个自己跳在半空中对他发出吓吓的声音：你何曾找过她！你何曾策划离家出走！你这个谎话连篇的人！你这个道德败坏的人！

实际上，袁圆也正在那样骂他：我呸！你以为我还会相信你？你以为我真的瞧得上你？还跟你去西北！做你的大头梦吧！一回身，食指直直地指着小美那边：今天算你走运，不过我提醒你，我还会再来的，你最好有点心理准备。

再一回身，食指指着杨粒：你们一家人都不要脸，将来生个孩子更是连脸皮都没有，不信你等着瞧！

袁圆骂骂咧咧走了后，杨粒才想起来去问那个早就被吓傻了的同事：她怎么来了？不是已经走了吗？

她落了东西在这里，今天过来取，看见小美，整个人就不对了。

再看小美，痴痴地坐在一角，动弹不得，竟像吓傻了一样。

她到底对小美说了些什么？杨粒再问同事。

我也是后来才赶过来的，光看见她推搡着小美，骂她抢了她的饭碗。袁圆也是的，谁不向着自己的老婆、向着自己家人？难道要向着她这个外人？

就这些？没说别的？

同事不好意思地一笑：说你跟马园长关系好，利用马园长赶走了她，换成了自己的老婆。

小美像走路不稳的婴儿一样笨拙地爬起来，轻飘飘地朝门口走去，一只被她带翻的塑料瓢从桌上滚下来，在地上骨碌碌打着旋子。同事追过去问她：你要去哪里？你不能走，一会儿就要投食了。

小美就像没听见似的，飘出门去。

杨粒追出去：现在你该知道了吧，我也是为了这个家，如果不是为你，我不会惹下一丁点麻烦。

小美不理他，继续往前飘。

杨粒伸手拉住她：别走了，你还没下班呢。

小美没怎么挣扎，却像风一样从杨粒手指缝里溜了出去。

同事急了，在后面喊：我一个人怎么投食啊，你会连累我扣分的。

小美眨眼间已经走出好远，杨粒说：我代她跟你一起去投食吧，我见过好多次，知道该怎么帮你。

杨粒帮着饲养员一起收拾战场似的房间，他看到地上居然有两个血点子，心顿时散了，投食车也差点推不动了，不管是谁的血，其实肇事者都是他，结果他反而安然无恙。他有点理解伍杰为什么总在逃跑了，此时此刻，他恨不得一头钻到地底下，再也不要出来。

从动物园回来，才知道小美并没回家，杨粒二话没说，又回到街上。

小美胆小，应该不会走得太远，这么多年过去了，她的行程范围没有超过车站路周围五站路距离，陌生的东西让她害怕，害怕让她格外谨慎，所以她反而安然无恙地过了这么多年，今天这事对她大概是个史无前例的冲击，她会精神失常吗？会想不开吗？一个人在头脑不清的状态下会怎么做？他假装自己是小美，恍恍惚惚从动物园出来，第一个下意识的动作应该是去地铁站，因为动物园周边对她来说完全陌生，一点都不适合排遣烦恼。地铁到达车站路前，她应该不会中途下车，那些站名对她来说就像在空中飞越别国的领土，踏上别人的领土对她来说简直是人生大忌。那么，她只能在车站路一带活动了。她出了地铁站，第一个可能去的地方会是哪里呢？杨粒四下里望望，确定了三个她可能去的地方，一个是肯德基，一个是小商品市场，一个是电器商店，后面两个她应该不会去，因为她上班不会带很多钱在身上。他决定去肯德基看看。

站在门口扫了一眼，立即升起一股巨大的优越感，难怪当初他会毫不顾忌地背叛小美，瞧他在心智上超出小美多大一截！不用找不用算，连电话都不用打一个，他就知道蓄意失踪的小美躲在什么地方。

小美没发现他，他一步一步悄悄地靠近，已经能看清小美在大嚼些什么东西了，乖乖，三包薯条排着队立在她面前，旁边还有两个已经吃空的薯条盒。是的，她说过她喜欢吃薯条，但他没想到她会喜欢到这个程度。

她终于发现他了，两眼瞪着他，一只手捏着根薯条往嘴里送，这个姿势她一动不动维持了足足五秒，才鼻子一耸，滚下泪来。

回家吧。这些东西吃多了不好。

我不回！我不想跟骗子生活在一起。你跟她到底有多久了？

你信她说的？她见你抢了她的工作，恼羞成怒，瞎说一气。你要是信她那你就上当了，她的目的也就达到了。

我不想再跟骗子一起生活了，反正你正好也讨厌我们车站路的家。

就知道骗子、骗子！就算我骗了你，那也要看我骗你是想达到什么目的。你不是很喜欢动物园的这份工作吗？你以为得到很容易？

大不了我把这份工作还给你，不对，是还给她。你骗我一次，我就会想，你说不定已经骗我十次、一百次，以后还有更多的欺骗。有了这种想法，还怎么生活得下去？

你能说你一次也没有骗过我吗？也许我只是不想跟你计较而已。

你什么意思？

杨粒伸手去拨弄那些薯条，同时在记忆中紧张地搜索小美到底有没有骗他的历史。

小美像突然想起了什么似的，三下五除二收拾好没吃完的薯条，对杨粒说：走吧走吧，咱不在这里吵架，咱回家去吵。

杨粒庆幸风暴这么快就结束了，同时也纳闷，难道是薯条安慰了小美的情绪，明明刚才还气呼呼的。

手机响了，伍杰发了信息来：我已决定去西北，给你两天时间考虑一下，此地没甚好留，期待与你同行。

杨粒嗤了一声，想了想，决定还是告诉小美：伍杰来了，要不要把他请到家里招待一下？

那个家对内不对外。小美对伍杰的到来似乎有点无动于衷。

你们这算什么亲戚，不冷不热的。

小美突然横眉立目：你怎么什么规矩都不懂？一不是过年过节，二不是家里有红白喜事，哪能随随便便就把亲戚叫到家里来呢？你硬叫人家过来倒为难人家。

杨粒从不知道亲戚间还有这样一层规矩，他想起他小时候，几家隔得近的亲戚都是乱串的，还经常在亲戚家留宿，当然，谁家有事需要帮忙，大家也是不请自来，一拥而上。他不明白小美那边的亲戚关系怎么是这个样子，亲又不亲，疏又不疏。

十七

一早起来，杨粒就浑身不舒服，眼皮重，耳朵嗡嗡响，他以为要感冒了，猛灌了两大杯开水，症状不但没缓解，反而全身滞重。

期盼已久的咏丽的电话终于打过来了，看着那个名字，杨粒觉得电话铃声就像天堂的音乐一样美。

杨大设计师，你今天有空吗？好，那我九点整在办公室等你。

咏丽的语气有点阴阳怪气，杨粒觉得好笑，猜她今天大概心情不错。

杨粒洗了个冷水脸，希望冷水能帮他收敛一下肿胀的面皮。眼皮肿，面皮必定也肿了，只是面皮没有眼皮那么敏感而已。

无济于事。只好肿着一张脸往动物园跑。

刚一进门，就见咏丽坐在那张大办公桌后冲他招手，他快步走过，咏丽盯着他的眼睛问：

请问你在哪里考的旅游设计师？旅游设计师聘书又是哪里发的？

这时杨粒还没有意识到事情的严重性，笑嘻嘻地说：我没考，也没有人聘我，但我自己觉得我有这个本事。

好，算你过关。那我再问你："亲亲小老虎"到底是你的策划还是袁圆的主意？

杨粒脖子一梗，脸开始发热，难道袁圆来找过她？跟她说过什么？天哪，太失策了，那天只顾着找小美，竟忘了去安抚安抚袁圆。

袁圆是提过一点参考意见。

然后呢？她还给了你别的参考意见没有？比如攀岩？

没有没有，攀岩全是我一个人的主意，她根本不懂得攀岩的。希望重新升起，杨粒赶紧打起精神，无奈急迫的语气已经让他处于下风。

那她有没有指使你去拿下某某园长？

杨粒这时全明白了，绝望地看着咏丽，只见她脸色灰白，两只细长的眼睛像两条发着凛冽银光的冰河。

咏丽你听我说……

我的名字是你叫的吗？

杨粒绝望得眼泪都要出来了。马园长你听我说，那只是个玩笑，我们之间的一切，跟她完全没有关系。他的手向她的手靠近，就要碰触到时，她猛地缩了回去，这一缩倒叫醒了他，他的手追过去，她猛地站起来，手一晃，一只巴掌落在他脸上。不太重，好像是那只躲避他的手无处可逃，撞到了他脸上。

你打我好了，我的一举一动真的都是发自内心的，跟你刚才说的没有一丁点关系。

是吗？那么，你是不打算替她说话了？不打算帮她谋到兽医这个岗位了？你可真卑鄙，转过身就背叛盟友，背叛自己的情人，如果你是这样的人品，我又怎么敢信任你。

我在你这里，没说过一个字的假话，你是我欣赏和崇拜的人。

这我可真不敢当，我只不过是个按部就班的工作人员，没什么创意，连"小老虎"这样的项目都要由你来开发，不过我决定痛改前非，认真工作，比如攀岩那种项目，经过认真审核，我觉得并不是个理性的决策，所以，我们的合作到此为止。

不要，求你了，攀岩的事真的跟所有人都没有关系，无论对你还是对我，都是利大于弊，求你冷静一点，就事论事，不要夹带着情绪处理这事。

就事论事？不带情绪？有道理，那么，我就要冷静下来纠错了，以前我在某种情绪下做的错误决定，现在我会一笔一笔改正过来。我比较喜欢知错就改，否则我会心神不宁。

杨粒说不出话来，咏丽的表情让他害怕，她已经不像他刚进来时那么生气了，嘴边一直挂着捉摸不透的笑意。他等着她来个大爆发，女人没法一直这么按压着，总有大爆发的时候，爆发过了，哭过了，才有心回意转的可能。杨粒静静等着这个时刻。

但他失望了，咏丽打开文件夹，开始看一份文件。

他有种一切尽失的感觉，就像做了一场梦。

求你，不要毁掉我的攀岩墙，那是我全部的寄托。求你不要扔下我不管。我没做任何对你不利的事。他本想就这样静静地离去，可他的嘴皮子挣开他，自己做主了。

我很同情你。这事我也有错，我错在太轻率，太惜才，太想为你做点事，太想把你当成一个年轻的朋友，结果却不是我想象的那样，老实说我很失望。

再也说不出什么来了，只有沉默，两人一起沉默。

杨粒转身，往门口走。手还没够到门把手，又停了下来，不甘心地冲回咏丽面前：你冤枉我了，我要真的就这样走了，会一辈子含冤。你说合谋也好，设计也好，我承认这是起因，但我见到你后有没有做过设计中的事情呢？有没有替她说过一句话呢？说实话，我几乎忘了初衷了，你不能因为袁圆说过什么就否定一个男人……

她做了个强忍恶心的表情：你走吧，我还有事，也不想在办公室谈这些东西。

我知道这是我们最后一次见面，所以我必须跟你多说几句，我不想给你留下一个坏印象，非要说我错，我的错可能就在于我太不知天高地厚太痴心妄想了，如果我是一个白领，甚至只是一个普通城市居民，你看我的眼神可能又会不同。

得了吧，我一眼就看出你是什么人了，我只是没看出你后面还有个小阴谋。其实有点小阴谋也无所谓，我承受得起，但你不应该没完没了。你为什么不跟她谈好？为什么放她到我办公室来哭哭啼啼大吵大闹？这符合游戏规则吗？

游戏？你觉得我们是在玩游戏？

咏丽突然挥了挥手：你走吧，快走吧，你走了我还得慢慢收拾残局呢。

好吧，不劳你动手，我自己来收拾。他瞄中了她办公桌上的裁纸刀，他想给自己来上一刀，再悲壮地告别。

你想怎样？她吓得脸都变了。

他胳膊刚一动，她的手就朝桌下伸去。

难道她像电影里一样，在抽屉里藏了一把枪？她的动作刺激了他，暂时忘了裁纸刀，身子往前一探，见她的手在桌子下面拽着一只木头衣架，一把夺了过来。你想拿这个衣架打我？你想用这东西把我打出去？太好笑了，这个东西能打走我？

她又去拿桌上的电话，他一把扯脱电话线：你要干吗？报警？我们之间至于这样吗？

你不要变成真的流氓！我之前给过你那么多面子。

她眼底涌上一层亮晶晶的东西，他凑近她的眼睛，像要鉴定它们的真实性。

你要哭了吗？告诉我，你为什么想哭？我就这最后一个问题了，告诉我你为什么想哭？

那层冰晶越来越厚，马上就要溢出来了，最后关头，她却一笑：开玩笑！我怎么会哭？我是会哭的人吗？

那层亮晶晶的东西神奇地消失了。

是啊，你是不会哭的，你怎么会哭呢？该哭的人是我。他猛地抓起桌上的裁纸刀，狠狠砸向自己的左臂。刀拔出来时，一条粗粗的血痕蛇一样爬了出来。你看，我的眼泪是红色的，不像你，你的眼泪像口水一样，轻轻一抿就忍回去了。

他大步出门，来到一楼的卫生间，扯了几把卷筒纸，按在胳膊上。

完了，全完了，一切都像刚刚搭起的攀岩架一样，轰地倒塌了。

走出动物园，他掏出电话，伍杰正在电话那头吃东西，他听了，肚子里一阵肠鸣。

我在这里定了个房间，一心一意等候你考虑的结果，我打赌你这次会跟我去西北的。伍杰嘴里含着东西，坚定地说。

十八

哈哈哈哈！

伍杰一直在笑，白纱窗帘都被他的笑声震得一颤一颤的。好不容易停下来，看到杨粒龇牙咧嘴整理创可贴的样子，又捂着肚子笑倒在床上。

你就这么疼她？真的舍不得打她一下？把自己搞得血糊糊的也没碰她一下？伍杰说话的时候还在笑。

老子是个男人好吧。

杨粒开始吃伍杰叫上来的卤肉饭，味道不错，一口赶一口，吃得呼呼有声，很快就见了底。

一碗卤肉饭也补不来你流的这些血。

如果是你，你怎么办？杨粒把一次性碗筷往垃圾桶一丢，抹了下嘴。

我？我才不会跟她搞翻，我会想尽一切办法跟她一起玩下去。不是那么容易碰上一个合适的对手的。

人得有点骨气。

骨气有个屁用，骨气比屁还臭！你不是说她哭了吗？哭就说明她舍不得。

杨粒突然想起一件事来：喂，如果你能把小美那边帮我处理好，我就跟你走。

伍杰立即坐了起来：直接消失好了，反正你们又没孩子。

电话就在这时响了。伍杰说：一定是那个女的打来的，吃不过你的苦肉计，软下来了。

却是小美。

杨粒你这个骗子！你还我孩子！还我孩子！

小美你在哪里？你现在人在哪里？

他听见了老虎的咆哮，倏地回身，紧张地望着伍杰喊：她在哭！旁边有老虎在吼，她要是掉进虎舍就完了。

他想他真够混蛋的，难道想不到同样的打击会降临到小美头上？

冷静点吧，那些人不会让老虎吃了她的。

我得马上赶过去。

一分钟，给我一分钟，听完了我跟你一起去救她。

路上边走边说。伍杰没奈何，被杨粒拽着来到门外。

我问你，去西北的打算是不是真的？就算小美不让你去你也要去？

腿长在我身上。

很好，难得见你果断一回。伍杰紧走两步，跟杨粒肩并肩：我先讲个故事你听。我有个亲戚，结婚不到一年，因为捡瓦漏，不小心从屋顶上摔下来，摔成了重度瘫痪，也就是说他妻子还不到二十四岁，就得开始守活寡。男方不想拖累她，但他家里人不这样想，因为他是帮老丈人家捡瓦漏摔下来的。后来女方得到男方家人允许，在不离婚的前提下，离开家庭，出来打工，但有个条件，每个月要给瘫痪在床的丈夫寄三百元生活费和护理费。时间一长，事情就变了味，女方开始想，原指望他最多拖不过一两年，没想到两年过去了，他还是老样子，万一他在床上躺个十年八年呢？躺一辈子呢？我就寡着陪他一辈子？连个孩子也没有？反正在外面打工，一年到头见不到面，反正他要的只是每个月按时把生活费和护理费寄给他，何不在外面偷偷再结个婚？只要行事小心，男方是不容易发觉的。又一想，行不通，结婚登记那一关过不了，重婚犯法。再一盘算，干脆结个不登记的婚好了，小心翼翼一年年往下拖，瘫在床上那个肯定会先死，到时候他们再合理合法地登记。万一——谁也不能保证没有万一——万一被第二个男的发现了，他若不能忍受可以走，至少有了孩子，他若留下呢，两人就一心一意藏在城里过。你怎么看那个女的？

还算义气，每个月三百……

杨粒愣住了，他想起那天晒冬衣时无意中翻到的三百元汇款凭证，很快又笑了，这些人真是，遇事汇款三百，好像成了某种常规。

你笑什么？

我想起小美好像也在按月给某人汇三百。

我说的那个人就是小美呀。伍杰说完，两手下意识地护住脑袋。

杨粒看了他一眼，似乎没明白他的意思，也不知道他为什么要神里神经地护头。

你听懂了吗？伍杰又补了一句：我早就想说穿了，不过看来今天是最好的时机。

杨粒觉得伍杰不像在开玩笑，停下脚步，要求伍杰把那个故事再讲一遍。

我不想再讲了，就是这么回事，她在老家有个瘫子丈夫，她用每月汇三百块钱的方法给自己买个自由。她丈夫不会活很久的，这一点完全可以肯定。

杨粒觉得脚底下的地在往下陷，下意识地向伍杰伸出手，指望他拉他一把。

实际上，他一动也没动。冷汗开始从毛孔里往外淌，全身的血肉、内脏、骨骼，都化成了冷汗，汩汩地往外淌，怎么也淌不尽。

这事你没什么损失，你算一算嘛，真的一点损失都没有。如果有了小孩呢，情况会复杂一点，幸好你们还没小孩，从这点来说，小美的损失最大，她应该是很想要个孩子的，可惜她刚刚把孩子做掉了。

杨粒专心地淌汗，似听非听。

你不仅没有损失，你还是受益者。你被村小学清退回家后，不是一直不敢出门吗？我知道什么原因，你不像我，没脸没皮，你顾虑多，自尊心强，你需要一个引路人，把你领到城里，让你从一个乡村小学教师直接过渡到城里的打工族，而不是民工族。你瞧不起民工。我就是那个引路人，事实证明我做对了，你看你在金市活得多么自信，居然搭上了政府的女人，比我强多了。

似乎是冷汗流多了，杨粒感到特别渴，讷讷地说：水，我要喝水。

伍杰赶紧屁颠屁颠去马路对面给他买水。过程有点不顺，他硬币不够，身上的纸币自动贩卖机又不能识别，只好去马路对面的报刊亭买报纸换零钱。到了报刊亭，发现十步开外就有一家超市，觉得不如干脆去超市买水，更新鲜，品种也更多，顺便也好买包烟。

等他拎着两瓶水，兜里揣着一包烟回来时，杨粒已经不在那里了。他四下里找，大声叫杨粒的名字，白费力气。他打电话，一连打了五个，杨粒都没接。只好给他发了个短信：哥们儿，我只是想帮你一把，一片真心，苍天可鉴。如果你从此以后都不再理我，我也不会怪你，但我希望你不要恨我，毕竟我的出发点是好的。我明天就动身去西北了，我终于在这只雄鸡身上踩了个遍。无论如何，我记得你的壮举，一个满街找活干的农民工（请原谅我仍然这么叫你，这没什么说不出口的，它就像中国人三个字一样客观，不带任何感情色彩），竟然搭上了政府的女人，我会带上你的故事到处传颂。保重！

杨粒没有回复。

伍杰少有地严肃起来。

十九

两年以后。

风尘仆仆的伍杰抵达金市，他除了皮肤晒黑了点，其他没什么变化。

他拿出手机，一边跟对方确认地址和时间，一边伸手拦出租车。

下了车，他略略站了一会儿，朝一条小巷子拐进去。

在路口迎接他的是小美。和两年前比，小美瘦了许多，下巴都尖了，抬手向伍杰示意的时候，伍杰发现她连手指都变长了。你的火车很准时嘛。小美笑嘻嘻的。

我以为你再也不会见我了。

凭什么？我们是亲表兄妹呀。

说实话，杨粒跟你联系过没有？

小美摇头，一脸坚毅地说：我已经不在乎了，也想通了，我就不是能靠男人的命，既然这样，不妨先把自己的日子过好再说。

我没想到杨粒妈居然还在这里？你们处得好吗？

你马上就会看到了。提醒你待会儿说话注意点，她以为杨粒还在跟我联系呢。

说话间，两人已穿过小区，来到自行车棚前。

屋里的布局有了些变化，墙刷过了，钉了许多小柜子，虽然拥挤，但亮堂堂的有股喜人的势头。恨天黑的行军床没有了，以前临时堆放垃圾的角落收拾出来，搭了个灶台，两个火头的煤气灶看上去成色很新，不像是捡来的。灶上架着一只不锈钢汤锅，盖子掩着，微微冒着热气。长方形饭桌一半的地儿摆着发好的面团、肉菜馅儿和擀面杖。杨粒妈正熟练地从面团上揪小剂子。

您还在做煎饼啊？

杨粒妈笑眯眯地说：我就只有这点本事。

小美说：杰哥你知道吗？我现在开了个网店，专门卖煎饼和粥。

伍杰睁大眼睛：哎哟，你还会干这个？那得懂点电脑吧？

我不太懂，出了点钱，在街上找人帮我注册了一家，现在越用越熟练啦。我负责接单、送货，我妈负责制作。

伍杰四下里看了看，问：我姨爹呢？

爸爸上班去了。小美说。

这是他们家的习惯，不管是谁，都可以说：正在干活儿，干活儿去了，唯独对小美的爸爸，要说：在上班，上班去了。

里间传来电脑的叮咚声，小美跳起来说：有人下单了。进去不久就在里面大声喊道：妈，六只煎饼，三份银耳莲子汤。

好嘞！杨粒妈妈拍拍两手对伍杰说：你先坐着，我一下就好。

根本不会一下就好，从她起身开始，电脑里就开始不住地叮咚叮咚，有时甚至是两个叮咚叠在一起来，伍杰走到门边，探头进去说：生意不错呀。趁机把整个里间尽收眼底。

唯一的家具是那张大床，上面堆着纠缠不清的女人的衣服，无纺布衣柜拉链敞开，露出来的衣服一望而知也都是女人的。难道这一老一小两个女人，真的打算长远地捆在一起过日子？

小美出去送煎饼了，屋里只剩了伍杰和杨粒妈。

伍杰拿不准杨粒妈到底知道多少，又不知该如何打探，一急，心里就像猫爪子在抓。

这几年发大财了吧？还是你这个行当好，永远不愁没生意。

真是个会救场的老妈。伍杰挠挠头皮，试探道：我哪有发财的命？还是杨粒那行好，知识含量高，我只是个下苦力的。对了，我手机掉了一次，号码全丢了，您有杨粒的手机号吗？

没有。我又没有手机。你问小美吧。

水开了，杨粒妈扑过来关火，灌水，话题就此断掉，他不能再强行提起，不能暴露两年没跟杨粒联系的事实，至少在杨粒妈面前不能。

小美跟您，处得还好吧？

好！好得很！自己的女儿也不过如此。

伍杰请这家人到小饭馆吃了顿饭。小美对杨粒妈殷勤至极，
揆菜，添汤，嘴里一直叨叨不休：妈，吃猪蹄，对皮肤好。妈，
这牛蛙一点都不辣。对她爸却不理不睬，全程只说了一句：爸
你少喝点，晚上不还有事吗？她爸则只对伍杰的家事感兴趣：
有空还是回家去看看吧，年少夫妻，要多在一起。伍杰不住地
点头：是的，是的。

孩子多大了？

小学五年级，到县城寄读去了。

老婆的超市还在开吧？

在开，不过搬了个地方，搬到城关去了。

哦，那好，离孩子近，可以多陪陪孩子。

是的。她还有个更小的也需要陪，还不到一岁。

你们生二胎了？好、好、好，太好了。

不是，她跟别人生的。

…………

席间再无人说话，四个人闷头吃，似在默默比赛。

伍杰率先告辞，一个人踩着影子往前走，两年没来这个地
方了，他还记得两年前，他从超市出来，拿着一瓶水凄厉地呼

喊杨粒的名字时，周围的房子都给他震得一颤一颤的。

杨粒妈第二个站起来，掸掸衣服说：我会在老时间回来的，你们谁也不用来接我。小美突然一脸甜笑：妈，广场舞结束时，帮我带份炸薯条回来吧。

好，我知道，孜然味的。

第三个是小美，她刚刚约了几个熟人给她的煎饼店写好评，现在她要回去看他们到底写了没有，顺便整理整理网上的店面。

恨天黑是最后一个走出饭馆的，他照例要回去整理他的宝贝废品。他扶着腰走，那里硬邦邦的，是小美给他买的红外线腰箍。腰疼，早上起来尤其疼。小美劝过他：实在不行就回去吧，你也该回去休息了。他怎么能回去？万一他一回去，人家就把那个瘫子女婿给他送回来了呢？那边肯定早就拖得不耐烦了。还是留下来的好，好歹能挣点。再说局势还未明了，杨粒妈还在这里，只要她还在，不愁杨粒不露面。太不像个男子汉了，他到底是个什么打算，给个痛快话嘛，活不见人死不见尸算什么？这个家又不曾亏待过他。杨粒妈也不是吃素的，我就不信杨粒真的没跟她这个亲妈联系过，可她一张嘴比铁还要紧，半点口风都不透。

离广场不远的角落里，杨粒妈拐进一个电话亭，熟练地拨了一串号码，一双眼睛四下里看了看，捂着话筒说：杨粒啊，告诉你，今天伍杰来了，那狗东西不像以前那么开心了，老婆跟人跑了，难怪一见面我就觉得他没精没神的。我知道我知道，我谁都不会告诉的，你就安安心心当你的国际导游吧，我悄悄问过跳广场舞的那些人了，他们都知道那家旅游公司，他们出国旅游都找那家，我儿子就是我儿子，比他们谁都强，凭一肚子文化闯世界，挣饭吃，不像他们，一个个不是捡垃圾就是卖劳力。你妈我就等你打开局面后接我去享福呢，我天天都在想象那个情景：有一天，他们突然找不到我了，我把他们撂在那个垃圾堆里，神不知鬼不觉地跟着我儿子远走高飞了。想算计我们？他们还没那个本事！我不急我不急，我急也没用啊，他们把我的身份证藏起来了，真是好笑，我一把年纪了，身份证对我有什么用？让他们藏吧，哪天你叫我走，我不要身份证照样可以走。现在就等你的消息了，不急不急，我一点都不急，我在这里吃得好喝得好，住得也好，我跟小美睡大床，他爸给赶到车库打地铺去了，老家伙的腰好像出问题了，地上湿气重嘛。活该，谁叫他不安好心的。嗯，你也保重，出门在外，吃饱穿暖第一重要。我没事，我好得很，只要一想到你在外面天天都在进步，还有钱赚，我这心里就快活得什么似的。还有一件事，再忙也别忘了给自己物色一个好媳妇，看看我儿子，年纪轻轻，国际导游，有才有貌……好了好了，我不说了，你自己千万要保重。

从电话亭出来，杨粒妈满面潮红，两眼放光，甩着两手向广场舞人群奔去，那边正在播放《北京的金山上》，高亢明亮的幸福感，像橘黄的路灯光晕般严严实实将她笼罩起来。

没过多久，沮丧地走在路上的伍杰突然收到一条陌生的信息：

也许我真该谢谢你！外面天高地阔，风光无限啊。

伍杰看了三遍，突然抬头，凝视夜空。

哦——嗬——嗬！他张开嘴巴大声号叫，同时疯子一样在马路上狂奔起来。

没跑多远，他就被一阵要命的咳嗽制服了。他在新疆发生过一次严重的过敏，至今没找出过敏原，自那以后，他的身体似乎没以前那么皮实了。

咳喘终于彻底平复，他坐在街边，突然涌起一阵深深的疲乏，他很奇怪，刚才的兴奋怎么说退就退了。

没有了兴奋与咳喘，眼睛也变得黯淡无光，霓虹受到牵连，显出单调而机械的本质来。他拿出电话。现在，他唯一有点歉疚的就只有那个表妹了。

他先问她说话方不方便。小美说，妈还在广场那边呢。

他提醒她，做人不要太执着，趁还年轻，早替自己打算，他还认识一些不错的搞装修的哥们儿。

小美打断他：我现在对赚钱的兴趣更大，你知道吗？我对我的煎饼店很有信心。

你没考虑过让杨粒妈先回去吗？毕竟不是自己的亲妈，相处起来会不会觉得累？

不行啊，我现在离不开她，我还没学会她的手艺，因为我得先学会打理店面，网上的店面也是店面，也是需要有人打理的。

原来这样啊。

伍杰沉默下来，他听到那边有鼠标的声音，看来小美正在操作电脑。

杰哥！小美的声音重又激昂起来：等我赚了钱，再考虑你的搞装修的朋友，我是说，杨粒真不打算回来的话。

图书在版编目（CIP）数据

贴地飞行 / 姚鄂梅著. — 北京：北京十月文艺出版社，2018.1

ISBN 978-7-5302-1727-6

Ⅰ.①贴… Ⅱ.①姚… Ⅲ.①长篇小说 – 中国 – 当代 Ⅳ.①I247.5

中国版本图书馆CIP数据核字(2017)第206725号

北京市优秀长篇小说创作出版扶持项目

贴地飞行
TIEDI FEIXING
姚鄂梅 著

出　　版　北京出版集团公司
　　　　　北京十月文艺出版社
地　　址　北京北三环中路6号
邮　　编　100120
网　　址　www.bph.com.cn
发　　行　新经典发行有限公司
　　　　　电话 （010）68423599
经　　销　新华书店
印　　刷　北京盛通印刷股份有限公司
版　　次　2018年1月第1版
　　　　　2018年1月第1次印刷
开　　本　880毫米×1230毫米　1/32
印　　张　10.75
字　　数　193千字
书　　号　ISBN 978-7-5302-1727-6
定　　价　42.00元
质量监督电话　010-58572393
如有印刷质量问题，由本社负责调换。